T0383832

Las mujeres más solas del mundo

Jorge Fernández Díaz

Las mujeres más solas del mundo

 Planeta

Obra editada en colaboración con Grupo Planeta – Argentina

© 2012, Jorge Fernández Díaz
c/o CASANOVAS & LYNCH LITERARY AGENCY S.L.

© 2022, Editorial Planeta Chilena S.A. – Santiago de Chile, Chile

Derechos reservados

© 2023, Editorial Planeta Mexicana, S.A. de C.V.
Bajo el sello editorial PLANETA M.R.
Avenida Presidente Masarik núm. 111,
Piso 2, Polanco V Sección, Miguel Hidalgo
C.P. 11560, Ciudad de México
www.planetadelibros.com.mx

Primera edición impresa en Argentina: octubre de 2022
ISBN: 978-950-49-7858-9

Primera edición impresa en México: marzo de 2023
ISBN: 978-607-07-9567-1

Impreso en los talleres de Quitresa Impresores, S.A. de C.V.
Calle Goma No. 167, Colonia Granjas México, C.P. 08400,
Iztacalco, Ciudad de México.
Impreso en México - *Printed in Mexico*

Prólogo
Crónica apasionada
de un periodista exótico

Conocí a Jorge Fernández Díaz gracias a su amigo Arturo Pérez-Reverte y este me trajo tantos calificativos favorables sobre aquel periodista argentino —que era, además, "el mejor escritor del mundo"—, que pensé que el autor de *La piel del tambor* usaba una de las hipérboles de su entusiasmo.

Luego leí *Mamá*, una novela inesperada, un retrato tan adentro del alma, una carta a la madre desde lo más profundo del corazón de un hijo asombrado, y quedé fascinado no solo por la sintaxis clara y compleja sino por la ortografía admirable de sus metáforas, siempre ajustadas a lo que quiere decir.

Ahora, como Pérez-Reverte, soy parte de la legión de entusiastas de Jorge Fernández Díaz. La vida, además, me ha permitido sentirme su amigo. Y esto es fácil, aunque en su caso no se trata tan solo del carácter de ese que viene a darte la mano y te confía su sonrisa como si te regalara el mundo. Digamos que este que te regala el mundo también te discute, te formula las preguntas más ariscadas, quiere saber de todo y no es un periodista cualquiera. Es un periodista exótico, como nuestra amiga Soledad Gallego-Díaz, como lo fue Tomás Eloy Martínez, como lo ha sido Manu Leguineche, como lo fue Carlos Monsiváis, como lo es Jesús Ceberio, cada uno en su sitio. Fernández Díaz es un periodista que desmonta las verdades adquiridas para seguir preguntándose (machadianamente) por la naturaleza de la verdad. Y va con nosotros a buscarla, la suya se la guarda.

Lo extraordinario de todo esto es que el periodista no ha matado al poeta (y para mí poeta es sinónimo de escritor), de modo que su sensibilidad sigue cabalgando por los asuntos sin dejar que el viento del camino le nuble, con la velocidad, esa exigencia ética que obliga al debido respeto ante lo que hacen los otros. Combina, pues, datos, circunstancias, accidentes, interpretaciones, palabras, pero jamás olvida un predicado del ahora denostado Ryszard Kapuscinski: este oficio no es de cínicos.

Y Jorge no es un cínico. Nada más lejos de su identidad que esa caricatura del periodista que hace cualquier cosa para complacer a su audiencia. JFD no sería capaz, como el Walter Matthau de *Primera plana*, de guardar al personaje en el clóset para hurtárselo a otros, pero sería el Jack Lemmon que escribe la historia con la energía de Hemingway aderezada, me parece, con muchos toques de Scott Fitzgerald.

Un periodista, decía el gran Eugenio Scalfari, "es gente que le dice a la gente lo que le pasa a la gente". Y el mismo Scalfari, escaldado por las mixtificaciones a las que hemos sometido la materia de nuestro trabajo, explicó veinte años después (en 2007) que el periodismo es *un mestiere crudele*. Porque el periodista, llevado por el poder que le dan las palabras que están a su disposición para hacer y deshacer prestigios y vidas, se ha olvidado del alma y se ha instalado en la facilidad de calificar para regocijar y regocijarse.

Jorge no es así. Jorge es, en sus libros, en sus crónicas y en sus columnas, incluso en aquellas más bárbaramente políticas, un hombre que tiene primero en cuenta el alma y después observa que no haya sal (su sal) en las heridas; las describe, las muestra, se conmueve con ellas y finalmente las ofrece como parte de las metáforas vitales de las que es testigo. No se ensaña, no descuera, no arranca a jirones la piel de aquellos a los que retrata para ponerlos en evidencia. Los pone en evidencia, como decía el poeta español José Hierro, "sin vuelo en el verso", pero haciéndolo no se coloca en el lugar del héroe, sino que se alza un poco, como los niños para ver los relámpagos.

Como quería el maestro español Azorín (maestro, entre otros, de Mario Vargas Llosa), este escritor asombrado que es el periodista Jorge Fernández Díaz va "derechamente a las cosas". José Ortega y Gasset les decía a los argentinos que fueran "a las cosas", precisamente. En un inverso de retóricas en las que todo vale (y ahora, como todo va más rápido, todo vale y no vale a un mismo tiempo) Fernández Díaz reivindica la palabra (la bien dicha, la bien distribuida, la bien calificada) como el mejor espejo de las cosas, y como la mejor manera de ir, justamente, "a las cosas".

Y de todo eso, este libro (*Las mujeres más solas del mundo*) es una muestra fuera de lo común, una lección de periodismo en cada una de sus contribuciones y en cada una de sus líneas. No sé cómo está hecha el alma de este hombre (eso, que lo explique su mamá, o la psiquiatra de su mamá), pero lo cierto es que no hay en él filamento alguno de mala leche. Como Borges, va sobre los asuntos soplando para que no hagan daño las mordidas. Pero vaya si muerde. Hay un texto suyo (que está aquí, y que tuve el privilegio de leer enseguida que me llegó su eco) sobre un restaurante de Palermo Hollywood que ha dedicado su carta a zaherir, a poner sal sobre la herida de los que ya sufrieron la muerte a manos de la intolerancia increíble del hombre que se cree justo. Ese menú que describe es una de las aberraciones más terribles de la historia universal de la burla, y un día Jorge se fue allí, a comprobar si en efecto en la geografía chiquita de esa gastronomía de digestión peronista se producía semejante ignominia. El resultado de su excursión lo pueden comprobar ustedes y es absolutamente admirable porque lo aberrante se cuenta sin hacer ruido. El sonido va por dentro. Es el sonido de su escritura limpia, como un bisturí, que enseña sin hurtar al lector sus propios subrayados. Él se enfrenta al objeto de su asombro, que son los nombres aberrantes de los platos que se sirven, y los va anotando como quien no quiere la cosa (y de verdad que no la quiere), pero uno asiste a su estupor como si viera una película de Bergman, en la que pasa de todo pareciendo que solo nos pasa a nosotros, que no sucede en la pantalla.

Ese texto representa a Jorge, su compromiso como periodista de la estirpe señalada por Scalfari o por Jean Daniel o por Ben Bradlee o tantos maestros del siglo. Pudiendo ser un protagonista de la primera persona (el hombre que contempla y dice que contempla) se ha quedado en el borde mismo del camino, como el espejo de Stendhal, tendido en la misma trinchera, oyendo los disparos, pero guardándose los adjetivos para que sea el lector quien los ponga. Es un periodista de lectores, un escritor de lectores, acaso porque él mismo se enfrenta a la escritura y al periodismo con el alma expectante de un lector.

Leí este libro entusiasmado, envidioso y perplejo (todos los periodistas quisiéramos ser como Jorge Fernández Díaz: polivalentes y válidos en todo lo que hacemos, pero, ay, eso es para algunos elegidos) volviendo de Buenos Aires, cuando me lo dio en un hatillo de páginas aún frescas. ¿Aún frescas, si son recopilaciones? No, este libro no es una recopilación; es un todo, no es conjunto agavillado de crónicas que ha ido escribiendo a medida que el ser humano que habita en él crece en sabiduría pero no en capacidad de asombro. No es una recopilación, pues, es un manifiesto que debe enseñarse en las escuelas y en las universidades, pero no solo en las del periodismo sino en las de la vida y, por tanto, en las de la literatura. Hay una historia, entre las muchas donde late nuestro oficio, en la que he querido ver el pulso (perceptible en todo el periodismo en español de estas décadas) de García Márquez. Es el relato titulado "Fuimos periodistas", que se refiere a una leyenda: Emilio Petcoff.

"Emilio Petcoff —escribe Jorge— era, a un mismo tiempo, periodista y erudito. En una profesión donde todos somos expertos en generalidades y formamos un vasto océano de diez centímetros de profundidad, Emilio resultaba exótico y admirable. No se lo recuerda mucho, pero fue uno de los grandes periodistas argentinos de todos los tiempos. Ya de vuelta de casi todo, escribió en *Clarín* crónicas policiales del día. Salía por las tardes, merodeaba comisarías, gangsters, buchones y prostitutas, y luego tecleaba en su Olivetti historias oscuras que destellaban genio. Una de esas crónicas perdidas (cito de memoria) comenzaba más o menos así: 'Juan Gómez vino a romper ayer el viejo axioma según el cual un hombre no puede estar en dos lugares al mismo tiempo. Su cabeza apareció en la vereda y su cuerpo en la vereda de enfrente'".

Jorge Fernández Díaz pertenece a la dinastía de esos periodistas. Es "exótico y admirable" en un mundo al que la burocracia asusta siempre con los mismos fantasmas: el cinismo, la velocidad y el tocino. Él, como el Petcoff de su relato verídico, quiere "hacer con arte este oficio maldito". Y lo hace con entusiasmo y con el atrevimiento noble con que afronta, también, la vida (lea *Mamá*, por favor, y hágalo inmediatamente). Lo hace, digo, en un tiempo en que se ciernen amenazas sobre el oficio, tal como Jorge describe. Aquellos periodistas inolvidables que evoca "codiciaban, a lo sumo, ligar algún viaje de trabajo de vez en cuando y, por supuesto, escribir aquella novela que no escribirían nunca. Nada sabían del marketing ni del gerenciamiento, nunca firmaron un autógrafo ni ambicionaban una casa con pileta de natación. No conocían ni de vista a los anunciantes y, a veces, caían en el pecado de la fantasía. No eran perfectos, no todo tiempo pasado fue mejor. Pero aquellos periodistas eran escritores, tenían agallas y talento, y la humildad de los que saben que no saben. Es paradójico: ellos sabían mucho más que nosotros, pero no pretendían opinar de todo, como hacemos con irregular suerte. Aquellos muchachos de antes, que leían todo, tenían la opinión prohibida, por pudor y por prudencia. Algunos muchachos de ahora, que saben perfecto inglés pero tienen problemas con el castellano básico, son 'todólogos' entusiastas, próceres mediáticos, salvadores de la patria, ricos y famosos, y predicadores de cualquier cosa. Es decir, predicadores de la nada".

Eso dice Jorge de Petcoff. Y eso que dice de Petcoff es lo que yo tendría que decir de Jorge. Además de redescubrir aquella leyenda, JFD escribe sobre otra, el ya citado Tomás Eloy Martínez, con quien tantas concomitancias tienen tanto su literatura como su periodismo, su respeto por los demás y su capacidad poética de indagar en el alma de los hombres. En este caso, fue Jorge quien indagó en la mirada de Tomás, cuando este ya se aferraba a la palabra como el último recurso de su aliento. Y ese relato, que está aquí a la manera de epílogo de una vida y como un balcón multitudinario que aplaude al maestro muerto, resulta a su vez el mejor ejemplo de esa escritura noble que Fernández Díaz le ha regalado, con generosidad y sabiduría, al mejor periodismo en lengua castellana.

Dije en algún lado de este prólogo que era más Jack Lemmon que Walter Matthau en *Primera plana*. Al final, Matthau es un periodista que requiere, con malas artes, a su reportero, que suspende su luna de miel para volver a escribir crónicas memorables.

En cierto modo, Matthau era el veneno que todos llevamos dentro, el que nos hace volver a querer este oficio maldito porque es un arte que se nos ha metido en las venas. Y Jorge tiene en las venas el veneno de ese arte y destila su tinta de un modo que, en el mundo de hoy, lo hace exótico y admirable.

JUAN CRUZ RUIZ

Primera parte

Mujeres y comedias

Mujeres

Hay mujeres que arrastran maletas cargadas de lluvia.
JOAQUÍN SABINA

Las personas felices no tienen historia.
SIMONE DE BEAUVOIR

Entrevista con Noemí

Después de asesinar impulsivamente a su esposo con un cuchillo de cocina y de verse sorprendida por ese gesto exagerado, Noemí Gutiérrez se duchó, se quitó con una esponja la sangre ajena, se puso un pijama enorme y se sentó frente al cadáver a fumarse un cigarrillo negro. Ya era una flaca arrugada y aficionada a la nicotina: tenía la piel acerada y los dientes amarillentos, pero así y todo su cuerpo no dejaba de transmitir una cierta sensualidad latente y sus ojos azules eran muy bien cotizados en los barrios bajos de San Miguel de Tucumán.

Todavía le quedan algunos de esos encantos treinta y cinco años después en esta sala impersonal de la cárcel de mujeres donde la estoy entrevistando. Fue juzgada y condenada a reclusión perpetua en los tribunales tucumanos y cumplió los primeros años en una prisión de máxima seguridad de su provincia natal. Pero durante un motín mató a una presa que quería incendiar el pabellón y más tarde, en el curso de una feroz represión generalizada, hirió gravemente a un guardiacárcel. Rejuzgada por aquellos espantosos acontecimientos y ante el pedido unánime de tres camaristas fue trasladada a Neuquén Capital, donde no tenía ni tiene enemistades manifiestas dentro de la comunidad carcelaria. *En los treinta y tres años siguientes me porté como una dama,* me asegura con una sonrisa. Tiene una remera gris de mangas largas y de algodón rústico, un pantalón negro y deportivo, y unas zapatillas rotosas. Fuma Parisiennes. Uno tras otro. Los enciende con un críquet fucsia. No lleva aros ni anillos ni colgantes ni tatuajes a la vista. Su pelo es largo, crespo y blanco. Parece siempre encorvada sobre la mesa, como un árbol que el viento ha ido doblegando. Destacan sus ojeras, sus ojos relampagueantes y un volumen titulado *Introducción a la zoología,* libro gigantesco, viejo y sucio que duerme en un costado como un perro fiel, a la espera de que su ama lo despierte. Hoy hablaremos de libros pero también de la vida y sus misterios aunque no tocaremos mi tema favorito. *No volvamos a mi distinguido esposo,* ironiza de entrada. En el archivo del diario hay un sobre con recortes ajados: el marido se jactaba de sus aventuras sexuales. Noemí jamás le recriminaba esas transgresiones; se limitaba a llorar de noche y en silencio. Un día, en un segundo, pasó de la cortesía al homicidio. Ese segundo de fuerza salvaje y atávica fue la primera ficha del dominó de sus desgracias. Lo demás fue una lógica consecuencia de esa jugada inicial. El servicio me había autorizado a visitarla con la única condición de que la crónica no abundara en aquellos trágicos sucesos penitenciarios, puesto que en el expediente quedaron en evidencia las usuales mafias y aberraciones del sistema: entre bueyes no hay cornadas.

De manera que aquí estamos frente a frente, ella pitando y dando golpecitos en la madera con su agónico encendedor, y yo intentando escribir una historia de sábado sin poder preguntar por los crímenes que ha cometido. Fuera de aquellos dos episodios famosos a Noemí Gutiérrez no le pasó prácticamente nada durante estas tres décadas. En el penal tuvieron la precaución de confinarla fuera de los pabellones, en una celda aislada pero confortable que no comparte con nadie. Trabaja dos horas en la panadería y su introspección resulta legendaria: el prestigio de ser una asesina imprevisible la pone a salvo de cualquier abordaje. Se gana su jornal amasando y hace ejercicios a solas, en un rectángulo de sol del patio vacío, cuando la mayoría ya ha sido conducida a sus gallineros. *A lo único que me dediqué en esta ponchada de años fue a leer y a fumar,* me confiesa.

El prefecto me ha presentado, hace media hora, a la bibliotecaria, una gorda semianalfabeta que regentea una biblioteca de veinticinco mil volúmenes donados en distintas épocas por honestos ciudadanos de la Patagonia. Gente que heredó odiosas colecciones enteras o que se deshace de aquellos objetos inútiles y polvorientos que ocupan tanto espacio. La bibliotecaria es tan despectiva con los libros como lo fueron sus donantes. Guarda desde hace siglos un certificado médico que le impide, por razones cardiopáticas, realizar tareas estresantes en la zona de los barrotes, así es que le han dado a elegir entre la oficina y aquel húmedo depósito de textos que nadie quiere leer. Optó, obviamente, por la labor más liviana e inofensiva. En toda la cárcel de mujeres hay una sola lectora, el resto desdeña por completo esos aburridos artefactos de papel y cartón: no da mucha categoría en las ranchadas ser una rata de biblioteca.

Sin ceder a una amistad, la gorda trabó buena relación con la flaca, que con su voracidad de algún modo justifica aquel destino de burócrata minusválida. La Gutiérrez lee un promedio de un libro por día. Según su fichero ha leído más de doce mil títulos durante esta condena que no tiene fin: Noemí no hace el mínimo trámite excarcelatorio y hasta parece sabotear cualquier posibilidad legal de conmutación de pena. *Su conducta es intachable* —me acaba de decir el prefecto—. *Primero no había juez que se atreviera a poner el gancho, pero ahora es Noemí la que tira para atrás. Es una presa institucionalizada. Tiene miedo a salir.* La gorda me explicó que a Noemí le encanta espantar a los psiquiatras que de vez en cuando la evalúan, y también que jamás recibe visitas: no le quedan en la calle familia ni amigos. Es la mujer más sola del mundo. Una mujer dedicada con pasión al cigarrillo y a la lectura que ha renunciado al sexo, los besos, el vino, las flores, los manjares, los paisajes, los perfumes y los milagros de la vida simple. Una erudita, pensé mirando la lista de libros. *Tengo insomnio y buena vista* —me sorprende ella largando una bocanada de humo—. *Hice solamente la primaria y nunca me había interesado por los libros hasta que encontré una Biblia en mi celda. Me sentí impactada, transportada hacia mundos y sensaciones increíbles al leerla. Dejé inmediatamente de creer en Dios cuando llegué a la última página.*

Me pregunta si yo soy creyente. *Agnóstico*, le respondo. Asiente y me interroga: *¿Leíste Por qué no soy cristiano, de Bertrand Russell?* Admito que no. Ella vuelve a asentir y se queda callada: no quiere humillarme ni lucirse, aunque tiene una brevísima mueca de desencanto. Estoy seguro de que le hubiera gustado discutir conmigo algunas de aquellas refutaciones. *Me interesé mucho por divinidades y profetas, y luego a través de las religiones desemboqué en la historia antigua* —sigue mientras se quita una hebra de tabaco de la lengua—. *Leía novelas buenas y malas, ensayos, manuales, crónicas. Un asunto me llevaba a otro, y a otro más. La historia antigua me llevó a la moderna, y me sorprendí de cuántas contradicciones había, y cómo el relato dependía de quién escribía cada hecho y con qué intención. La historia parece literatura, ¿no?* Me encojo de hombros. *Alguna más que otra*, agrega como adivinándome la respuesta.

Ahora la observo mejor; trato de imaginarme a aquella lectora impenitente descubriendo el gozo inaudito de esos cuentos verdaderos que los historiadores le narraban. Anoto en mi cuaderno de hojas cuadriculadas su metodología: dos veces por semana se pasa algunas horas en la biblioteca, revisando y separando el material. Acopia siempre un cargamento considerable, lo apila junto a la cama y permanece alrededor de él mañana, tarde y noche. Muchas veces la sorprende el amanecer. A lo largo del día, carga el libro en los brazos si es muy pesado, o simplemente lo lleva en alto y camina una y otra vez, como un tigre enjaulado, los tres metros de la celda de ida y de vuelta. De ida y de vuelta. Hace kilómetros de lectura caminada y se vuelve a acostar. Fuma y fuma, y toma mates. Se ríe, a veces llora, habla mucho en voz alta, en ocasiones grita. Nadie la molesta.

Así que al principio eras una lectora ingenua, le digo para retomar el fondo. *Mentira o verdad* —recita y tose—. *Lo que sucedió y luego cómo lo narraron. La no historia. La historia como novela. Y después directamente la novela, los relatos cortos. Mi vida puede contarse de muchas formas. El expediente dice una cosa, pero yo puedo contarte una muy diferente.* No lo dudo, y se lo digo. *Y luego la literatura es historia menuda, ¿no?* —me azuza: una chica de los barrios bajos de San Miguel de Tucumán, una reclusa abandonada a un rincón oscuro y húmedo del planeta, que de pronto se expresa como una profesora mundana de Oxford o de La Sorbona—. *Dejé de creer acríticamente en Dios y en los relatores, y sentí un vacío. Un gran vacío y una gran curiosidad. Y un apetito por conocerlo todo.* Lo único que Noemí Gutiérrez podía conocer del mundo era lo que otros habían escrito sobre él, pero a ella eso le bastaba: quería descubrir cada detalle, iluminar su ignorancia parte por parte, quizá sin comprender todavía que a más luz más conciencia de lo vasta que es la oscuridad. Conversamos sobre *En busca del tiempo perdido*: había leído el ciclo entero de Proust en una semana. Le mencioné *La comedia humana*. Se apena: *Aquí solamente hay cuarenta novelas de Balzac. Tengo entendido que me faltan otras cuarenta y cinco.*

Su educación tiene, como la de cualquiera, muchos huecos, y está llena de arbitrariedades y sorpresas. Pero es increíblemente sólida y por momentos apabullante. Me dedico un rato, por pura diversión, al juego de preguntas y respuestas, y ella va respondiendo y lanzando carcajadas ante mi asombro. Cuando le nombro un autor poco conocido o un libro ignoto, simplemente se barre el mentón y declara su derrota. Pero son derrotas menores, sin verdadera importancia. Me corta el juego con una duda: *¿Leíste a Freud? ¡Qué gran novelista!* Estudió a Jung y a Lacan, y también varios tratados sobre psicología y psiquiatría. *Muchas novelas parecen calcadas unas de las otras* —añade, como si se estuviera yendo por las ramas—. *Algunas novelas son únicas. Y luego unos ensayos impugnan a otros. Es muy interesante ver a personas inteligentes errar tanto, equivocarse fiero, tener visiones tan opuestas.* Está a un paso de la filosofía, y lo da. Hace comentarios agudos sobre los diálogos de Platón y sobre Kant, Descartes, Heidegger, Nietzsche y las verdades relativas: *Al principio me parecía que todos tenían razón* —se ríe y prende otro cigarrillo—. *Y después pensaba que nadie la tenía. Hubo días enteros en que no entendía nada de lo que leía. Y días en que me parecía, por un momento, que comprendía la lógica del cosmos. Te juro. Yo tenía palabras propias, ya no utilizaba lugares comunes. Pero lo que no tenía era con quién usarlas.*

Me da la impresión de que le agarra un poco de frío. Se frota las mangas largas de la remera gris sin soltar el Parisienne. Miro sus manos. Le pregunto si alguna vez intentó enseñarle el arte de leer a alguna compañera. Si no sintió nunca la tentación de convertir a una mujer elemental en una mujer culta con quien compartir lecturas. Responde que no. Que a nadie, que nunca. Y cambia de rumbo: regresa a la ética, a la metafísica, también a la política y a la ciencia. A la medicina y a la astronomía. De repente vuelve al comienzo, me clava la vista: *No quise perder el tiempo enseñando nada, no quise tener una discípula ni una compañera de celda, no quise volver a enamorarme. Fui egoísta. Quise todos los libros para mí sola, viajar por todas esas galaxias sin que nadie pudiera joderme con sus celos y sus problemas. Vivir en esos planos paralelos, encarnar esos personajes.*

Se abre entre nosotros un silencio hondo. Ahora soy yo quien le adivina el pensamiento: no quiere que le tenga lástima. No me lo dice, pero no hace falta. Está pensando que agradece al destino aquel primer segundo fatal, aquella cuchillada que le permitió este aislamiento maravilloso. *Es verdad que me encantaría discutir un rato sobre las nuevas teorías de la evolución con un biólogo, o sobre los mecanismos del poder con un buen lector de Foucault —afirma aplastando el pucho—. Pero, mirá, yo sé que fumo demasiado y que es muy probable que me muera de cáncer de laringe o de pulmón. Conozco las estadísticas y sé que no tengo un minuto que perder en boludeces. Voy a seguir unos meses con esto y después me voy a dedicar a releer. Necesito diez años para releer algunos textos fundamentales.* Me muestra las dos manos abiertas: diez años nada más. Eso pide. Eso y la soledad. Después se pone a jugar mecánicamente con un mechón blanco mientras sus ojos azules se pierden en esa nueva tarea titánica que para ella es un estado de gracia, una beatitud por la que le entregaría su alma al diablo.

Observo con cuidado sus zapatillas menesterosas y no me resigno a pensar que ha perdido toda su coquetería; ya he dicho que transmite en sus gestos mínimos un erotismo extraño. Parpadeo con la lapicera a pocos centímetros del papel tratando de definir esa coquería con un adjetivo. Escribo "innata", escribo "despreocupada", vuelvo a escribir "latente". Y tacho las tres palabras con desánimo. *¿Te gustan las enciclopedias?*, me interrumpe. *Alguna vez me gustaron, pero ahora solo cumplen un rol utilitario*, le respondo. Niega y prende un nuevo cigarrillo. *Son mucho más que eso* —agrega, y lanza una voluta larga y retorcida contra la pared. Se peina el pelo para dejar una oreja limpia al aire libre. Tiene orejas pequeñas y rosadas—. *Recién al final abandoné la idea de entender, pero no abandoné nunca la posibilidad de jugar. ¿Y te interesan las biografías?* Menciono mis predilectas: hay varios escritores y directores de cine entre ellas. También están Napoleón, Marx, Perón y Osama Bin Laden. Noemí me habla un largo rato sobre los grandes hombres y sus defectos más íntimos, y cómo se los ve patalear en la decadencia sin lograr detener el curso de los acontecimientos. Es un salpicado de anécdotas agudas y graciosas, pero una y otra vez van hacia el tema de la muerte. *¿No somos ni una pequeña anécdota?* —ahora me toca a mí interrumpirla. Pienso en este instante: a lo mejor no se pueda aprehender el sentido verdadero desde el campo de batalla, con los fervores de la existencia diaria tan encima. Tal vez Noemí es como el remoto preso de Borges y Bioy, que descifraba los enigmas únicamente desde una celda solitaria, como un ejercicio intelectual abstracto. Monjes de todas las eras que se retiran a meditar sobre los grandes significados y los pequeños significantes. Quizá solo se pueda ser sabio y feliz desde afuera del mundo. A lo mejor Noemí tiene la felicidad perfecta. Me da escalofríos esa posibilidad—. *¿Entonces nada tiene sentido?*

Se ríe con franqueza; sé que podría responderme con citas, pero elige una vez más sus propias palabras: *Todo tiene sentido, pero yo me apagaré y nada importará. Efectivamente. No somos ni una anécdota. ¿Para qué preocuparse tanto? Mamíferos efímeros en un pedazo de piedra perdida en la inmensidad. ¿Qué importancia moral puede tener matar a dos personas o agonizar sin testigos? Mi marido, sus amantes, la presa, el puto guardiacárcel, la gorda de la biblioteca y yo misma somos soldados desconocidos de los Tercios de Flandes. Cinco o seis nombres en una multitud. Carne de cañón de las terceras y cuartas líneas que caemos muertos de inmediato, sin pena ni gloria, en el amanecer de la batalla de Rocroi. Bum, chang, ah, y se acabó todo, amigos. La naturaleza nos pasó por arriba y nos* aplastó como insectos. *A lo sumo hay insectos célebres con los que hacer biografías. Pero nada más. No jodamos.* Sé que todo lo que manifiesta ya fue muchas veces cavilado. Sé que ha quedado por escrito y que ha sido desmentido por laicos y religiosos, pero suena raramente nuevo en esas paredes y con esos ecos. De pronto se abre la puerta única y aparece el tosco prefecto con modales de embajador. Lamentablemente, se terminó el horario y viene el cambio de guardia. Hay que terminar la entrevista. Nos da diez minutos para ir redondeando, pero Noemí declara unilateralmente que ya hemos terminado. Nos levantamos, guardo en la mochila mi cuaderno y ella recoge su manual de zoología. *¿Me puede acompañar?*, le pregunta al prefecto. *Por supuesto, Noemí.* Nos deja caminar solos por patios y corredores, seguidos de cerca por un empleado de uniforme percudido y remendado. Ella me toma inesperadamente del brazo: medimos más o menos lo mismo, caminamos como una pareja de novios por una tarde de jardines. Pero la cárcel no huele a jardín; hiede como un depósito de reses viejas. Una reclusa grita una broma injuriosa en un castellano precario desde una ventana con rejas. Estoy incómodo, se me ocurre salir de ese insulto con una pregunta rápida. Y lo hago con lo primero que se me viene a la mente. *¿Qué pasaría si compulsivamente el Estado decidiera devolverte a las calles?* Prende el último cigarrillo negro antes del confinamiento. Sus ojos vagan por el cielo rojizo. Baja de repente la barbilla y me responde: *Haría cualquier cosa para evitarlo. Cualquier cosa.* El corazón se me acelera. *Llevo siempre en el bolsillo una púa* —susurra en mi oído como si fuera una broma o una propuesta indecente—. *No es técnicamente una faca, es una pequeña púa. Pero muy filosa. Esta tarde te hubiera cortado la garganta con ella.* No puedo verme pero sé que estoy pálido. Noemí lanza una carcajada perruna y baja. Tose, se aclara la voz: *Es un chiste. Boletearse un periodista me sacaría de este penal y me alejaría de esa biblioteca. Nada más que un chiste.*

Estamos llegando al límite final, un retén no permite pasar más allá ni entrar en la zona de las jaulas. Nos soltamos para despedirnos de frente. Veo por última vez el fondo de sus ojos azules, las ojeras, la piel acerada. Nos abrazamos con afecto. La sostengo por los antebrazos un segundo más. *Pero si te garantizaran que zafás, si te aseguraran que no perderías ningún privilegio, ¿realmente lo harías?*, le pregunto. Cuando sonríe al fresco del inminente atardecer le veo mejor las manchas amarillas de sus dientes bellos. *Sin la menor duda —me dice—. Tengo que releer muchos libros todavía.* Le pregunto si puedo publicar esa confesión. *Tenés que hacerlo*, me contesta. Es inteligente: esa sola línea, ubicada en una crónica, la retiene hasta el fin de los tiempos en esta cárcel. Pero sé que no me miente. Sé que de verdad me acariciaría la cara y me pegaría un tajo. Y que luego me sostendría la cabeza contra su pecho, como si fuera su hijo querido, y me apuñalaría el torso y el vientre. Lo haría varias veces, de manera rápida y muda. Me dejaría sentado en la silla, prendería un Parisienne con su críquet fucsia y se lo fumaría contemplando ese sanguinolento pedazo de nada que se perdería para siempre en la nada.

Necrológica de una gran dama

La gran dama llamó desde su casa al jefe del archivo del diario y le hizo una pregunta fatal: ¿ya habían escrito su necrológica? El hombre trató de darle ánimo diciéndole que ella todavía era joven y que no entraba en ninguna cabeza la posibilidad de que se muriera. Pero Helenita, la gran dama del periodismo social, lo cortó en seco: los médicos la habían desahuciado, estaba postrada y él no hacía más que mentirle. *Te pido un solo favor, y me debés muchos* —dijo en tono dulcemente autoritario—. *Buscá mi sobre, haceme una copia y mandámela con una moto. Estos chicos de hoy en día son un desastre y si salgo mal retratada y está llena de errores va a ser un bochorno.*

Se trataba de un pedido indecente, pero Helenita se sentía más allá de todo: le pidió a su empleada que le suministrara un fuerte calmante, la sentara y le trajera la notebook que sus sobrinos le habían regalado al cumplir los ochenta. También que le abriera un champagne y se lo dejara en la mesita de luz dentro de un cubo con hielo. Cuando llegó la necrológica abrió con avidez el sobre y descubrió que no pasaba de los tres folios. Era, como había previsto, un currículum frío, apenas aderezado con algunos adjetivos melosos, acerca de sus cargos y méritos. La gran dama pensaba tipear palabra por palabra para pulir y agregar datos, pero a la tercera copa desechó ese camino. Permaneció dos horas paralizada, sin poder escribir una línea, recordando los estragos y fulgores de su carrera, y llorando como una niña. A medianoche, casi borracha, comenzó a escribir un largo epitafio. Había entrevistado a dictadores, estadistas y reyes, había visto con sus propios ojos los grandes acontecimientos del siglo, había cubierto fiestas y funerales fastuosos. Pero nada de todo eso se comparaba con haber conocido a Julián.

El caballero en cuestión trabajaba en la sección Turf pero no era burrero ni adicto a ningún otro juego de apuestas. Lucía flaco, alto y serio, y Helenita se enamoró de su ceremoniosa caballerosidad durante un glamoroso Carlos Pellegrini. Entre tantos aristócratas y personajes, el periodista destacaba por su solitaria discreción. La gran dama era festejada bulliciosamente por todos, menos por ese morocho impasible. A veces, de esas íntimas ofensas nacen las chispas del amor. Helenita se sintió ofendida y acalorada y se empeñó durante años en conquistarlo.

Julián era separado de sus primeras nupcias, y Helena era de buen ver, pero él se mantenía cautamente apartado de su porfiada telaraña. Julián vivía por debajo de sus expectativas, y por lo tanto la vida siempre le resultaba una sorpresa agradable e inesperada. Helena, contrariamente, vivía por encima de sus posibilidades, y por lo tanto siempre le faltaba algo y siempre sufría por alguna frustración. Sufrió muchísimo la amable distancia que el turfman le imponía. Y buscó otros novios con que darle celos. Novió incluso con candidatos famosos y posó con ellos en las revistas. Pero Julián no se movía de su displicencia. Un día, furiosa, pasó a buscarlo en el auto con chofer y lo siguió por la vereda; abrió una puerta y le ordenó desde adentro: *¡Subí, che, subí de una buena* *vez!* El caballero subió y tuvieron un encuentro bíblico, del que la mujer emergió conmocionada y bendecida, y de donde el varón surgió agradecido y prudente. Helena quería verlo día y noche. Julián condescendía, para no desairarla, verla una vez por mes. Cuando Helena entraba en la redacción por una puerta, Julián salía diplomáticamente por otra.

Harta y dolida, la gran dama buscó nuevos horizontes y se dispuso a olvidarlo. Nunca pudo. El turfman se casó con una maestra jardinera de Lanús Oeste y aceptó la corresponsalía en La Plata. Hasta donde Helena supo, fueron incomprensiblemente felices. Al final, un infarto sacó de circulación al esquivo corresponsal y Helenita lo lloró durante años.

Ahora que reescribía esta necrológica impublicable se daba cuenta de que lo único verdaderamente interesante que se llevaba a la tumba era aquel amor inacabado. Los reyes, los famosos, los notables, la Historia, el lujo, los brillos, el talento, la gloria. Nada de eso merecía una línea en su nota de despedida.

Cerró de madrugada la notebook, se tomó la última copa y se dejó dormir.

Buscando a un tipo lógico

Las siete amigas íntimas de Loli se habían propuesto aquel verano conseguirle un "tipo lógico". Todas ellas se habían casado y ya estaban llenas de pequeños hijos que las mandoneaban, de suegras impertinentes y solidarias y, sobre todo, de maridos lógicos que volvían los fines de semana a Punta del Este después de trabajar de lunes a jueves en sus promisorios estudios y prósperas compañías. Loli era una arquitecta muy guapa, pero con una inagotable capacidad para enredarse con casados, vagos, bohemios, insolventes, sospechosos o impresentables. *Elige mal y no tiene suerte*, se decían las siete amigas, que parecían más ansiosas que la propia Loli por que ella fundara una familia. No querían tratarla como una paria y entonces le fueron transmitiendo, cada una a su manera, la imperiosa necesidad de encontrar un "tipo lógico", esa especie codiciada que integraban hombres de cabeza asentada, con buena posición, bien conectados y sumamente hogareños. Tenían también que ser viajados y bilingües, sin adicciones a la vista y, algo muy importante, exalumnos de un colegio conocido y con "lazos familiares verificables".

Borracha de whisky en una terraza de Solanas, la madre de una de sus amigas le susurró a Loli: *No te dejes lavar el cerebro. Te lo digo por experiencia. ¡A la mierda con la lógica!* Pero Loli no le hizo caso y asistió al primer cóctel organizado por las siete jinetes del Apocalipsis. Era en Manantiales, y manos invisibles la fueron acercando durante la noche a dos candidatos. El primero resultó ser un soltero de 35 años que tenía modales tan pero tan prolijos que de pronto Loli se sintió inexplicablemente desgreñada y sucia. El segundo le habló durante treinta minutos sobre las enormes ventajas de tener cuatriciclos para manejarse dentro de los barrios privados. Le acercaron a último momento un tercer galán irresistible que venía de Egipto, pero que en lugar de contarle cosas deslumbrantes se pasó el resto de la velada recomendándole pequeños trucos para gastar poco y ver todo rápido: no parecía un viajero fascinante sino un simple operador turístico propenso a la tacañería.

Volvieron a la carga con una fiesta en La Barra plagada de gente lógica. A Loli solo le interesaron un poco las historias que contaba un muchacho tímido acerca de su "época salvaje", cuando había viajado a la India para buscarse a sí mismo y también cuando había hecho un clavado en Acapulco que lo mandó seis meses a un hospital. Pero el muchacho narraba esas peripecias como si le hubieran ocurrido a otro, y tenía ahora la fe de los conversos: le asqueaban el misticismo y los saltos sin red. Era un administrativo sedentario y conservador, al que lo más emocionante que le había ocurrido en los últimos años tenía que ver con la Bolsa de Cereales, un episodio que explicó en detalle mientras Loli bostezaba.

Enero transcurría velozmente entre más cócteles y reuniones, y avistajes y coqueteos de playa. Las amigas de Loli se sentían cada vez más enojadas con ella. Loli también se culpaba del fracaso, y a la vez padecía un hastío insoportable. En un acto de desesperación se dejó besuquear por un divorciado que tenía una inmobiliaria. Sus amigas, al conocer la novedad, la felicitaron y exageraron los encantos y valores lógicos del fulano. El entusiasmo era tan intenso que Loli no quiso decepcionarlas y se dejó llevar. El hombre la trataba como si ella fuera la princesa de Asturias. Y no desentonaba con los magníficos esposos de sus amigas, a quienes Loli tanto admiraba.

Hacia fines de enero hubo una fiesta de despedida en Solanas con el discreto objetivo de conmemorar la caza de la indomable. Al final del baile, Loli se derrumbó en una silla y descubrió que a su lado libaba aquella misma madre cínica que detestaba a los tipos lógicos. Miró de costado a Loli, que estaba fría y sonriente como una doncella de Velázquez, y le dijo con sorna: *¿No es hora de empezar con el whisky, querida?*

Desventuras de la chica salmón

De los escasos cambios que le trajo una separación tan anunciada el más notorio resultó su afición por el pescado crudo. Ese gusto no era nuevo pero su voracidad aumentó considerablemente al descubrir que un japonés enjuto y callado había abierto una pescadería inmaculada a la vuelta de la esquina.

Al principio, el japonés era hosco. Y la miró con asco cuando ella pidió filete de merluza. Sin embargo, la chica probó por la noche esas piezas y le parecieron un manjar. Regresó al día siguiente y se llevó a casa un trozo de salmón, que también le supo a gloria. Al regresar por tercera vez pidió de nuevo la merluza, pero confesó distraídamente que era para comerla sin cocinar. El japonés reaccionó entonces con brusquedad japonesa. *¡No haga eso, que es cosa de peruanos!* —dijo entre dientes—. *El peruano quiere ser japonés. Y el cebiche es una farsa. Un buen japonés ve un buen pescado y lo aparta para sashimi. Es locura comer eso que usted come y que fue fileteado por vaya a saber quién. Si usted está viva es porque Dios existe. ¡Yo no hubiera vendido a usted si sabía que iba a comérselo crudo!*

Sacó un pequeño besugo de un freezer y le explicó que después de probarlo todo lo demás le parecería una basura. La chica lo comió al mediodía y por la noche, y se sintió hechizada por la gula. A partir de ese momento, asistió cada día a su cita con el japonés, que le enseñó a filetear la carne y a devorársela como dieta única y excluyente. *Es algo que nunca hago* —le aclaró—. *Le enseño todo esto porque hombres, mujeres feas y peruanos falsos sobran. Chica linda no mucha; como salmón hay que saber cuidarla bien.*

Ocurrieron dos o tres cosas. Ella se hizo adicta perdida al pescado crudo y a la natación compulsiva, y por supuesto se enamoró del japonés, que le explicaba didácticamente sobre el cuerpo desnudo los parecidos de cada parte con diferentes peces y moluscos del mar. Ella entonces lo presentó en fiestas culturales, donde empezó a correrse el rumor de que era hermano de Murakami o primo lejano de Fukuyama. La chica salmón necesitaba nadar en aguas abiertas, y braceaba en grupo todos los fines de semana a Colonia de ida y de vuelta. El japonés abrió un restaurante en Palermo Hollywood en honor a Toshiro Mifune. Se casaron, y enviudó una tarde de agosto, cuando un tifón azotó el Río de la Plata y la chica se perdió para siempre en el oscuro paraíso de los peces.

Madres, madres

La madre se esforzó durante años para que su hija la adorara por siempre. Naturalmente, no se daba cuenta de aquel deseo íntimo, egoísta e inconfesable. Bajo la coartada de querer lo mejor para su hija, criarla en felicidad, prepararla para la vida, atenderla día y noche, bajo el lema de ser —como todas— la mejor madre del mundo, ella cocinaba a lo largo de décadas la droga infalible: ser adorada, ser todo y mucho más para esa pequeña mujer que tanto se le parecía. A medida que la hija fue creciendo —como todas— comenzó a rebelarse contra su madre y a tratar de diferenciarse para hacer su propio camino.

Hubo varias etapas tormentosas. Primero la madre se sintió ignorada por esa hija adolescente que apenas le dirigía la palabra; luego tuvo discusiones violentas por salidas y materias y ropas mínimas y chicos. Más tarde hubo una disputa monumental por la carrera universitaria que había encarado. Le costó muchísimo a la madre entender que la hija tenía algunos derechos, como la intimidad y la vocación. Le dolió terriblemente descubrir que su hija ya no le obedecía. Aunque, por supuesto, no se trataba de un problema de autoridad, sino de adoración. Su hija ya no la adoraba, la droga se había terminado. Entonces, sin tener conciencia de lo que hacía, inspirada solamente en las abnegaciones de madre, comenzó a agredirla. Obviamente, tampoco sabía que la estaba agrediendo: para la madre solo se trataba de correctivos cariñosos, críticas al paso, señalamientos permanentes por el bien de su hija. Como había perdido la facultad de retenerla con el dinero y de colonizarla, la madre utilizaba la guerra de guerrillas. Cada vez que estaba cerca, cada vez que la llamaba por teléfono, aprovechaba para clavarle algún aguijón. Ese terrorismo doméstico volvía loca a la hija, a veces incluso la devastaba, y de hecho la iba alejando cada vez más.

La lejanía apenó a la madre, después la enfureció. *Los hijos son desagradecidos*, empezó a murmurar la deidad caída. La relación de dominio y libertad continuó envuelta en cariño y amor filial, en solidaridades mutuas y conmovedoras, también en momentos de calma y mucho afecto. Como la hija se casó con un muchacho de buena posición económica, a la madre —que todo le había costado tanto— le brotó instintivamente la bronca. *¡Qué fácil que les salen las cosas a ustedes!* —le recriminó un día—. *Cuánto derroche*. La primera frase llevaba la etiqueta inadmisible de la envidia. La segunda era una admonición: no sean tan felices porque pueden perderlo todo.

Esa admonición no se cumplió. La hija siguió adelante, vivió próspera y dichosa, y tuvo hijos. La madre se encargó de hacerle saber que a esos chicos los malcriaba, que elegía mal sus colegios, y que era demasiado dura o demasiado permisiva. Esto se combinaba con opiniones adversas que la madre dejaba caer sobre la casa, la decoración, la alfombra, el peinado de su hija y los *hobbies* de su yerno. Cuando la hija cumplió cuarenta y entró en la crisis de la mediana edad, resolvió recurrir al psicoanálisis. Allí descubrió con horrorosa claridad todas estas pujas indecibles con su madre. Vino entonces un período de frialdad que no hizo más que calentar las cosas.

Cinco años después la hija, magnánima y ceñuda frente a una enfermedad de la madre, empezó a amnistiarla. Sobrevinieron largas temporadas de indulto y de decadencia. Hasta que la hija pasó a ser la madre de su madre, y todo fue olvidado y perdonado. En ese instante justo, la hija de la hija dejó de dirigirle la palabra a su madre, y esta supo por primera vez que ya nunca más sería adorada y que no valía la pena vivir sin esa droga. La batalla de la hija contra la nieta resultó aún más violenta que la suya propia, y aunque la abuela no metía baza, una tarde en que la más chica de las tres se marchó dando un portazo largó una carajada larga y lúgubre. *¿De qué te reís, mamá?*, le preguntó su hija hecha una furia. La abuela se puso seria de repente, se limpió las lagrimitas de la risa con un pañuelo y dijo: *De todas nosotras.*

Cuando la diva perdió el glamour

En el apogeo de su belleza y de su arrasador éxito como protagonista de comedias de teléfono blanco, la actriz conoció también a su ángel de la guarda. La muchacha se llamaba Otilia, tenía 17 años, venía recomendada y parecía honesta. La actriz la tomó a prueba y por el camino la vistió, la educó y se preocupó por refinar sus gustos. Y le dio acceso exclusivo a su camarín y los sets. La actriz era veleidosa e insegura, y Oti sabía cabalgar las olas de su pena y euforia. Cuatro años después era imprescindible: criticaba vestidos, peinados y joyas; ayudaba a memorizar la letra y opinaba prudentemente sobre escenas y situaciones. La actriz se acostumbró a llevarla a las privadas y a rogarle su parecer sobre cada gesto y entonación. *¿Estuve bien ahí, Oti?* Muchas veces, Oti le respondía: *Estuvo majestuosa.* Al menos dos veces, en el transcurso de los años siguientes, Oti influyó sobre su patrona para que desistiera de un protagónico o tomara un papel menor pero consagratorio en una gran película. Fue enemiga silenciosa de dos maridos sucesivos de la actriz, que la desvalijaron y la abandonaron. La actriz, en cada uno de esos finales, la miró a Oti llorando y le dijo: *Tenías razón.* A pesar de que Oti jamás había abierto la boca.

La actriz se transformó en una verdadera diva cuando pasó del cine a la televisión, y Oti tuvo que sostenerla anímicamente en sus miedos. Las telenovelas la hicieron más famosa de lo que había sido nunca. Tuvo dos décadas brillantes, en parte gracias a que Otilia era su mano derecha y no le permitía cometer errores. Para conseguir una entrevista con la diosa de los culebrones había que seducir a su ángel protector: los periodistas la llenábamos de lisonjas y regalos. Oti abría o cerraba la puerta, y todo lo hacía en un segundo plano funcional y perfecto. A cambio, la millonaria no le retaceaba dinero, premios, comisiones. Mientras su jefa frecuentaba los romances turbios y la bebida, Oti ahorraba peso sobre peso y cultivaba la castidad. Muchas veces participaba en los comités de crisis para sacar a su patrona de sus sucesivos infiernos. Fue, en materia de alcoholismo, una acompañante terapéutica. Y fue también la hija que no había tenido, la administradora que le faltaba, la asistente que estaba en cada detalle, la objetora de guiones, la psicóloga.

Cuando la actriz se sintió vieja tuvieron una única disputa. Otilia le recriminó que rechazara pequeños papeles en espera de la gran oportunidad. Tenía que reconvertirse y aceptar "participaciones especiales". No podía darse el lujo de repetir el estigma del "crepúsculo de los dioses". La actriz, repitiendo quizá la vieja escena de una comedia, le dio una bofetada, y Oti hizo las valijas y se marchó. Al mes, la diva fue a buscarla para pedirle perdón y para mostrarle que había firmado un contrato: era un personaje secundario en un unitario, pero de una presencia decisiva. Oti regresó y su patrona tuvo diez años más de pequeños pero jugosos roles, de premios, de hombres inescrupulosos y de recaídas etílicas.

En la vejez plena, era un fantasma arrugado e irreconocible, había vendido todo lo que tenía para pagar deudas y estaba internada en un geriátrico. Oti tenía, en cambio, dos departamentos en Barrio Norte y una casa de veraneo en Pinamar; se había casado con un tramoyista retirado y la visitaba todas las semanas. Un día la vio ausente y sola, en el fondo del patio, y no pudo con su genio: se la llevó a su casa y la instaló en el cuarto de servicio. Todos los días, a las cinco de la tarde, se sentaban juntas a ver por el canal *Volver* la repetición de un ciclo de los años setenta. *¿Estuve bien ahí, Oti?*, le preguntaba a cada rato la diva marchita. *Estuvo majestuosa*, le respondía su ángel. Majestuosa.

Mamá no se rinde

El fantasma de mi padre visitaba la casa de mi hermana. Había encendido alguna vez una luz del quincho, y se quedaba acodado en la pared del cuarto de mi sobrina a vigilar su sueño sereno mientras el perro lo miraba hipnotizado. En mi familia no creen en fantasmas, y mi padre murió hace cinco años después de treinta y tres días de agonía. Marcial está en un nicho de la Chacarita, y yo me he resistido durante todo este tiempo a visitar ese lugar frío e impersonal donde sé que ya no queda nada de aquel millonario sin plata, aquel hombre inefable y valiente que me rompió el corazón yéndose temprano por culpa de una maldita enfermedad pulmonar contraída durante 1945 en los túneles ferroviarios de España.

Sin embargo, su viuda lo visita con frecuencia y no está tan convencida de que los espectros no deambulen a su antojo por este mundo. Al enterarse de que las luces se encendían solas y también de que soñaban con que mi padre se acodaba en aquella pared, Carmen se vistió rápido, compró unas flores y se dirigió al cementerio. Cambió el agua del florero, colocó las clavelinas, rezó un padrenuestro y dijo ante la lápida: *Viejo, no molestes más a los chicos, quedate aquí tranquilo.* Y a partir de ese momento, los fenómenos paranormales cesaron. Es que mi padre jamás resistió un reto de mi madre. Tampoco yo he podido resistirlo a lo largo de tantas décadas en este difícil oficio de hijo y de biógrafo. Socialista española de toda la vida, nunca le cayó bien el autoritarismo de los Kirchner, y me pedía hasta hace poco una y otra vez que denunciara sus atropellos. En la última Feria del Libro, Carmen se enojó porque un grupo de kirchneristas exaltados armaban un tremendo barullo en el pasillo y tapaban las voces de quienes presentábamos una antología de relatos. El ruido era tal que las palabras de Nelson Castro apenas se oían en la sala llena. Cuando me tocó el turno de hablar, vi con espanto que Carmen se levantaba de su asiento y encaraba la puerta. Por suerte, mi hijo iba tras ella para salvarla de una trifulca. Mi madre salió al pasillo y pidió a la turba un poco de respeto. Como no lo obtuvo y la destrataron, les gritó una cosa original: *¡Cállense, fascistas de izquierda!* Al final se callaron.

Le dio en el hígado que boicotearan el 82 por ciento móvil para los jubilados y criticó mis artículos históricos y culturales. Para ella, escribir era escribir sobre los Kirchner. Pero en Mar del Plata, mientras caminaba con unas amigas, se tropezó con un acto partidario a horas de la muerte de Néstor. Allí estaba Cristina, recién viuda, transida de dolor y hablando para un público nutrido. La Presidenta bajó de repente y comenzó a saludar a la gente que se encontraba a su paso. En ese camino, se topó con mi madre, que la miró a los ojos y le estrechó la mano. Fue un momento espeluznante, porque Carmen añoraba día y noche que alguna vez el destino le permitiera verla *cara a cara para cantarle las cuarenta. Pero no pude, no pude* —me dijo—. *Estaba delgadita y demacrada, tenía un gran pesar encima.* Mi madre le sonrió con tristeza y se quedó allí parada, junto al fantasma de Marcial, viendo como siempre que la historia les pasaba de largo.

Últimas noticias de Olga Cueto

La descubrí con un sobresalto en una breve noticia de la sección Cultura. En pocas líneas se decía que una periodista llamada Olga Cueto, que ejercía desde hacía más de veinte años el oficio en la ciudad de Ingeniero Lartigue, se encadenaba todas las mañanas a las rejas de la municipalidad y transmitía con ayuda de un micrófono, un amplificador y dos bafles su clásico programa radial frente a la plaza mayor y ante la atónita mirada de los paseantes y vecinos. Utilizaba, al parecer, una mesita y una silla plegable, que también transportaba en su Volvo modelo 1980, y daba noticias y pasaba sus discos de folclore, mientras denunciaba una y otra vez que el intendente había movido los hilos para levantarle el programa y cerrarle la boca. Un anónimo vocero municipal declaraba en aquel mismo suelto que esa administración pública de ninguna manera había ejercido censura y sugería que la mujer no estaba muy bien de la cabeza.

Este reportero había aprendido muchos secretos de la praxis periodística viendo en acción a aquella furibunda y alegre reina del teclado en la Patagonia, cuando ambos compartían la redacción de un diario sin destino. Yo era joven, y ella ya era vieja. Una mujer arrugada que fumaba cuatro paquetes por día, que no se teñía el pelo, que tenía caderas rotundas y que parecía una solterona retirada para siempre del amor. No escribía bien, aunque insólitamente se consideraba por encima de la media. Pero poseía un empuje sobrehumano y una decencia ingenua que nos admiraba y enternecía a todos. Algunos años después de aquel atardecer en el que nos despedimos en el andén de la terminal de ómnibus, me escribió una carta para informarme que ella también se volvía a sus pagos y que había estado leyendo mis artículos. No los elogiaba, pero al llenarme de fallidas recomendaciones técnicas y personales dejaba filtrar un enorme orgullo por mi trabajo. La olvidé en medio de tantas borrascas de la vida y los periódicos, como olvidamos tantas cosas en esta cruel montaña rusa en la que vivimos, hasta que una tarde me llamó por teléfono. Había leído mi colección de cuentos y quería sacarme al aire. Tenía la misma voz tabacal y varonil de antaño, pero se le notaba un cariño histórico irrefrenable y conmovedor. Mientras charlábamos un rato y recordábamos ante el público antiguas aventuras patagónicas, Olga Cueto rompió a llorar y me dejó perplejo. Luego supe que "Buenas tardes, Ingeniero Lartigue" era el programa que más se escuchaba en su pueblo y los alrededores. Olga difundía música, hacía entrevistas, criticaba a los políticos y recomendaba libros desde el mediodía hasta las siete de la tarde. Por fin se había convertido en lo que merecía ser: una líder de opinión, una cariñosa diva menor de aquella ciudad olvidada en el sur de Santa Fe. Ingeniero Lartigue tenía cinco mil habitantes y una única librería: "La Olga", que mezclaba novedades con libros usados, y con la que Susana, la hija adoptiva de Cueto, paraba la olla y daba de comer a sus tres hijos sin padre.

La larga entrevista telefónica que me hizo aquella vez entraba en pausa cada diez minutos para una tanda comercial durante la que se destacaban el único supermercado de la zona, el municipio, un consignatario de hacienda, una cooperativa agrícola y varios polirrubros. Olga pasaba todo tipo de mensajes, desde elogios y críticas a los invitados, hasta avisos de parientes y paisanos, y pedidos de localización de mascotas perdidas. Le juré públicamente que alguna vez la visitaría presumiendo que jamás cumpliría esa promesa, y no volví a saber de ella hasta quince años más tarde, cuando la encontré encadenada a las rejas de la municipalidad de Ingeniero Lartigue en una noticia breve y conmocionante.

Ensimismado en mi rutina traté durante algunas horas de eludir la obligación, pero me fue imposible: la noticia me picoteaba la conciencia y no me dejaba concentrar. Al llegar a la redacción hice tres o cuatro llamados y conseguí el número de aquella librería. Me atendió una mujer de voz vacilante, y no tuve más que darle mi nombre para que me advirtiera, completamente alarmada, que no necesitaba más líos de los que ya le llovían. Susana me cortó en seco y yo me quedé paralizado, sentado en mi escritorio, frente a mi computadora prendida. Puse "Olga Cueto" en Google para ver si podía enterarme qué estaba sucediendo, pero no había nada de nada. Durante el almuerzo les conté a mis jefes quién era realmente aquella mujer y la intriga que me provocaba todo el asunto. *¿Querés ir a ver si hay una historia?*, me preguntaron. Tomé un micro a las diez de la noche en Retiro y viajé sin dormir ocho horas hasta una localidad cercana. Un remisero de acento cordobés me llevó a través de la madrugada, las rutas vacías y los sembradíos hasta Ingeniero Lartigue, que se estaba desperezando. La ciudad era pequeña e idéntica a cientos de pintorescos y melancólicos pueblos del interior. Encontré fácilmente "La Olga" pero Susana todavía no había abierto. Me tomé un café con leche en el bar de la esquina y le pregunté al mozo por la señorita Cueto. Hizo un gesto como si no supiera o no le tocara saber. Anoté en mi cuaderno de tapas duras varias osadías históricas de mi amiga. Y pensé, mientras lo hacía, que Olga Cueto merecía al menos una novela. El mozo me avisó, como a las nueve, que habían levantado las persianas de la librería.

Eran los bajos de una casona. El local había sido, alguna vez, un garaje para coches o carruajes; un salón rectangular tapizado de anaqueles con volúmenes de lomos sobados. Parecía una castigada biblioteca obrera. Solo una mesa presentaba los libros de esos meses y aún así estaban llenos de polvo. Susana era una cuarentona desvaída y quejumbrosa que pensaba en susurros inaudibles. Estaba completamente abstraída en unas cuentas que hacía con una calculadora de la era del hielo. Elegí una *nouvelle* de Bernardo Kordon y se la llevé hasta el mostrador. Me cobró sin mirarme y recién entonces le dije quién era y a qué había venido. Revoleó los ojos e hizo un movimiento como si el esqueleto dejara de sostenerla. Luego suspiró largamente, como un animal rabioso, y me encaró: *¿Quiere verla?* Tenía ahora una voz desafiante, irritada y a la vez exhausta. Me miró unos segundos e hizo un movimiento con la cabeza: *Es arriba*, dijo de manera cortante. Tenía que salir y subir una escalera. Susana alcanzó la calle, apurando el trámite, y me señaló el camino. Empecé a subir los escalones con su vista clavada en la nuca. Al llegar arriba me di vuelta. *Acá lo que menos necesitamos es que vengan a convertirla a la mami en una heroína*, me dijo con los brazos cruzados. Se comía la cutícula del pulgar; no pude sostenerle la mirada. Seguí subiendo y toqué a una puerta. Oí que Olga tosía y tosía. Batí palmas y la llamé. Se hizo un silencio de tumba. Me quedé tieso, esperándola, y en ese suspenso estaba cuando comenzaron a escucharse los ruidos de la cerradura. Se movió el picaporte, se abrió la puerta y apareció Olga Cueto, infinitamente vieja, por la rendija. *Ay, Dios mío* —decía franqueándome el paso—. *Ay, Dios mío*. Me palpitaba fuerte el corazón: *Olguita, tanto tiempo*. Nos abrazamos. Me tomó la cara entre las dos manos para verme mejor, como si yo fuera un soldado desaparecido en la guerra y ella una madre que se había marchitado esperándome.

Al cabo de unas palabras y unas cortas vacilaciones, entré en su departamento: un living comedor, una cocina, un baño, una pieza y poco más. Los muebles eran de la década del sesenta. Me llevó hasta una pared llena de fotos. Había una, entre todas, donde ella y yo cubríamos un crimen en las márgenes del río Limay. Tenía pegada, con chinches, una muy posterior reseña amarillenta donde se afirmaba que yo tenía mucho futuro en la literatura. La profecía no se había cumplido.

Olga rengueaba envuelta en un batón y me explicaba que tenía problemas de várices y lumbago y que un cardiólogo le había advertido que no forzara su corazón, pero que todos esos achaques no le importaban nada. *Sentate, sentate, qué sorpresa, ¿qué es de tu vida?* Puso una pava en el fuego y preparó unos mates mientras me oía responder lo esencial: dos hijos grandes, un divorcio, mucho trabajo, vanos intentos de ser un gran novelista, amores encontrados en el camino. De repente estábamos tomando mate y comiendo bizcochitos de grasa y conversando como si no nos hubiéramos separado nunca. Olga era una tremenda habladora: me pasó rápidamente por encima con anécdotas e informaciones vitales. No tenía pareja, pero tampoco la extrañaba; Susana y los chicos eran su vida. Le había costado muchísimo comprar aquel edificio enclenque, y se había convertido en una voz importante del pueblo. El programa tenía mucha llegada. Mercedes Sosa había salido por teléfono desde París para charlar con Olga. Los Nocheros habían estrenado una canción en sus estudios. Desde la radio había iniciado campañas exitosas: una movida para que las abuelas les leyeran libros a los niños, premios para vecinos que fueran prolijos con las calles, cadena de solidaridad para que los más pobres no se quedaran sin un bocado en las fiestas, y denuncias concretas contra los que vendían paco en los barrios.

Tuve que pararle un poco el carro para que fuéramos al punto. *¿Y qué carajo está pasando con todo eso de las cadenas y la censura?*, le pregunté. Se quedó quietísima y callada unos segundos, parpadeando, como regresando a la realidad. *Ah, eso*, dijo y le pegó una sorbida a fondo a la bombilla. Me pareció que se le llenaban los ojos de lágrimas. Trataba de ver por dónde empezar. *Vos sabés que yo nunca me metí en política, siempre fui periodista.* Olga había sido tenuemente radical en su juventud, pero luego había abrazado con tanto ahínco este oficio que jamás se apartaba del catecismo esencial: no casarse con nadie. Con nadie y bajo ninguna circunstancia.

—El viejo Lartigue, bisnieto del fundador, vivía en Buenos Aires y al principio la radio fue un capricho, te digo la verdad —empezó; lo único que no había envejecido durante aquellos años era su energía, seguía siendo una tromba—. El don decía que quería devolverle al pueblo todo el cariño bla, bla, blá. Pero en realidad fue el hijo mayor, Julito, el que después le puso plata y empeño, y entre todos la sacamos adelante. Cuando volví del sur me dieron la mañana y me fue bien. Y eso que era una época áspera, nos cargamos a varios funcionarios y a un concejal que metieron la mano en la lata. Tuvimos denuncias penales, pero zafamos de todas. Yo les daba palos a esos hijos de puta, porque eran unos inútiles y unos corruptos que se cagaban en la gente. A los años, Julito me ofreció la tarde, que no estaba consolidada, y le dejó la mañana a un chasirete que tenía un pasquín. Quique Rigal, ¿lo conocés?

Olga no vivía en la Argentina sino en ese país cerrado y minimalista llamado Ingeniero Lartigue. Me dieron ganas de fumar, y eso que no fumaba desde casi tres décadas.

—Quique Rigal —pronuncié para ver cómo sabía en la boca. Pero no sabía bien ni me sonaba de ningún lado.

—Te pregunto porque la va de amigo de los grandes periodistas porteños —dijo Olga y me ofreció otro mate—. A lo mejor eso también es un camelo, andá a saber. Rigal es un trucho, con más humos que sorete de invierno. Y bien metido a la derecha. En el pasquín, que era un semanario de mala muerte, él nada más hacía fotos, porque escribía con los pies, pero vos vieras cómo pasaba la gorra. Cuando tuvo el micrófono, imaginate: la gorra se le llenó de avisadores. Sobre todo de la comuna, porque Rigal vendía protección, ¿viste? "Me ponés avisos y yo no te mando al fuego". Una basura.

—¿Le contaste a Julito?

—Miles de veces, pero ni bolilla —dijo encogiéndose de hombros y alzando irónicamente las cejas—. Yo entonces, entre canción y canción, entre libro y libro, metía mis sablazos. Porque estamos para joder, ¿no?

Sonreí como si me pesara el alma rota. Se oyeron a lo lejos ofertas de verdura fresca formuladas desde un megáfono.

—La crisis económica, como a todos, nos castigó pero no nos borró del mapa —dijo Olga y se paró a buscar una botella de Tres Plumas. La renguera era tan pronunciada que me pegó en el corazón—. Después estos ganaron las elecciones, y la verdad es que hicieron una buena gestión. Igual yo les seguía dando leña, para que no se durmieran.

—¿Quién es el intendente?

—El Tano Calotti, que pasó por todos los peronismos, pero que ahora parece que defendió Playa Girón.

—Está de moda inventarse una batalla.

—Nosotros tenemos más batallas que todos ellos, guachito, ¿no? —me dijo pegando una carcajada brusca que derivó en un catarro. Tenía un poco de artritis, pero se las arregló para recoger de una vitrina dos copas. Las trajo a la mesa en una bandeja—. Destapá que así echamos un traguito. Va a hacer frío hoy. Mucho frío.

Tiraba para hacer calor, pero no la quise contradecir. El mate amargo me había dejado un gusto feo en la boca, y además necesitaba echarme algo fuerte en el garguero. La noche en vela, el viaje y los presentimientos me tenían desangelado. Destapé la botella y serví. Brindamos. *Por los cagatintas*, propuso ella. Volvimos a brindar. El alcohol me bajó por las entrañas como un fantasma elástico y helado que se me acomodaba en el interior del cuerpo. Olga chasqueó la lengua y se sentó con cierta dificultad. La fuerza que tenía no armonizaba con esos huesos maltrechos ni con esa carne magullada por el tiempo.

—Nobleza obliga: a Calotti le tocaron años de vacas gordas, pero fue inteligente —dijo golpeando la mesa con los nudillos—. Hizo equilibrio cuando vino la guerra del campo para que sus patrones de Buenos Aires no lo pasaran a degüello y para que los votantes de acá no se lo comieran crudo. Y te digo que más o menos zafó. Con las arcas llenas empezó a hacer obra, y yo lo elogiaba a regañadientes, porque no quería aparecer como alcahueta. Pero prometió con pompa y todo que iba a construir un puente carretero, que ya tenía inversores, y pasaba el tiempo y nada, che. Nada de nada. Entonces todas las tardes yo agarraba el fierrito y decía: "Pasaron tres años, seis meses y dos días desde que prometió el puente. ¿Qué pasa, señor Calotti?".

Me reí para festejarle la ocurrencia y ella me imitó, aunque los dos teníamos los ojos serios. Y opacos.

—Veo que la cosa se iba caldeando —dije.

—Empezó a hacer cosas que no me gustaban ni un poquito.

—¿Cómo qué?

—Billetera. Ponía guita en cualquiera y por cualquier motivo. Les daba plata a algunos chacareros para que no trabajaran. Conseguía chupamedias con desgravaciones fiscales. Anexaba con dineros públicos a vecinos influyentes. Callaba bocas. El Estado invertía en todo. Te digo la verdad: a mí eso no me parece del todo mal, pero este se pasaba de rosca. Toda actividad humana le parecía que necesitaba apoyo municipal. Y como todo dios se cree que merece el cielo, acá nadie se le negaba. Eso no está bien, porque se va amasando un clima general como de empleado público, guachito. "Para qué me voy a romper el culo si viene el Barbudo de arriba a salvarme". ¿Me entendés?

Asentí como si entendiera. De pronto tenía el desprecio bordado en los labios resecos.

—El asunto es que nadie le contaba a Calotti las costillas, y un día un albañil al que parece que le habían garpado mal un laburo contó que el intendente se estaba haciendo flor de mansión en Venado Tuerto, el muy culeado. Y era así nomás. Hubo mucho quilombo, imaginate. El Tano me empezó a acusar de trabajar para la oposición. "¿Qué oposición? —le contestaba yo—. Si acá oposición no hay".

—¿Y la radio te bancaba?

—Julito Lartigue no decía ni mu, andaba siempre por Buenos Aires. Y el turro de Rigal se había vuelto oficialista. Un gran felpudo. Pero ojo al piojo, el municipio se lo reconocía. El municipio es buen pagador: le ponía avisos, lo mandaba de viaje, le pedía asesorías rentadas. Hasta le daba premios. ¿No es un escándalo?

—Progresó rápido.

—Rapidísimo: cambió cinco veces de auto en tres años —levantó la voz mostrando todos los dedos de su mano izquierda—. Cinco veces. Y después se compró una chacra que te tiembla el tujes. Este Rigal tiene más pasado que el Coliseo Romano, pero empezaron a buscarme roña a mí. ¡A mí, que nunca estuve con los milicos y que me cuidé hasta de dónde cagar!

Estaba, por fin, furiosa. Se levantó trabajosamente y rengueó hasta la cocina. Sin moverme vi que quería preparar café. Acercó un termo. *En la plaza hace frío, ya vas a ver*, repitió desde la mesada. Terminé los restos del coñac: me sentía como anestesiado. Un rayito de sol entraba por la ventana y me quemaba el pantalón. Me descalcé bajo la mesa, estiré las piernas y los brazos, y bostecé. Olga se apoyó en el hueco de la puerta, esperando la resolución de las hornallas, y dijo limpiándose con el dorso de la mano la espuma de la boca:

—Un día Calotti llamó a Susana y le informó que "La Olga" era un monumento al libro, y que quería nombrarla de interés municipal. Le daba cinco mil pesos de subsidio por mes de por vida, y la restauración de los ejemplares antiguos corría por cuenta de la comuna. ¿Te das cuenta? Tuvimos un gran disgusto con la Susana. Quería agarrar a toda costa. Yo entiendo, le cambiaba la vida. Pero era un soborno. Lo saqué carpiendo al Tano.

—Susana no te lo perdona.

—Todavía no me lo perdona.

—¿Y cómo reaccionó el señor intendente?

—El supermercado que me bancaba llamó para decirme que no podía seguir poniendo avisos. Lo habían apretado con los precios de las góndolas, y había negociado. Por la inflación, ¿viste? Me explicaban que, por el apriete, las ganancias eran muy chicas y que no les daba para hacer publicidad.

—Un verso —chisté.

—Después me enteré de que en la negociación le habían pedido que no bancara a una destituyente como yo. Una destituyente, ¿te das cuenta? Yo no quería destituir nada, quería solamente decir la verdad.

Hubo un extraño silencio, donde los dos nos quedamos abstraídos en nuestros pensamientos. Cuando pitó la pava Olga la sacó del fuego, recogió una jarra de la alacena, colocó el filtro, vertió café y fue echándole agua mientras hablaba. Me paré para escucharla mejor. Me fui acercando a la cocina con la modorra de un gato.

—Pero me callé la boca y seguí adelante —estaba diciendo ella entre toses—. Pronto me avivé de que el consignatario de hacienda que me seguía desde joven ya no tenía plata. ¡Minga que no tenía! Andaba en una 4×4 que te cortaba el hipo. Ese sarnoso también había transado. Y después pasó lo mismo con la cooperativa y los polirrubros. Me dijeron que no rendía de tarde. Que a ellos les iba mejor de mañana, que el programa de Rigal tenía mayor penetración. Habían traído de Rosario a un tipo de una agencia de publicidad que los aconsejaba. Para mí que venía bancado por el Gobierno porque un día lo vi dando una charla en la municipalidad y siempre comía con el Tano Calotti. Mirá, no sé incluso si no es el mismo que le armó los afiches de campaña.

—Quedaste en manos de los avisos oficiales.

—Cada vez ponían menos y cada vez me hacían comer una amansadora más grande en las oficinas y en los pasillos —dijo y pasó todo el café al termo—. Los burócratas me humillaban.

—¿No pediste hablar directamente con Calotti?

—El Tano es primo carnal de mi tía, ¿sabés? Sí, un día me lo crucé en un asado.

—¿Qué te dijo?

—"Olguita, vos sos muy criticona, y los muchachos te tienen en la mira". ¿Qué muchachos?, le pregunté. No me contestó y lo mandé a la mierda. A la mismísima mierda.

—¿Hubo represalias?

—Empezaron las pintadas. "Olga Cueto, empleada de las corporaciones", me ponían. Un día aparece en el pasquín de Rigal una separata entera y carísima donde tomaban frases mías y las sacaban de contexto y las mezclaban con citas de Hitler y Mussolini. Me metieron una denuncia por apología del delito y otra por discriminación. Ya se demostró que no tenían fundamento, pero el juez es del partido y mantiene las causas abiertas. Lo encaré a Rigal y lo mandé a la puta que lo parió en una parrilla de acá a la vuelta. Me dijo en voz baja: "Estás haciendo mucho daño a la radio, Cueto. Si parás la mano y hacés un mínimo *mea culpa*, ganamos todos". ¿*Mea culpa*? Si yo no era culpable de nada.

Nos sentamos juntos en un sofá derrengado. Olga me volvió a agarrar la cara y a decirme: *Ay, Dios, todavía no puedo creer que hayas venido.* Le pasé un brazo por los hombros y la atraje hacia mí, como si fuera mi novia. Se quedó así unos segundos, recostada en mi pecho. Me pareció que moqueaba. Después de un rato se rehizo con un suspiro larguísimo y me palmeó la pierna.

—¿Te aburre todo esto?

—Cómo me va a aburrir, Olga.

—Me respondés como si todo esto te sonara conocido.

Dudé unos instantes.

—No es original.

Empezó a negar con la cabeza. Volvieron a escucharse a lo lejos las ofertas de verdura fresca.

—Me dejaban afuera de todo —oí que decía, y que volvía a toser—. No me invitaban a las reuniones, me retaceaban información, me ignoraban a la hora de los reconocimientos, la gente me insultaba por la calle. Un día se me acercaron dos pendejas en la peluquería y me empezaron a decir que yo era golpista, que trabajaba para la derecha y cosas así. Las agarré de las mechas. También hubo muchas llamadas. Muchas. "Ojalá te mueras de cáncer, vieja puta". "Sos empleada de los oligarcas", me dijo uno. Lo reconocí: "Juancito, sos vos, ¿no? Ya vas a ver cuando le diga a tu mamá".

Nos reímos un poco más.

—Yo lloraba de noche, para qué te voy a mentir. Y Susana seguía con la cantinela: "Dale, por favor mami, largá un poco. Dale, dale, mami, por favor". Pero vos me conocés, cuanto más me atacan, más fiera me pongo.

Y ese es el problema, pensé. Ahora me sentía tremendamente cansado y confuso.

—El colmo fue cuando puse a un perito al aire que contó cómo era el yeite del puente carretero —me cortó. De repente estaba orgullosa—. El puente se hacía ahora a toda velocidad pero por una adjudicación directa. Todo a pedir de boca de una empresa del primo del intendente. ¡La que se armó, guachito! ¡La que se armó!

Me levanté para ir al baño y le pedí que me esperara. Hice una larga meada. Desde la ventanita, mientras me lavaba las manos y me secaba la cara, divisé los fondos y más allá las casas bajas, un paisano a caballo, una camioneta, dos perros. *¿Qué estoy haciendo acá?* —me pregunté—. *¿Cómo se me ocurrió venir?* Colgué la toalla con mucha delicadeza y volví al living y al sofá. Olga hablaba con alguien por teléfono. Era un aparato viejo y negro con un disco grande. Colgó y separó una silla de la mesa para sentarse de costado y hablarme de frente. Apoyaba un brazo en el espaldar y recostaba el cuerpo. Se miraba las zapatillas; yo le miraba las várices.

—Lartigue vino a verme a esta misma casa —dijo, y levantó la vista para mirar en redondo los techos—. Me dio un poco de vergüenza mostrarle cómo vivía. Se sentó ahí donde estás vos y me dijo que en Rentas le habían hecho una carpeta muy gruesa y que no podía bancarse la presión. Le dije en la jeta que si le debía al fisco que pagara y se dejara de jorobar. Pero Julito me dijo muy seriamente que pagaba, y que así y todo les inventaban expedientes y que no había forma de defenderse porque todos eran compañeros: los jueces, lo dirigentes, los funcionarios. Estaba afligido. Casi me entraban ganas de consolarlo al pobre. Hasta que de repente me pidió que renunciara.

—¿Así nomás?

—Así nomás, guachito. Nunca hubo contrato de por medio así que ni indemnización ofrecía. Te juro que me sentí morir. Me sentí morir.

Mientras lo decía parecía que se le iba en ese mismo momento la vida por el aliento. La vi de pronto en una lejanísima escena de la Patagonia, peleando a los gritos con un abogado. Aquella Olga Cueto ya parecía una anciana. Pero una anciana inmortal. Esta Olga Cueto era un pájaro frágil que piaba por última vez.

—Quiero creer que saliste a denunciarlos.

—Salí a batir parche por la radio, y algunos me apoyaron pero me dolió ver que no eran muchos —dijo enderezándose con gesto de dolor. Le dolían las vértebras—. Acá como en cualquier lado te mandan a vos al frente y cuando las papas queman, se borran. Y además, cuando el bolsillo va bien, nada importa demasiado. A nadie le importa un carajo, la verdad.

—¿Y entonces?

—Me mandaron varias cédulas judiciales para que abandonara el programa. Y un día pasó lo que tenía que pasar: no me dejaron entrar al edificio. ¿Sabés lo que fue eso? No tenés idea. Una puñalada. Estuve muy muy muy triste, guachito. Muy triste varios días. Nadie me tocaba la puerta. Yo era un paria, una muerta en vida. Era la mala de la película, guachito. Gente que me conocía de siempre me daba vuelta la cara. Algunos pocos me hicieron el aguante. Pero no alcanzaron. No alcanzan.

—Olguita —le dije, impotente—. Lo lamento muchísimo.

—¡No lo lamentes! —me cruzó levantando una mano—. No me des el pésame que todavía no estiré la pata. Esperá y vas a ver… Al principio me la pasaba en esa cama que ves ahí. No podía ni hacerme de comer. Susana me preparaba guisos y me daba cucharadas en la boca. Adelgacé un montón. Pero una mañana me levanté, me bañé, me cambié y salí a caminar sin rumbo fijo. Caminé por todos lados y terminé sentada en un banquito de la plaza central. Miré a los chicos que jugaban, las palomas y los jilgueros, el borracho, los jubilados. Y las rejas. Vi las rejas y el edificio, y pensé en el puto de Coletti, y entonces se me prendió la lamparita.

—¿Cómo hacés con la electricidad? —le pregunté y me sentí un imbécil—. No me refiero a la lamparita sino al equipo.

Se ahogaba de risa, aunque el catarro era preocupante.

—No, está bien la pregunta —dijo barriéndose las lagrimitas con la manga del batón—. Le pedí a un electricista que me armara un chirimbolo para transmitir con la energía del auto. Se ve que el electricista boconeó porque me vino a ver el comisario, que también es pariente, para advertirme que si ponía el programa en la plaza a él le iban a impartir una orden desagradable: sacarme con la fuerza pública. "Atrevete —lo chucé—, y vas a salir escrachado en todos los canales". ¿Y sabés lo que me contestó el irrespetuoso? "No te creas, ya casi todos los canales son de ellos".

—Tiene razón.

—Es por eso que me encadeno, guachito. Transmito encadenada a las rejas para que sepan que si quieren levantarme va a ser un espectáculo y va a estar en el YouTube. Les voy a hacer una tremenda pataleta. Voy a ser una noticia mundial.

—Es una conjetura muy optimista —le dije con sinceridad.

Olga no lo tomó a bien, se paró en medio del living y por primera vez me miró con dureza. *¿Y qué querés? ¿Que me entregue querés?* Se lo negué con una convicción que no tenía. *Vine para escribir la historia y denunciarlos*, le recordé. No le dije, por supuesto, lo que hacían ellos con mis denuncias. Pareció calmarse un poco. Miró el reloj. *Podés echarte un poco y dormir una siestita* —propuso—. *Te despierto para ir.*

Me trajo una almohada y una manta, y me recosté un rato. Al principio no podía dormir porque la escuchaba ir de acá para allá, atender el teléfono en su cuarto, abrir y cerrar los cajones, pero hubo un momento en que me cayó toda la palma junta y quedé frito. No sé qué soñé pero tengo por seguro que el asunto siguió cocinándose en mi cabeza porque cuando Olga me despertó al mediodía con un sándwich y un vaso de coca, alguien me había proyectado por dentro enterita la miniserie patagónica y eso me había refrescado la memoria. Mientras comía en silencio y Olga se cambiaba pensé en aquellos años, cuando yo había cometido el terrible error de enamorarme de un líder y de una causa, y de privilegiar la política por encima del oficio. Había cometido muchos pecados en nombre de aquella militancia juvenil. Y aunque Olga había sido más rebelde, también ella había cedido un poco a esa tentación. Tal vez habíamos huido del sur para escapar precisamente de eso que habíamos sido. Tal vez la promesa de no casarnos con nadie, la religión de la verdad que luego habíamos abrazado a lo largo de estos años de periodismo independiente y pasional, no había sido otra cosa que el intento de borrar aquella mancha infame. Vaya paradoja. Cuando esperábamos en el andén, el tren no llegó. Y cuando al final vino el tren, no pudimos tomarlo.

Olga cruzó el departamento y me dejó un maletín percudido. *¿Me lo podés llevar vos? Son los discos y pesan mucho.* Me limpié con una servilleta, apuré el vaso y agarré el maletín como si fuera su valet. No pesaba tanto. Ella iba en pantalones y botas, y después de guardar el termo en un morral, se lo cruzó sobre el pecho y se puso un sombrero de chacarero pobre. *¿Sabés qué llevo acá?* —me preguntó palpándose el morral—. *Vamos a leer algunos cuentos tuyos, ¿qué te parece?* Encaramos una puerta trasera. *Me parece muy mal* —dije—. *Le compré a Susana un libro de Kordon. Nunca voy a ser tan bueno como Kordon. Leamos mejor* Kid Ñandubay.

Se encogió de hombros y comenzó a desandar una escalera de hierro. Abajo había una parra y a la sombra, su Volvo Familiar modelo 1980. Era un auto negro y lastimado por el óxido con un dispositivo eléctrico que comunicaba por dentro la batería del motor con el baúl posterior. En el baúl estaba la propaladora: un equipo de música, con bandeja y amplificador, bafles y micrófonos. En el asiento trasero llevaba una mesa plegable de aluminio y dos sillas de plástico. Una precaria emisora embutida en la cola de una carroza fúnebre. Cuidadosamente enrolladas sobre la alfombra delantera dormían dos cadenas gruesas con dos candados intimidantes. *¡Susana!*, gritó la vieja abriendo una puerta y subiéndose al coche con maniobras descoyuntadas. *¡Susana!*, repitió. Su hija adoptiva surgió de una cortina de cintas plásticas. Llevaba una niña en brazos y tenía una mirada extenuada. *Lo de siempre, m'hija* —le dijo Olga poniéndose al volante—. *Si me quieren llevar presa ya sabés qué hacer: te aviso por el celular y vos te venís rajando en la bici con una cámara. Y no te angusties mucho, más que un bobazo no me va a dar.* Susana me clavó los ojos: *Pensé que la iba a convencer a la mami*, me recriminó con voz violentamente dulce. *No hubo caso*, le mentí. Susana hizo una mueca de desdén y abrió los postigos.

El motor del Volvo arrancó como si fuera un cero kilómetro. Salimos despacio, Olga se inclinaba mucho hacia delante como si tuviera miopía. Dobló por una calle y le tocó bocina a una mujer que barría la vereda. *¿Sabés de qué me acusaban?* —preguntó mientras volvía a doblar—. *Me acusaban de recibir órdenes de mis anunciantes y de defender sus intereses. ¿Vos te imaginás a uno de mis anunciantes pidiéndome que diga una cosa o me calle una información? Si les temblaban las piernas cuando tenían que hablarme. ¡Me llegaban a insinuar algo y los sacaba cagando aceite, por favor!* La plaza central del pueblo quedaba a quince cuadras de "La Olga". *¿Sabés quién vive ahí?*, preguntó tres veces durante el recorrido: detrás de cada casa había un nombre y un apellido, y la identidad de un dirigente político que se había quedado con un vuelto.

La plaza en cuestión era verde y bien cuidada, y el edificio de la Municipalidad era un palacio que había sido construido por un caudillo de la Guerra de la Independencia. Ya llegaba la hora de la siesta y no había mucho movimiento. Destacaban, como cuatro gárgolas, cuatro agentes uniformados que vigilaban con ojos de águila la evolución del Volvo negro. Dos parejas de jubilados señalaron desde los bancos de piedra la llegada de la radio ambulante, y un mendigo sucio y turbio se acomodó cerca del cordón. Olga estacionó lentamente a pocos centímetros del enrejado, en un ángulo, y me preguntó: *¿Vas a hacer el programa conmigo, guachito?* No había forma de no hacerlo. Bajamos y abrimos la portezuela del baúl. Mientras ella prendía el equipo y enchufaba el micrófono, yo armaba la mesita y disponía las sillas de espaldas al edificio. La vieja eligió un disco de Los Chalchaleros y se acomodó para transmitir. Con una velocidad sorprendente pasó la cadena por las rejas y se la anudó en la cintura; cerró el candado con un golpe. Y acercó su boca al micrófono para una prueba de sonido. *Buenas tardes, Ingeniero Lartigue*, dijo con voz cálida mientras miraba alrededor como si contemplara a una multitud. Apartó un instante el micrófono de su boca y me estiró la segunda cadena. *¿De verdad vas a hacer el programa conmigo?*, me volvió a preguntar. Nos estábamos mirando a fondo. Muy a fondo. Tenía razón: tiraba para calor pero hacía frío.

Tomé los gruesos eslabones. Y me encadené a la reja.

Comedias

Mi forma de bromear es decir la verdad.
Es la broma más divertida.
WOODY ALLEN

Dicen que no encajo en este mundo.
Francamente, considero esos comentarios un halago.
¿Quién carajo quiere encajar en estos tiempos?
BILLY WILDER

Pacto de amor a la intemperie

No puedo prometerte fidelidad, le soltó ella en las lánguidas postrimerías del amor. Él estaba acodado en la almohada y simuló que la noticia no le sacudía los cimientos. Se habían conocido hacía un año en una fiesta de Palermo Viejo y la cosa marchaba sobre rieles. Nosotros dábamos por hecho que se casarían, serían felices y comerían perdices. Despertaban incluso una especie de efusión, un optimismo pueril: *No solo se van a casar sino que ese matrimonio no tendrá fecha de vencimiento*, apostábamos sus amigos.

—No puedo prometerte fidelidad porque no puedo prometer amarte para siempre —añadió ella en aquella noche glacial y secreta—. ¿Quién puede hacerlo sin mentir? Esta tontería solo es una fórmula que se usa en las iglesias y en los registros civiles, una burocracia, a lo sumo una cándida expresión de deseo. Porque nadie está en capacidad real de prometer amor a futuro. Nadie.

Él seguía el razonamiento de ella con la boca abierta. Ella seguía hablando con los ojos cerrados. *Podría entonces prometerte que mientras te ame te seré fiel, pero no pienso de ninguna manera prometer serte fiel en el infierno del desamor* —aclaró la mujer—. *Y* creo que vos no podrías pedirme que aunque no te amara permaneciera junto a vos, y que encima renunciara a cualquier otra pasión. Si yo te pidiera eso, estaría convirtiéndote en un eunuco. Fijate lo cruel y estúpida que sería.

El muchacho estaba helado, en estado de *shock*, pero no quería echarlo todo a perder diciéndole que aspiraba, como cualquier chico de barrio, al amor eterno y a la confianza ciega. Ella era muy moderna, muy francesa, y ese rasgo precisamente lo había enamorado. *Yo tampoco puedo prometerte nada* —le respondió él después de un rato de cavilaciones y tratando de hacerse el guapo—. *Pero antes de irme con otra me separaría para no tener que engañarte. Solo eso.*

Ella respondió desplegando una sonrisa triste y negando con la cabeza, pero sin abrir los ojos: *Esa es una maravillosa mentira, querido, las cosas no funcionan de ese modo. Cuando viene el desánimo, aparecen sin pedir permiso los otros amores, se filtran, se imponen, te arrasan.*

Pasaron varios minutos más donde solo se escuchaba la respiración de ella. A él le latía fuerte el corazón de los nervios, pero la mujer no podía escucharlo, o tal vez fingía no hacerlo. *Ya ves* —completó ella de repente—, *los dos somos honestos, estaremos juntos no por conveniencia o costumbre o puritanismo. Estaremos juntos porque nos queremos y deseamos. Y el día que eso no funcione, buscaremos a otras personas porque no somos santos y porque la carne es débil.*

Fue recién entonces cuando abrió los ojos y se tiró el pelo hacia atrás. *Yo no creo en sostener, en trabajar una pareja para que se sostenga* —agregó mirándolo fijo—. *Yo no creo en el esfuerzo amoroso. Creo que hay amor y deseo, o no hay. Por Dios, ¿qué es eso de sostener? Se me doblan los brazos, me cansa de solo pensarlo.*

Él tragó saliva: era un trato durísimo, los dejaba a la intemperie y sin corazas. Y no había alternativas porque, al revés que su novio, ella era una mujer de convicciones tajantes.

Se casaron a los dos años y se mudaron a la ciudad de Córdoba. Vivieron tres décadas queriéndose con pasión porque sabían perfectamente que los acechaba el desánimo y por lo tanto la infidelidad. De esta manera, jamás fueron infieles. Aunque nunca se jactan conmigo de esa virtud, que para ellos, como el mismísimo amor, es completamente provisional.

Jamás conocí a ninguna otra pareja que se amara tanto.

La escuela está arruinando a mis hijos

No es una reunión de rutina, pero el director hace una pregunta rutinaria: *¿Qué espera de nuestro colegio?* Mi amigo Guinzberg, que nunca se agita, le responde:

—Espero que me devuelvan a mi hijo tan bien como se los entregué.

El director se remueve en su asiento, intranquilo y perplejo.

—Bueno, por supuesto, acá le damos la mayor seguridad educativa y personal —atina a responder.

Al hijo de Guinzberg le han pegado dos palizas en el término de dos meses: una en el recreo y otra en el aula. El chico tiene 16 años, es promedio 9,50, devora libros desde los ocho y lee todos los días el diario. Guinzberg piensa, aunque no se lo dice a nadie, que a muchas de las maestras de 22 años que supuestamente le enseñan cosas importantes a su hijo él no las tomaría en su trabajo ni como ascensoristas. Y le rechinan los dientes cuando el chico vuelve del colegio y profiere frases insólitas sobre la política, el sexo, la divinidad y el destino. La mayoría de esas afirmaciones son políticamente correctas, cuando no realmente incorrectas, y son machacadas con gran pompa y certeza. Justo a Guinzberg, que hace de la duda intelectual toda una filosofía de vida. *Mi hijo está ocho horas por día expuesto a esa radiación, formateado por desconocidos que pronuncian verdades absolutas sobre cuestiones graves,* piensa con alarma, pero nunca lo dice. Aunque ahora está más molesto que de costumbre porque, encima de todo, andan hostigando al pibe y el colegio no hace nada.

—Ya no pido que me devuelvan a mi hijo mejor de lo que se los entregué —le repite al director—. Eso sería sobredimensionar a la escuela. Lo único que le pido es que no me lo devuelvan peor: mediocre, prejuicioso y lastimado.

El director le da, por supuesto, todas las garantías del mundo. Pero a las dos semanas, el chico vuelve a casa diciendo que la única explicación del origen del mundo es el Big Bang y que Wellington es bueno y Bonaparte es malo. Y al mes y medio, tres compañeros lo emboscan, le vacían la vianda y le llenan la cara de dedos.

—¿Qué tengo que hacer? —me pregunta Guinzberg, más nervioso que nunca.

—Tu hijo es un genio —le respondo, para darle ánimo—. No conozco a ningún otro chico que lea tanto, y tan bien. Acordate que los padres de Borges no querían mandarlo a la escuela porque temían que se contagiara de la escarlatina. En realidad, no querían que lo malformasen los maestros. Al final, después de unos años tuvieron que enviarlo a clase. Borges, en broma, decía que en ese marzo la escuela había interrumpido su educación.

Guinzberg está impaciente:

—Ese aspecto está perdido. ¡Ahora lo están cagando a trompadas!

Le cuento lo que me pasó en la infancia. Yo era un pibe tímido y soñador, escribía cuentos y leía libros, y en casa no me dejaban ver nada más que *El Santo* y *El Zorro*. Mi familia es asturiana, así que en Ravignani 2323 se hablaba en un castellano especial, y cada vez que se me escapaba una palabra española en clase o decía que no había visto tal programa en el recreo, me cargaban. Y luego me arrinconaban y me verdugueaban, y me daban sopapos. Mi vieja, que no había leído a Piaget, tomó una decisión histórica: me metió en una academia de judo. Cuando me hice cinturón amarillo mandé al piso a dos, y me trencé con uno más grande en el patio, ante todo el colegio que aplaudía. Perdí, pero el respeto que me gané por atreverme fue tremendo: nunca más se metieron conmigo.

—Tiene que haber una solución más civilizada —dice Guinzberg, que es judío.

—Yo deseaba, cuando era chico, ser normal. Porque ser distinto era un gran pecado. Entonces, para que no me jodieran y ser normal, me volvía servil y veía las cosas que ellos veían, y hablaba como ellos.

—Nosotros queremos que los chicos sean distintos —dijo Guinzberg, un poco exasperado—. Y ahí los uniforman. Cualquiera es un igual. ¡La gracia es ser un distinto, carajo!

Le damos muchas vueltas al asunto. Y al final gana la racionalidad. Guinzberg le mandará una carta documento al colegio.

—Qué racional lo tuyo —le digo.

—¡Ahora los preceptores lo van a tener que acompañar hasta al baño!

—Y qué contento que se va a poner tu hijo…

Los otros dos hijos de Guinzberg son más chicos y menos brillantes, pero más esforzados. Guinzberg últimamente está más concentrado en la trigonometría que en el periodismo. Y es periodista.

—Después está todo ese asunto de disponer de tu tiempo y de tu esfuerzo —dice—. Con el verso de que los padres tienen que involucrarse, el colegio dispone arbitrariamente de nuestras horas. No le enseñan a estudiar a los chicos, y descuentan que después de la doble escolaridad, nosotros nos sentaremos con ellos a estudiar horas tras horas, haciendo de maestros sustitutos. Todo para que no fracasen en los exámenes. Porque si fracasan ellos, fracasamos nosotros. ¡Nosotros, que pagamos el salario de los profesores! ¿Te das cuenta? Nos hacen ver la primaria y la secundaria todas de vuelta, mientras los que enseñan están en casa viendo televisión. Y ni hablar de las reuniones. Reuniones para cualquier cosa, ceremonias y carnavales escolares y quermeses y la puta que lo parió.

Está intratable. Y cuando Guinzberg está así es mejor no decir nada. Al rato, paga el vermut y propone:

—¿Y si abrimos una escuela? Debe ser un buen negocio.

—No te creas.

Le suena el celular. Lo veo irse por Ravignani hacia Santa Fe. Está hablando con uno de sus hijos. Lo sé porque todavía escucho su voz. Está hablando de la clorofila. Se detiene a ver un cartel de un gimnasio colocado en los altos de una casa. Hay una extraña palabra que está escrita en azul y que es más grande que todas las demás: Taekwondo.

Una amantísima y fiel esposa

Neno, un excompañero que estudió y trabajó durante quince años en los Estados Unidos, volvió unos meses para hacer una asesoría ejecutiva y aprovechó el tiempo para reencontrarse con sus viejos camaradas del oficio. Se fue, apresuradamente, antes de tiempo. Y me pidió que lo acompañara hasta Ezeiza. Había, como casi siempre, una huelga aeroportuaria, así que estuvimos tres horas tomando whisky con hielo, esperando y esperando. El whisky le soltó la lengua. Todos nosotros éramos allegados de Neno, pero Daniel era algo más. Era un amigo. Las amistades son como los cordones del Conurbano bonaerense. La mayoría de nosotros estaba en el segundo y tercer cordón; Daniel estaba en el primero.

Neno conoció a la esposa de Daniel en el espigón internacional, y le pareció linda y macanuda. Notó de inmediato que Daniel la adoraba y le obedecía. Se dio cuenta también de que Dani era inmensamente feliz. No aceptaron que se negara a pasar los fines de semana con ellos. Tenían una casa en Pilar, y se regocijaban dándole cobijo cuando no trabajaba. Pronto Neno creyó percibir que ella dominaba a su amigo, y que manejaba arbitrariamente los programas y los dineros de la casa. Cuando había fiestas en el chalet, la chica hacía corrillos con amigas y hablaba pestes de Daniel. Incluso cuando se quedaban imprevistamente solos en el porche o durante el desayuno, la mujer le decía a Neno sin parpadear y sin ponerse colorada que Daniel era avaro, estúpido y torpe. Y no aceptaba que Neno saliera a defenderlo. Jamás en presencia de Daniel la abnegada esposa sacaba a relucir su resentimiento marital, pero hasta era capaz de bromear ante sus compañeras de canasta sobre las debilidades viriles del amado esposo. Neno quiso volver al hotel pero Daniel se lo impidió. Trató de filtrarle alguna advertencia por entre las rendijas de esa armadura amorosa pero fue imposible. E intentó refutar en público a la bruja pero fue a su vez refutado por su propio amigo.

Una noche, durante una reunión, Neno y la mujer coincidieron en la cocina. Ella lo miró fijo y, sin que mediara ningún cambio de tono o discusión, le dijo: *¿Por qué no te volvés a casita, boludo?* Se lo dijo torva y amenazadoramente. Luego empujó la puerta vaivén y lo dejó solo, agarrado de la mesada. La cosa siguió más o menos de la misma manera, en un punto muerto en el que por culpa de Daniel nadie podía hacer nada: ella no podía echarlo y él no podía irse. Una madrugada de lluvia, Neno se levantó al baño y cuando salió la vio enmarcada en una puerta del pasillo. Tenía la bata abierta, estaba completamente desnuda y lo miraba con ojos de loba. *¿Qué tengo que hacer para que te vayas, boludo?*, le preguntó.

Neno pidió otro whisky mientras se escuchaban los altavoces de Aerolíneas Argentinas. *¿Y entonces?*, pregunté. *Y entonces hice las valijas y me escapé para siempre.*

Un tren, un domingo, una noche, un muerto

Era domingo por la noche y veníamos en tren como quien vuelve de una fantasía. El fin de semana se había acabado y la siniestra sombra del lunes ya nos carcomía la punta de los zapatos. Algunos dormían, otros escuchaban la radio o el iPod. Unos leían un diario viejo, una revista sobada o el libro de moda. La mayoría escrutaba la oscuridad o miraba las caras de los demás, rebotando de ojos a zapatos, en esa suerte de limbo *voyeurista* y traqueteado en el que vamos hacia alguna parte pensando en cualquier cosa.

A la altura de un paso a nivel el tren se detuvo en seco. Me di vuelta y vi gente corriendo en la calle. Un hombre se tomaba la cabeza. Y un policía se agachaba para ver algo entre los rieles; luego se alzaba con la cara lívida y respirando con dificultad. Varios vecinos y curiosos aparecían y hacían mímicas de espanto, pero a todos los escuchábamos como en sordina, atrapados como estábamos detrás de los vidrios.

De pronto giré la vista y noté que un largo reguero de sangre salía por debajo de nuestro vagón, atravesaba el cemento y llegaba hasta la vereda. Parecía una escena de una película de Brian De

Palma. Yo tenía el corazón arrugado y respiraba con dificultad. Pero la mayoría resoplaba por el atraso a que se veía sometido.

Una chica le dijo a su novio: *Vení, parece que un gil se tiró a la vía*. Una señora miraba el reloj y maldecía a las autoridades ferroviarias y a los bomberos, que no llegaban. Todos queríamos bajarnos y echar a correr, entrar de una vez por todas en el lunes y dejar atrás ese horror tan embarazoso.

Qué nos importaba la vida de ese desgraciado. Era nadie antes de que sucediera, y ahora era menos que nadie: era una masa sanguinolenta y anónima fragmentada en mil partes. Mueren muchas personas por minuto en el mundo. ¿Por qué esta persona sería más importante que las otras? No la conocíamos, no sabíamos qué le pasaba y por qué había cometido aquel error o aquella locura.

¿Qué tenía que ver con nosotros este personaje? Vayámonos a casa. Abran las puertas, por favor. Vamos caminando hasta Cabildo y luego a tomar un colectivo o un taxi. Pero vámonos ya mismo, que me sofoco. Abran, por favor. Qué extraño sentimiento se produce cuando la muerte ajena nos roza sin tocarnos. Cómo apuramos el paso para dejar atrás un destino que pudo haber sido el nuestro.

Al final se abrieron las puertas y bajamos de un salto, uno tras otro.

Un veterano se restregaba con ímpetu las suelas impecables de sus zapatos en unos pastizales inmundos, como si la sangre se le hubiera quedado pegada. A norte y a sur, nos fuimos disolviendo todos en la noche de ese domingo.

Al ratito nomás no quedaba ninguno y no había pasado nada.

se iba torciendo con los ojos cerrados, se iba recostando en el sofá y al final se quedaba dormido.

El día crucial todo ocurrió de la misma manera, solo que mi primo los madrugó con una bomba atómica. Comenzó a hablar y a hablar, y a dar las razones profundas, y su inminente exmujer lo fue apoyando en las argumentaciones. Lo más sorprendente fue que el padre de ella igualmente empezó a cabecear y al rato estaba, como siempre, durmiendo la siesta. La madre, en cambio, escuchaba todo con asombro y gravedad. Después de un largo rato, tras aquel soliloquio reciclado de a dos y cuando la pareja pensaba que ya lo había explicado todo, la gringa les preguntó: *Pero ¿por qué se separan?* Mi primo recurrió entonces a su bala de plata. *Por qué no nos queremos más*, dijo. La gringa parpadeó un instante, como si algo no estuviera bien, y después se puso firme: *¿Querer?*, preguntó. Buscaba algo a su alrededor, como si se le hubiera extraviado una prueba. *¿Querer?*, repitió. De pronto se dio vuelta y señaló al viejo que roncaba su siesta sobre el sofá. *¿Y ustedes creen que yo quiero a esto?*

Problemas para comunicar una separación

A mi primo le había costado mucho la separación. Era una buena mujer y no pasaba otra cosa que el fin del amor, algo que todos entienden en teoría pero que luego no aceptan en la práctica. Cuando les decís a tus amigos que te separás porque dejaste de amar a una mujer te dicen que no puede ser, qué debe haber otra cosa, buscan terceros en discordia, hablan de maltratos y vicios, y hasta dudan de tu salud mental. *Vos debés estar deprimido, ¿te medicaron?*, te preguntan. Mi primo es simpático y rojizo, y cuenta que a él le pasó exactamente eso la primera vez. *Estuvimos dos años cuestionándonos, llorando, fuimos a terapia de pareja, y al final caímos en la cuenta de que se había terminado* —exclama—. *¡El asunto era cómo decírselo a mis suegros!* Los padres de ella eran dos gringos elementales que vivían en el campo y que venían una vez por mes en ómnibus desde Necochea. Los jóvenes iban a buscar-los a la estación, y como en un rito ineludible, la madre bajaba a los gritos y abrazos, y el padre con mirada soñolienta. Llegaban a casa, se sentaban en el living y los jóvenes les narraban a los viejos las novedades del trabajo y de la vida. Indefectiblemente, el viejo

Alguien se ha robado mi sobretodo

Tardé un mes en convencer a un prominente intelectual de que aceptara una entrevista pública en un auditorio de Buenos Aires. Vino media hora antes de empezar y me preguntó dónde dejaría su abrigo. Era un viejo sobretodo que necesitaba urgentemente pasar a retiro efectivo y que al sabio le chingaba por los cuatro costados. El sabio había sido gordo y desmesurado, y ahora era flaquísimo y frugal. Entramos por una puerta del costado, recorrimos un pasillo y subimos al escenario por atrás. Entre bambalinas solo había un sonidista aburrido. Le pedí que nos guardara el abrigo del intelectual y respondió alzando los hombros. Tomó el abrigo y lo colocó junto a la consola. El sabio me preguntó: *¿Será seguro? ¿No me lo robarán?* Los científicos del pensamiento pasan tantas horas a solas, frente a los libros, que se vuelven un poco aprensivos. Lo tranquilicé, se alzó el telón y salimos al toro.

Fue una larga entrevista subyugante, el sabio daba respuestas extraordinarias y el público lo interrumpía con aplausos a cada rato. Su discurso se centraba en la racionalidad necesaria frente a un país y un gobierno lleno de irracionales. Él parecía un

sacerdote sacudiendo las conciencias y el público, una grey mística que ovacionaba el catecismo de la razón en una patria emocional y autodestructiva. Cuando todo terminó y estaba firmando
autógrafos, pensé que todos éramos un poco más racionales y
europeos.

Me adelanté unos metros saludando a la gente y cuando el auditorio estaba semivacío y las luces empezaban a apagarse, vi que
el sabio se me venía encima: *¡Mi sobretodo! ¡Desapareció mi sobretodo! ¡Yo les dije! ¡Yo les dije!* Me sorprendió tanto que me quedé
helado. El sabio estaba completamente desbordado, a punto de
morir de un infarto. Caminaba de un lado a otro como una gallina recién degollada, cacareando y echando espuma por la boca.
No puede ser, dije para retenerlo, y subí las escaleras y me metí en
el fondo del escenario. El sonidista brillaba por su ausencia, y no
había ningún abrigo a la vista. *No puede ser*, dije, y me recompu-
se. *Tengo que calmar a este hombre porque se me muere acá de un
bobazo*, pensé. Yo estaba realmente compungido. Tenía la culpa
de esa tragedia y no podía creer lo evidente: un ladrón le había
birlado el sobretodo a uno de los intelectuales más importantes
de la Argentina como una dama de sociedad le había robado la
capa a la reina de España.

Bajé las escaleras y quise desdramatizar. A medida que lo hacía, me daba cuenta de que tanto alboroto por un simple sobretodo era una soberana tontería. Pero el intelectual no estaba de
acuerdo. Seguía dando vueltas y gritando su bronca, completamente histérico y fuera de sí. Traté de razonar con él. *¿Tenía documentos o algún objeto de valor en los bolsillos?*, le pregunté. No
tenía nada. *Bueno, entonces no se preocupe, le compramos un sobretodo nuevo y listo. Es más, le compramos un flor de sobretodo
que le va a quedar pintado*. El genio no quería saber nada. *Mi sobretodo* —decía solamente, negando, con lágrimas en los ojos—.
Mi sobretodo. Mi sobretodo. Estaba poseído, le había ocurrido una

catástrofe. *Pero ya le digo que le compramos uno nuevo, doctor —* insistí—. *No sé, ¿tiene algún valor especial para usted este sobreto-do en particular?* Me imaginaba yo que era el abrigo que le había regalado un viejo amor, o la prenda que había usado en alguna ocasión fundamental, o la cábala secreta de su vida. *Nada de eso —me dijo, enloquecido—. Pero era mi sobretodo. ¿Entiende? Mi sobretodo, y usted me lo perdió.*

De repente, como en un sueño, apareció un ángel rubio. Era una promotora de piernas largas y venía con dos cosas: una sonrisa de oreja a oreja y el sobretodo del intelectual. *Se lo bajamos por atrás para que no se manchara,* explicó la chica. El sabio no la miró. Tenía ojos solamente para su abrigo. Lo tomó, se lo puso encima, respirando agitadamente, y se tomó de las solapas. Parecía que había corrido una carrera de mil metros con vallas y zapatos de buzo. Boqueaba y decía, como en una letanía: *Mi so-bretodo, mi sobretodo.*

Tiro de esquina

El cordobés llevaba el pelo largo y se lo barría de la cara con un gesto familiar. Grau no le perdía detalle mientras cambiaba una y otra vez de sitio para desmarcarse de una mole que le tironeaba de la camiseta y que le echaba encima ochenta kilos de carne y huesos para obstruirlo y anularlo. El cordobés hacía señas desde la esquina izquierda y en el área todos buscaban nerviosamente la posición. En esos largos segundos del corner Grau sintió de pronto un pinchazo imaginario en la boca del estómago, allí donde suelen asentarse el miedo y el amor.

Aquel gesto lejano, mínimo y capilar de su capitán y estratego, le había incrustado en el cerebro el gesto último de su mujer. Y luego, fracciones de segundos más tarde, la mañana en que ella escondía el diario en el regazo al verlo llegar a casa.

El cordobés tomó impulso y le pegó a la pelota con el empeine. Era un experto en asistencias de alta precisión. Todos, incluyendo muy especialmente a Grau, que vivía del gol, lo veneraban. Y fue ciertamente una pegada estupenda: un zurdazo suave y a la vez mortífero, que se alzó y tomó una comba perfecta. La bola llovería sobre el pelotón del área desde arriba hacia abajo y desde afuera hacia adentro, y mientras venía en cámara lenta Grau dividió el alma del cuerpo.

El alma le subió con los huevos a la garganta pensando en los largos malestares de su mujer, mientras el cuerpo se fue colocando irreflexivamente cerca de la línea, hacia la derecha, casi agazapado. Su mujer llorando. Su mujer agria. Su mujer marcando con lápiz los clasificados de alquiler. Su mujer barriéndose el pelo de la cara con aquel gesto íntimo. Grau saltó sin darse cuenta, por puro oficio mecánico, con instinto de centrofoward. La pelota del cordobés llegó de repente como una jabalina, rebotó en el césped y Grau bajó los hombros y metió la cabeza. El arquero se quedó quieto sabiendo que zambullirse era inútil, y la mole de ochenta kilos siguió de largo y cayó dentro sin conseguir sacarla.

Grau no salió corriendo para festejar a pesar de que la hinchada rugía. Se quedó allí clavado, como si estuviera muerto, y sus compañeros lo arrojaron al suelo y lo abrazaron. Diez minutos después le pegó una patada inadmisible a la mole y el hombre de negro le mostró la tarjeta roja. Se fue llorando como si dejar a sus camaradas con uno menos le doliera en el corazón. Y siguió llorando en la desierta y silenciosa cocina donde no la veía nunca más.

El club de las mujeres naturales

Hace quince años funcionaba todavía en Pinamar el Club de las Mujeres Naturales, una broma iniciada en un balneario chic que reunía a diez o doce treintañeras que se habían anotado juntas en clases aeróbicas matutinas y en rigurosas caminatas al atardecer. Y cuya alianza alrededor de la amistad y la vida sana continuó en inviernos, otoños y primaveras; contagió a los maridos y a los chicos y dejó instituido el infaltable rito de febrero en aquel balneario, donde acampaban para reírse y para traspirar. Fanáticas como eran de los cuerpos saludables, se resistían sin embargo de manera militante a las cirugías estéticas. La primera defección del club fue a causa, precisamente, de que la más veterana de ellas se puso siliconas. Para calumniarla, creyeron el rumor de que una de las cápsulas había fallado y que la silicona le había migrado hacia un brazo.

El tiempo, no obstante, comenzó a conspirar contra el dogma. Las operaciones se fueron perfeccionando y volviendo masivas, y las chicas avanzaron hacia la crisis de los cuarenta. La segunda que desertó lo hizo a raíz de una separación: su esposo la dejó por una más joven y no pudo resistirse a un recauchutaje completo de pechera. Sus antiguas compañeras dieron aquí por cierto también el rumor de que al médico se le había ido la mano y que las nuevas protuberancias eran tan grandes que la mujer empezaba a tener serios problemas de columna. La tercera traidora causó conmoción: anunció de pronto que ese año no viajaría a Pinamar sino a Punta del Este, y las otras integrantes del club iniciaron entonces una rápida investigación. La verdad surgió a la luz: había cedido a las presiones de su hija y le había regalado una intervención quirúrgica para el cumpleaños de quince.

El grupo estaba menguando, pero eso no hacía sino redoblar el odio contra las dueñas de las turgencias artificiales. Mientras caminaban por la playa, las amigas se divertían señalando por lo bajo qué mujeres resistían la aberración de la época y quiénes hacían trampa. Habían desarrollado un sensor muy fino para detectar los pechos apócrifos y muchas veces compartían con sus maridos esos secretos. Lo hacían con la intención de rebajar las bellezas ajenas pero no hacían más que interesar a sus varones, que con esa excusa se la pasaban mirando.

Diez años después de haber fundado el club existía consenso social de que había buenos y malos cirujanos, y que entre los primeros había verdaderos genios. También que realizarse esas intervenciones podía cambiar positivamente la vida de una mujer e incluso de una pareja. Celebridades y damas de alta sociedad practicaban esas metamorfosis y las lucían orgullosas en las revistas del corazón. Ya no estaba mal visto comprar hecho lo que la naturaleza no había servido. Y las chicas de Pinamar nadaban ahora contra una corriente huracanada. Todavía se mantenían unidas en la tormenta, aunque con notables bajas, pero otras amigas y hermanas muy queridas se operaban o estaban en vías de hacerlo, y eso mellaba las convicciones.

La presidenta honoraria del club era una rubia pechugona, y una noche mirándose al espejo se descubrió caída y vieja, y pensó que su marido pronto dejaría de desearla. Estuvo deprimida dos meses, y un lunes de julio se tomó un Rivotril y presentó sus dudas a un cirujano, que le hizo unos análisis y le dio un turno para el quirófano. La operación fue un secreto de Estado, y salió muy bien. De allí al verano visitaba a sus compinches con rigurosos suéteres cerrados: una de ellas (ya solo quedaban cuatro) le dijo que la notaba distinta. Para las fiestas, la presidenta llamó a todas por teléfono y les anunció que esta vez no se verían en Pinamar. Le armaron un escándalo y la obligaron a una cena. La rubia se presentó con un escote generoso y las dejó estupefactas. *En mi descargo* —dijo seriamente— *vaya que no es lo mismo ponerse que sacarse*. Y así fue como esa noche quedó disuelto para siempre el enfático Club de las Mujeres Naturales.

Peripecias de un resentido

Se despertaba muy temprano para leer los diarios recién subidos a Internet y para comenzar lo antes posible con su tarea de demolición. Entraba en las páginas que tenían foros y permitían dejar mensajes, y mientras desayunaba café amargo con galletas leía en diagonal las notas principales y se apresuraba a escribir mandobles contra los periodistas. A unos los corría por derecha y a otros por izquierda. A todos trataba con cruel ironía y con desprecio profundo, insinuando que eran mediocres o estaban comprados. Metía cizaña y animaba a los foristas que le seguían el tren, mientras entraba en otros sitios para dar pinchazos y puñaladas a diestra y siniestra. Hacía zapping en la televisión por los noticieros matutinos y paseaba por las radios con avidez. Tenía siempre a mano los e-mails, dominios y teléfonos de los medios, y entonces dejaba frases envenenadas en los contestadores automáticos de las emisoras o intervenía con parrafadas pérfidas en la web. Últimamente, se dedicaba a enviar frases hirientes a través de Twitter. Insultos que iban destinados a personajes relevantes a los que había que bajar de ese repugnante pedestal.

Su militancia le ocupaba toda la mañana y toda la tarde. Al anochecer salía a caminar un rato y a hacer compras, y después de la cena, lanzaba los últimos dardos apoyándose en los programas políticos del cable y en las tertulias nocturnas de la AM. Muchas veces soñaba en la cama que mantenía una feroz esgrima con un famoso, y sentía la enorme satisfacción de verlo desencajado. En ocasiones lo acometía una pesadilla recurrente: un eterno apagón eléctrico lo dejaba sin la posibilidad de practicar su arte, se revolvía en la abstinencia y era atacado, un segundo antes de despertar, por una urticaria completa y fatal que lo obligaba arrastrarse por el piso.

El sujeto estaba separado desde hacía cuatro años y desocupado desde hacía tres. Pero su madre le pasaba una mensualidad, y la verdad es que él era muy gasolero. Prácticamente vivía pegado a las pantallas durante toda la semana. Solo descansaba los domingos, como pedía la Biblia, y lo hacía para subrayar obsesivamente los diarios en los bares y hacer anotaciones, practicar injurias ingeniosas y diseñar complejas maldades. También para elegir nuevos blancos, que iban desde políticos, artistas y deportistas hasta personas comunes con historias extraordinarias. Envidiaba profundamente esos brillos y hacía todo lo posible para apagarlos.

Detectado como un activista incansable de la red, un hombre de los servicios de inteligencia lo contactó en un bar de Palermo para ofrecerle un buen sueldo: tenía que acribillar a los enemigos del Estado. ¡Qué placer que te paguen por un trabajo que de todas maneras harías gratis! Aceptó gozoso, y recibió a los pocos días un cheque y una lista con objetivos. Puso mucha dedicación en hacerlos pedazos a lo largo de siete días, pero luego no pudo reprimir la tentación de destrozar a los demás bajo seudónimos nuevos. Su deseo era irrefrenable, y no podía disciplinarse. El hombre de los servicios de inteligencia volvió a contactarlo para advertirle que esa manía debía terminar. Que no recibiría ningún otro cheque si no se ceñía a los objetivos del Estado.

Durante dos días, con el esfuerzo de un alcohólico que trata a toda costa de no abrir una botella, resistió las pulsiones y se dedicó únicamente a su misión. Pero al tercer día resucitó como un exterminador masivo e indiscriminado, y siguió como siempre disparando contra todo lo que se movía. Como represalia, los servicios le infiltraron un virus en la computadora y estuvo sin sistema cuarenta y ocho horas desesperantes. Cuando pudo por fin reacondicionar el equipo decidió olvidarse del cheque, renunciar a la militancia política y seguir adelante como lo que era, un cazador solitario. Un pobre infeliz.

El creador de historias

El contador de historias vivió hasta su misteriosa muerte en los altos de una casa inglesa que daba su sombra a ese callejón sin salida que todavía forman el pasaje Ancón y las vías del ferrocarril. Había llegado un día de madrugada con su valija de cartón y su prehistórica Underwood, se había instalado frente a la ventana y junto al teléfono, y había convertido su soledad y su insomnio en utilitarios cuentos a precio fijo. Historias a pedido que elucubraba por las noches y que escribía febrilmente por las tardes. O que bosquejaba en una libreta y susurraba por teléfono a clientes apremiados.

Era en 1985 un hombre huidizo y perpetuamente descompuesto, flaco e introvertido, intoxicado por la nicotina y entonado por la ginebra. Un hombre sin amigos ni prontuario, pero tocado por la gracia singular de la imaginación. Un imaginador profesional al servicio de una industria.

A este extraño y laborioso personaje de Palermo Pobre debemos el remate de un célebre folletín por entregas, el capítulo más difícil de un culebrón, la sorpresiva resolución de una historieta que no llevaba a ninguna parte, el principio y el final de una novela autorreferencial que firmaba un inútil, el argumento completo de una obra que jamás se estrenó.

No había trama ni personaje que se le resistiera al enigmático soñador de ficciones que vivía en los altos de aquella casa vetusta y que atendía a cualquier hora y en cualquier día del año a productores desesperados, intelectuales perdidos en su propio laberinto, argumentistas sin oficio ni inspiración, editores sin ideas y telenovelistas al borde del infarto.

Para el contador de historias, cada resolución de cada problema resultaba un juego obsesivo y apasionante. A veces, cuando el nudo se negaba a desatarse y las musas dormían el sueño de los justos, el narrador entraba en un estado catatónico. Eran días de ayuno, de estreñimiento y de máxima concentración, donde todo parecía posible. Desde que arrojara la máquina de escribir contra la pared, hasta que pegara un alarido de furia por la ventana abierta, y pusiera en alerta total a los temibles muchachos de la 31.

Cuando finalmente las cosas tomaban su rumbo, el contador gozaba hasta el punto final y caía agotado sobre la cama. Ni los cheques que le llegaban por correo ni las lisonjas que recibía por línea privada alcanzaban la intensidad de aquel orgasmo. Toda su oscura vida cobraba entonces sentido, y reverdecían sus ganas de ser eterno, y se engañaba pensando por un momento que era el padre de la creación.

Luego de dos horas de ensueño, todo volvía a la realidad. Pero el recuerdo de ese instante mágico lo alentaba a seguir adelante. Al contador anónimo, no le interesaban la fama ni el dinero, ni cumplir los deseos de nadie. Solo le interesaba ese segundo supremo, ese minuto de gloria personal.

Hacía años que había dejado de preocuparse por su nombre. Y por la utopía de escribir su gran obra. Había consumido con seudónimos inverosímiles cientos de historietas y, por lo menos, una docena de novelitas policiales para la legendaria colección *Rastros*. Había trabajado como *ghostwriter* en varias editoriales y se había hecho cierto prestigio en ese particular mundillo de vanidosos y mediocres. Pero ese prestigio en modo alguno tenía que ver con el bronce. Era más bien un prestigio de pacotilla, ligado más a la imprenta que al arte. Muchos recurrían solapadamente a sus servicios, y luego de pagar lo olvidaban. Casi nadie, hasta que los problemas se presentaban, hablaba del inefable hacedor del pasaje Ancón. A lo sumo, ocurría en un cóctel que alguien dejaba caer su apellido y que un locuaz narraba imprudentemente una anécdota. Todos, por lo general, tildaban de mercenario al inventor de historias y tendían sobre él un conveniente manto de silencio.

Al objeto de tanta ignominia no lo rozaban siquiera esos puñales desdeñosos. El hombre construía dentro de su fortaleza sin importarle la crítica ni la posteridad. Su único vínculo con el mundo exterior eran el diario *La Nación*, que el canillita le dejaba puntualmente en el umbral, y la feria de artesanos de Plaza Italia, donde compraba revistas añejas y libros del siglo pasado.

No escuchaba radio ni veía televisión. Era como un autista ensimismado en algo incomprensible para la mayoría de los seres humanos: la génesis de una historia, el destino de un antihéroe, la prefiguración de un melodrama.

La punta de un argumento o la revelación de una salida podían sorprenderlo bajo la ducha, sobre el inodoro, mientras cocinaba una sopa de espárragos o se preparaba la bolsa de agua caliente. Pero podía tener respuestas más rápidas. Podían llamarlo a medianoche, describirle someramente una escena y pedirle un consejo. Y él podía improvisar, sacar un conejo de la galera y transformarse en un repentista de la ficción. Todo dependía de la envergadura del conflicto.

Tanto lucimiento ante sí mismo, tanto encierro, fueron persuadiendo al creador de que era verdaderamente infalible. Y que su profesión podía convertirse con el tiempo en una ciencia exacta.

Esa secreta autosuficiencia, esa sensación de ser un Dios que todo lo anticipa y todo lo puede, lo llevó paradójicamente a su fracaso.

El asunto empezó como otro cualquiera, con una llamada al amanecer, y con un editor que suplicaba una entrevista. El contador de historias le abrió la puerta en pijama y pantuflas, y lo convidó con un mate amargo. El editor no tenía tiempo para ceremonias criollas: tomó uno de compromiso y fue directo al grano. Tenía entre manos la novela empantanada de un noble autor de monólogos interiores y soberanas borracheras, que había seducido a la industria del libro con un buen punto de partida y un currículum más o menos vistoso. El caballero en cuestión había escrito en tres meses de sobriedad la primera parte de un thriller, se había gastado los diez mil pesos de anticipo en whisky y luego se había declarado insolvente, impotente, inapetente y falto absoluto de la menor idea. Necesitaba, a juicio de su impaciente editor, un empujón que lo sacara de esa vía muerta y le permitiera saldar sus deudas con la tesorería.

Faltaría más. Para eso estaba aquel humilde contador de historias. Para echar un poco de luz sobre tanta tiniebla.

El editor hizo entonces lo que había venido a hacer. Recapituló el largo itinerario de los protagonistas, los puso en situación, describió sus personalidades, sus dramas y sus rutinas, y dictaminó que la lógica ficcional y el contrato exclusivo, exigían dos crímenes perfectos. Mujer y amante. Triángulo amoroso y fatal. Clásico de clásicos.

Al gran cavilador se le hacía agua la boca. Recogió su libreta y comenzó a formular preguntas. El amante era un pintor solitario que vivía en la planta alta de una casa muy vieja. El escritor oficial no había detallado las características de esa casa, pero al editor se le ocurrió que podía no ser muy diferente a la que el contador ocupaba en Ancón y las vías. Podía ambientarla allí mismo si lo deseaba. Pero debía ser muy preciso en cuanto al hábitat por el que se movería la dama: el narrador original la había retratado largamente en su departamento de la calle Rosetti. El futuro lector ya sabría, a esa altura, que la señora era dueña de un patrimonio considerable y de costumbres más bien conservadoras. Que a pesar de todo, no tenía servidumbre y que lo más peligroso que hacía, además de ponerle bucólicamente los cuernos a su marido en el atelier de un amigo de su amante, era ducharse sin alfombrita de goma. Su asesinato debería parecer un accidente. Y su marido debería tener la oportunidad de buscarse una coartada indestructible. *Pero a este hijo de mil putas no se le ocurre ni una cosa ni la otra*, dijo enardecido el editor de engendros.

El anfitrión, comprensivo, le palmeó la espalda y le dijo que lo dejara todo por su cuenta. Y el insufrible se fue de Palermo con cierta incredulidad sobre los hombros y demasiadas arrugas en la frente.

Cuando el contador de historias se quedó solo, puso manos a la obra. Examinó detenidamente sus anotaciones y anduvo de una punta a la otra como una fiera enjaulada hasta que se le terminaron los cigarrillos, cayó la noche y la luna llena lo encontró de cuclillas sobre el sillón, traspirando su propio terror a la página en blanco, y revisando los datos aprendidos de memoria como si encerraran las claves de todo el misterio.

Era la enésima vez que planificaba un crimen para no ser descubierto. Pero las dificultades que presentaba esta damita licenciosa y a la vez recatada, sin demasiados puntos vulnerables y casi con la obligación literaria de morir en el escenario mismo de sus vaivenes, lo estaban sacando de quicio. ¿Qué accidente doméstico podía tener esa mujer convencional en aquel departamento?

De repente, como muchas veces sucedía, la respuesta surgió de la propia pregunta, y la historia completa se reveló por fin ante sus ojos. El argumentista percibió entonces que solo le hacía falta el más simple de los accidentes mortales para la más simple de las víctimas. Miró a su alrededor, y la palabra vino del inconsciente y se instaló debajo de sus narices. La palabra era pequeña, casi graciosa. Gas. Simplemente gas.

El marido únicamente debería poner en corto una determinada llave de luz y dejar abierta una hornalla durante todo el día. El día en que la esposa dedicaba sus mejores méritos al pintor y volvía de noche a su morada. ¿Cuántas veces las crónicas traían esa clase de noticia? Violenta explosión provocó un escape de gas. Un muerto. Se supone que un cortocircuito precipitó la tragedia. Los vecinos habían notado el olor, pero no atinaron a llamar a los bomberos. El esposo de la occisa, que en el momento del luctuoso hecho se encontraba en su oficina, sufrió al enterarse una crisis nerviosa y debió ser internado en un nosocomio de la zona.

Telón. Un final sencillo para un problema complejo. En eso, pensó el contador de historias, consistía la genialidad. Y se sirvió una ginebra. Bueno, ya estaba, el gas también podría encargarse de aquel fornicador. El asesino podría aprovechar la rudimentaria instalación de su casa para eliminarlo sin tanto ruido pero con la misma eficiencia.

Echó un vistazo a su calefón antediluviano y eternamente encendido, y bajó hasta la calle para mirar de cerca la caja sellada del medidor y la llave de paso incorporada. Qué fácil, ¿no? Se espera la madrugada, que es cuando el sueño vence las últimas resistencias, se consigue un punzón o una barreta para forzar la caja, se cierra por un instante la llave y se la abre al siguiente, y se regocija uno imaginando cómo la llama sagrada del calefón se apaga, y cómo el piloto oxidado, sin modernas válvulas de seguridad, comienza un minuto después a despedir ese veneno invisible en esas habitaciones herméticamente cerradas por el invierno.

Calefones de mierda, menos mal que ya no se fabrican más. Una brisa y chau. Muerte segura. Al organizador de aquellas sublimes venganzas, le encantaba dibujar todas esas sesudas conclusiones en boca de ineptos policías. Brindó por ellos, y por su brillante idea.

Dos días después, los roles se habían invertido. El contador contaba y el editor, maravillado, tomaba nota.

Dos semanas más tarde, el vecino de mi barrio leyó en *La Nación* que una mujer de fortuna había perecido carbonizada en un departamento de la calle Rosetti. Y que su marido, un conocido editor, estaba siendo medicado por las secuelas que le había dejado el tremendo disgusto.

Mientras leía esas líneas, el inmenso creador esperaba insomne el amanecer sobre la cama, escuchaba los esmeros del punzón y sentía los primeros olores del gas. Tenía fuerzas para levantarse, estaba más despierto que nunca.

Pero jamás se hubiera atrevido a arruinar una trama tan perfecta.

La lección de un gigante

El contador bromeaba con su altura diciendo que no era petiso sino ligeramente bajo. Bastaba echarle un vistazo para entender que era algo más grave que un simple petiso. En Palermo Pobre le decíamos "el enano", pero de un modo simpático: siempre nos cayó bien y nos sorprendió a todos casándose con una chica agraciada que le llevaba una cabeza y media. Eso no impidió que su hijo Juan heredara los tamaños de su padre. El enano casi no había tenido problemas serios en la escuela, más allá de las cargadas habituales que él había aprendido a usar a su favor con autobromas preventivas y retruécanos ingeniosos.

Juan no tuvo tanta suerte. Los trucos que le enseñaba su padre de poco servían frente a la humillación constante y a las agresiones físicas periódicas que le infligía un grandulón. Juan no decía nada en casa para no empeorar el asunto y no pasar por delator, pero su padre se dio cuenta de todo. Pidió una audiencia con el rector, habló con el director de la primaria, tomó un café con el preceptor y al final de cuatro meses de gestiones fallidas consiguió el teléfono del grandulón y habló con su padre, un ingeniero civil que hacía rugby en una selección de veteranos.

El ingeniero sacó carpiendo al contador aduciendo que los padres no debían meterse en los juegos de los chicos. El enano lo llamó tres veces más sin resultados hasta que en septiembre Juan vino del colegio con un brazo roto. Cuando se reintegró a clase, el contador pidió permiso en su trabajo y fue a buscarlo a la salida. Tomó la mochila de Juan y siguió con la mirada los pasos del grandulón, que se dirigía hacia un BMW. *Quedate acá*, le ordenó el petiso a su hijo devolviéndole la mochila y sin darle tiempo para una protesta. Caminó hasta el gallardo y musculoso ingeniero y sin previo aviso le pegó un puñetazo en el hígado. Fue tal la sorpresa de la víctima que el golpe le dolió más de lo que en verdad le había dolido. Deportista al fin, acostumbrado a los entreveros, el ingeniero se recuperó con rapidez y le devolvió dos o tres castañazos. El enano cayó al piso y el ingeniero lo castigó con varios puntapiés asesinos. Toda la comunidad escolar observaba sin entender ni intervenir, con morbo y a la vez con espanto.

El enano terminó en el hospital y Juan, llorando a moco tendido en brazos de su madre. Lloraba de vergüenza y de rabia y de miedo. De hecho no le dirigió a su padre la palabra durante toda esa semana y al lunes siguiente, el petiso reapareció en la salida y abolló de una patada el capó del BMW. El ingeniero se bajó, miró el daño como quien mira el cráter inverosímil de un meteorito, y luego fijó sus ojos sangrientos en el contador, que lo esperaba a pie firme. El ingeniero le dio de nuevo leña, pero cuidándose un poco. Había reflexionado en los días anteriores, se había dado cuenta de que pudo haber matado a ese pobre infeliz y que podían haberle iniciado un flor de juicio por daños y lesiones. Así que ese temor íntimo, digamos esa apelación a la responsabilidad, hizo que la paliza fuera una paliza, pero sin convicción ni saña. Una semana más tarde el petiso reapareció en la escena del crimen y le voló de una piña el espejo retrovisor de la puerta. Tenía los dos ojos morados, los pómulos llenos de raspones, los labios hinchados y un brazo en cabestrillo. El ingeniero se tomó la cabeza y comenzó a moverla de un lado a otro. Apuró a su hijo y salió marcha atrás como si se lo llevara el Diablo.

Tres días después, la escena volvió a calcarse en su mínimo detalle, solo que esta vez el enano le reventó un faro con un martillo. Un viernes el enano se apersonó pero el ingeniero faltó a su cita. Juan salió despacio, como un sonámbulo, levantó la vista y divisó a su padre maltrecho. Se le acercó despacio y le dijo: *Papá, retiraron al grandulón del colegio. ¡Se fueron!* El enano asintió despacio, porque le dolía todo, y Juan entonces lo abrazó por la cintura. Ahora su padre le parecía un verdadero gigante.

Cuidado con este perro

Pudo seguir paso a paso el derrotero amoroso de su exmujer gracias al caniche blanco que compartían.

Claudio había dejado el hogar por incompatibilidad de caracteres y fatiga de combate, y poco después había tenido que disputar con ella objeto por objeto durante la tensa negociación extrajudicial del divorcio. Tabo ni siquiera fue materia de discusión. Aunque Claudio se sentía literalmente su padre, se encargaba de su comida y sus paseos, y hasta le permitía dormir a sus pies en la cama, su exmujer logró en un relámpago la tenencia del caniche.

A las pocas semanas de ocurrido el desenlace, y cuando Claudio fue a recoger por primera vez a sus hijos al mismísimo departamento que acababa de perder, el perro lo sorprendió en toda la línea: no salió a hacerle fiestas, como siempre; se quedó en el balcón, entre las macetas, mirando indolentemente la calle, y cuando su amo fue a acariciarlo le mostró por primera vez los dientes. Esa actitud le provocó a Claudio un dolor profundo, y luego una curiosa revelación: el perro no se quejaba de abandono, como parecía en una primera instancia; solo expresaba el resentimiento de su exesposa. Los caniches son los perros más inteligentes, fieles y sensibles de la Tierra. Tabo actuaba instintivamente en nombre de su ama.

Resignado a que así fuera, el hombre avanzó tratando de saber algo de la vida de su ex, no porque la extrañara o pretendiera volver a ella, sino por esa intriga profunda que se crea alrededor de saber si la excompañera de uno perdonó, si se relacionó con otras personas, si cambió mucho. Como en toda separación, sus chicos jamás filtraban información y padeceres de uno y otro padre con la secreta esperanza de volver a reunirlos. Por lo tanto, Claudio se contentó con observar las evoluciones del caniche blanco y hacer deducciones a partir de sus gestos.

Después de algunas semanas de gruñidos, Tabo pasó a unos ladridos feroces: el odio de su exmujer se acrecentaba con la soledad. Posteriormente, Tabo adoptó una fría indiferencia. Y se mantuvo en esa posición casi todo un año, al cabo del cual un día lo recibió con tibia y sospechosa simpatía. Claudio imaginó que su exmujer ya lo había perdonado, y se sintió aliviado de ese peso tremendo.

La simpatía de Tabo, sin embargo, no era efusiva sino despectiva, y a veces el hombre pensaba sinceramente que el animal se burlaba de él. Hubo un tiempo más o menos largo en que el caniche le movía la cola como antes, pero Claudio se dio cuenta de que lo hacía con el mismo cariño con que recibía a cualquiera. Digamos que era apenas un saludo cordial y de rigor. Una tarde de domingo el perro se le acercó, lo olió como una planta, levantó la pata y le orinó los zapatos. Se dio cuenta entonces que su exmujer por fin se había enamorado de otro.

La fidelidad de un enemigo

Cruz ya era un gerente joven y carismático cuando García llegó a la sucursal y se convirtió sin quererlo en su más fiel enemigo. García venía de Casa Central con muy buenos antecedentes, y Cruz detectó de inmediato que era sólido y efectivo, y que ponía en evidencia los defectos del grupo con sus notorias habilidades. De ahí a pensar que tarde o temprano pondría en jaque su propia supervivencia medió un solo paso.

El gerente era seductor y practicaba cierta demagogia con su gente: comenzó sutilmente a cohesionarlos en contra del forastero y a dejarlo afuera de reuniones, de códigos internos, de chistes colectivos.

García era algo introvertido, pero notó el aislamiento. Nadie le hablaba más de lo estrictamente necesario, y los compañeros se burlaban por lo bajo de sus decisiones y lo trataban con despectiva rudeza; a veces lo ignoraban como si no existiera. García intuía que Cruz movía los hilos, y no se equivocaba. Pronto el gerente se las arregló para que en la Casa Central lo pusieran en la mira. Con cierto consenso interno, Cruz le quitó entonces tareas relevantes y lo confinó a trabajos aislados y poco dignos de su inteligencia. García le pedía una entrevista a solas, pero Cruz no le respondía ni los e-mails. Tres meses de tormentos lo convencieron de escribir una carta al jefe de su jefe. Cuando Cruz se enteró pidió de inmediato un cambio de sucursal para el insolente y desleal empleado a quien nadie quería. García fue a parar a una sucursal lejana, y Cruz ascendió en un año y medio, y fue destinado a la Casa Central. Se ocupó desde ese Olimpo de que García peregrinara durante años por cargos y sucursales periféricas, que se le otorgaran misiones que estaban por encima de sus posibilidades, que fracasara con papelones incluidos, que perdiera bonos de productividad e incluso que fuera sancionado.

Cruz trepó por todo el escalafón, García se fue quedando en los descansos. Cinco años después de su infortunado encuentro, ambos coincidieron en una fiesta corporativa. Cruz estaba exultante, García fríamente sereno. Se miraron unos instantes desde lejos y entre la gente, y entonces el supergerente alzó su copa y le dedicó una sonrisa depredadora y triunfal. García bajó la vista y se quedó en su rincón, increíblemente solo dentro de la multitud.

No podía haber dos hombres más diferentes. Cruz estaba casado con una abogada preciosa y tenía tres hijos y una amante. García pintaba para solterón solitario: solo lo apasionaban el aeromodelismo y las partidas de ajedrez. Jugaba simultáneas en una plaza y pasaba sus fines de semana envuelto en una suave melancolía. A veces planeaba minuciosamente una estafa millonaria al banco. Todo quedaba en el terreno de la fantasía: no quería ser millonario, sino simplemente vengarse de aquella larga persecución.

Una tarde de lluvia, llegó la noticia de que Cruz había tenido un terrible accidente. Manejaba ebrio por la ruta y se había llevado por delante una combi escolar. Había muchos heridos y Cruz estaba en coma. García no pudo alegrarse, no encontró en ese acto ninguna justicia poética. Pero tampoco pudo resistir visitarlo en el sanatorio dos meses más tarde. Le dijo a la enfermera que era un amigo, y esta lo dejó pasar a la habitación vacía. Cruz dormía sin sobresaltos su siesta eterna. García, contra su propia naturaleza, comenzó a hablarle. Fue una o dos veces por semana, a lo largo de todo un año de silencio aséptico, a hablarle un rato: a veces le contaba chismes del banco, en ocasiones le narraba puntillosamente una partida de un ajedrecista célebre. La mayoría de las veces le hablaba de aviones. Antes de Navidad le salieron al paso en el pasillo: *Su amigo murió anoche. Lo sentimos mucho.* García lloró como si hubiera perdido a un hermano.

Alejo no se va de casa

Los padres de Alejo se habían juramentado para lograr de manera drástica e inminente que su hijo de 27 años abandonara final- mente la casa e iniciara su demorada independencia. Alejo era un muchachón alegre que había cambiado tres veces de carrera universitaria y que cursaba ahora el segundo año de diseño gráfi- co. Sus dos hermanos se habían casado: uno vivía en México y el mayor era gerente de una empresa brasileña. El benjamín se ha- bía resistido pasivamente a esa clase de empeños laborales, y sus padres veían con enorme preocupación que carecía de recursos e intenciones serias de abandonarlos. Más aún, Alejo había logra- do instalar a una novia en su cuarto, de manera que en aquellos días su vida resultaba armoniosa y perfecta. ¿Dónde estaría mejor que en aquel confortable hotel familiar con pensión completa y canilla libre?

Hartos de esta situación, pensando seriamente que el chico de- bía levantar vuelo por su propio bien, los padres idearon distintas estrategias. Lo llevaron a cenar una noche y le impusieron a solas algunas novedades: tendría que buscarse un trabajo, cocinarse su propia comida, limpiar lo que ensuciaba y lavar y plancharse la ropa. Alejo, a quien solían a veces atacarlo ráfagas de cierto pudor y dignidad, aseguró presurosamente que le parecía un buen trato.

El padre movió cielo y tierra para conseguirle un conchabo: la idea era sobre todo que aprendiera el rigor de los horarios y las exigencias de la vida real. No importaba tanto, en esta primera fase, que el dinero fuera suficiente. Una cosa llevaría inevitablemente a la otra. Enseguida, un amigo de un amigo lo metió como vendedor en una tienda de artículos deportivos. Mientras tanto, la madre dejó de ocuparse del hospedaje de Alejo: haciendo de tripas corazón comenzó a ignorar la cama deshecha, el piso polvoriento, la ropa usada y tirada en cualquier parte, y a propósito cocinó lo mínimo necesario para que ella y su marido cenaran solos cada noche. Cuando Alejo cobró el primer sueldo, le pidieron la mitad para solventar su consumo eléctrico, y le transfirieron la cuenta del celular.

El plan empezó a hacer agua al poco tiempo. Una tarde su padre desvió su auto para observar a Alejo en acción sin que su hijo se enterara, y vio cómo el muchachón traspiraba en la vidriera y era reprendido agriamente por un supervisor de menor edad. La escena le amargó el corazón al padre. *Te juro que tuve ganas de bajarme, cagarlo a trompadas a ese jefecito y decirle a Alejo que volviera para casa*, le confesó en la cama a su esposa.

Para no ser menos, ella le confesó a su vez que no podía resistir más el disgusto que le generaban las arrugas de las camisas, y que en secreto se las planchaba. También que más de una vez le cocinaba un tentempié y que le hacía una limpieza a fondo del cuarto una vez por semana porque era insostenible la mugre que se acumulaba bajo los muebles. De paso, en tren de poner todas las cartas sobre la mesa, el padre le admitió que pagaba la factura del Laverap y que había tomado una oferta de telefonía familiar según la cual el móvil de Alejo les salía prácticamente gratis.

No hizo falta más que Alejo, con lágrimas en los ojos, se declarara una tarde humillado por su joven jefe para que el padre lo alentara a renunciar de inmediato y le buscara una ocupación más adecuada. Tampoco para que la madre volviera, en el interregno, a sus tareas completas de hotelería. Durante los meses siguientes todos retrocedieron varios casilleros: el nuevo empleo no aparecía y aunque no podían admitirlo verbalmente los tres estaban felices de que las cosas hubieran vuelto a ser como siempre habían sido. Finalmente, un socio del padre los sorprendió con que tenía un cargo fantástico para el chico, algo que encajaba como un guante con su personalidad y con su estética. Y entonces Alejo reingresó al mundo laboral, mostró un entusiasmo notable y al poco tiempo les informó que había alquilado un monoambiente junto con su novia. Los padres, un poco asustados, trataron de ponerle paños fríos, pero no hubo caso: Alejo se mudó y siguió con su nueva rutina. Tres meses más tarde, padre y madre recurrieron a una terapia de pareja. Había algo más grave que el "okupa" del cuarto polvoriento, y era el inmaculado nido vacío.

Periodistas en un geriátrico

Sucederá probablemente en un futuro no tan lejano que a la manera de la Casa del Teatro se abrirá un geriátrico para periodistas. Imagino que convivirán en esa casona de Palermo colegas de toda laya, ideología y estilo. Jugarán lánguida y perezosamente ajedrez, dominó y cartas aquella dama de las mañanas radiales con aquel columnista político y también aquel showman televisivo con un agrio investigador y con un atildado comentarista económico. Hombres y mujeres de izquierda y de derecha, algunos enfrentados a muerte por la política, harán las paces en el otoño de sus vidas, aunque no se privarán de largas discusiones sobre la actuación de unos y otros en sucesivos pasados, y acerca de cómo quedarán finalmente en la Historia. Se debatirá hasta el cansancio sobre el periodismo militante y, su contrapartida, el periodismo profesional. Se oirán, de tarde en tarde, frases enfáticas como "la objetividad no existe, estúpido, ustedes trabajaban para las corporaciones". O "eso no era periodismo era política, tarado, no había que casarse con nadie". Los conozco mucho, seguramente yo estaré entre ellos: habrá un choque de egos, un suave desandar de cinismos y una cierta amnistía general. Y a lo largo de la jornada miles de anécdotas inconvenientes, centenares de revelaciones impublicables, decenas de chistes negros.

Imagino también la preocupación de la administración del geriátrico frente a ese difícil e influyente grupo de gerontes. ¿Cómo mantenerlos a raya, cómo entretenerlos? En la junta ejecutiva de un geriátrico para periodistas se hará necesario y vital un periodista: es imposible tratar con esta especie carnívora sin la ayuda de algún depredador de experiencia.

Con los contactos que esos referentes de la prensa han acumulado a lo largo de los años no será difícil conseguir que las autoridades locales, provinciales o nacionales cedan al pedido de abrir una emisora (FM Periodistas) para que las antiguas glorias puedan despuntar el vicio y el público no se prive de seguir recibiendo sus razonamientos y conjeturas.

Eso es. Un estudio ubicado en una sala de la casona, con un técnico, una mesa, varios micrófonos y una luz que se encienda y se apague a cada rato. Y una programación clásica: tertulia mañanera con los diarios, tertulia de media mañana, magazine de la tarde y coloquios de la vuelta. Después solo música porque en los geriátricos se cena y se duerme temprano.

¿Cómo no pensar que algún gobierno de turno se indignará por los dardos envenenados y punzantes que esos ancianos lanzarán sin pestañear? ¿Es muy difícil prever que tarde o temprano les retirarán el subsidio y la licencia? Tampoco es imposible cavilar que las autoridades del geriátrico decidan, en mesa ejecutiva, seguir adelante con la emisora, ya no como modesta realidad sino como farsa. *No les diremos nada a los viejitos* —dirá el periodista que los asesora—. *Solo que por razones presupuestarias no habrá comunicaciones telefónicas. Y que únicamente se recibirán mensajes de oyentes. Que nosotros y las enfermeras escribiremos.*

Mis compañeros y yo iremos entonces todos los días a hacer programas enteros sin siquiera sospechar que nadie nos escucha, pretendiendo que la sociedad sigue ávida por saber qué opinamos sobre la realidad que solo leeremos o veremos por televisión. Nos buscaremos en Internet pero no nos encontraremos, y diremos indignados que hay una mano negra para borrarnos del mapa por nuestro espíritu crítico. Y nuestros hijos y nietos, que vendrán a visitarnos, dirán que la radio tiene mala señal pero que algunas cosas brillantes nos han oído en medio de la estática.

Al final del día, cuando se apaguen las luces y cada uno de nosotros nos quedemos boca arriba, en nuestras camas, esperando el sueño, recordaremos aquellos viejos tiempos en los que estuvimos juntos contra los poderosos y aquellos otros en los que nos dividió algún mesías. Luego cerraremos los ojos. Perdonándonos, o pidiendo perdón.

Narciso suda la gota gorda

Tenía una mujer bella y firme, con una marcada obsesión por el gimnasio, un exagerado sentido estético y un consecuente magnetismo entre los hombres: cada vez que entraban juntos en un restaurante ellos giraban invariablemente la cabeza para mirarla. Era un espectáculo notable. Y aunque él no cedía a los celos ni resultaba feo o desagradable, tenía la íntima e inconfesable sensación de estar ubicado un escalón por debajo de su deslumbrante esposa.

Una noche de verano, mientras él preparaba cuidadosamente el asado a las brasas, ella bromeó al pasar sobre sus "flotadores". El marido se miró tres veces al espejo y durmió mal. Se trataba de unas leves adiposidades que solo quedaban de manifiesto en un pellizco, pero dentro de su cabeza fueron convirtiéndose en gigantescos colchones inflables. El lunes mismo buscó en la carta de la obra social un centro especializado y asistió con el alma en vilo. Era un centro muy serio: lo obligaron a un chequeo general y le dieron una dieta insípida y un riguroso cronograma de ejercicios a cargo de un *personal trainer*. Luego fueron convenciéndolo de que necesitaba un tratamiento integral. Empezaron por una operación en frío para eliminar los "flotadores", puesto que en el diagnóstico inicial se daba por hecho que ni siquiera con aparatos, sudor y paciencia lograría quitarse esa maldita grasa localizada. El éxito de la intervención lo llevó a un *peeling* con puntas de diamante y más tarde a un Botox en el entrecejo.

Fue un invierno duro y conmovedor: un hombre de rigor prusiano decidido a cambiarse a sí mismo ante los ojos azules e incrédulos de su guapísima mujer. Aunque en verdad durante aquellos meses se veían bastante poco dado que las exigencias del centro médico eran muy altas. Entre la mañana y la noche (después de la oficina él asistía a distintos consultorios y salía a correr dos horas por los bosques de Palermo), pasaba una cantidad asombrosa de tiempo dedicado a su metamorfosis.

El operativo de embellecimiento, cuando llegó la primavera, incluyó tratamientos capilares para darle nutrición al pelo, y también depilación permanente de torso, espalda y piernas. Ya era, a esa altura, un triatlonista de alta *performance*. Había adelgazado catorce kilos y contraído aversión por determinados platos. La parrilla del fondo de su casa, por ejemplo, yacía oxidada y fuera de circulación al llegar las Navidades. En los primeros días de enero, su mujer lo dejó por un publicista viejo, gordo y pelado que la había hechizado con su ingenio.

Esfuerzos de un padre sublime

Hugo tenía cinco hijos que iban de los 10 a los 16 años, y la obligación íntima y moral de hacerlos felices a toda costa. Ese fin noble e irreprochable lo llevó progresivamente al infierno.

Para amoldar las instituciones educativas al carácter de sus niños adorados, los dividió en tres colegios de la Zona Norte: los varones con los salesianos, las chicas en una escuela inglesa y la menor en un establecimiento trilingüe de orientación prusiana. Naturalmente, no podía resistir el incordio que a sus hijos le producían las arduas tareas hogareñas o la terrible eventualidad de una nota baja, así que después de la oficina Hugo montaba en su casa una segunda escuela donde él hacía las veces de profesor privado de todas las materias. Esa faena lo conducía, a veces, hasta la madrugada, puesto que también daba una mano con los trabajos prácticos.

Pero donde este padre sublime colocaba toda su energía era en el área del transporte. Gastaba toneladas de nafta súper en llevarlos a rugby, fútbol, básquet, navegación, tenis, canto, danza, piano, cine, bailes, médicos, dentistas, cumpleaños, tés, cenas y reuniones. Los días hábiles podían ser complicados, pero los fines de semana eran verdaderos maratones por los caminos de Olivos, Martínez, La Lucila, San Isidro, Acassuso, Beccar, Victoria, San Fernando. Y también por el ramal Pilar-Campana, y por supuesto en todos y cada uno de los remotos *countries* y barrios cerrados donde pernoctaban los compañeros de sus hijos.

La tarea se hizo tan compleja, la coordinación tan escabrosa, que Hugo trataba los días previos de confeccionar una hoja de ruta. Pero con los adolescentes eso es imposible: ellos deciden a último momento todo, acuerdan una fiesta a horas extrañas por teléfono o chat y la anuncian de sopetón. Sus deseos suelen ser derechos y órdenes, y la improvisación, una praxis cotidiana e inocentemente perversa. De manera que el abnegado padre permanecía en continuo estado de guardia. Como si fuera un enfermero del SAME, aunque sin poder gozar de los francos y beneficios sociales del caso. Era un remisero de lujo, acostumbrado además a callar y a no hacer demasiadas preguntas, puesto que los adolescentes detestan ser interrogados a la vuelta de una juerga o en presencia cuchicheante de sus amigos. En ocasiones los esperaba una hora durmiendo en el coche, o hacía tiempo en su casa mirando películas trasnochadas. Es que había desarrollado un insomnio provechoso. Cuando llegaba tarde era reprendido por sus vástagos, y una noche cuando uno de ellos salía de una mansión al borde del río junto con otros tres chicos de altísima sociedad percibió que su hijo lo trataba como a un chofer profesional. Sostuvo la charada durante todo el viaje (repartir por distintas casas lejanas a esos amigos nocturnos era rutina) y al quedarse a solas con su hijo no se atrevió a recriminarle la desconsideración. En la tarde de Navidad, después de cargar nafta en una estación de servicio, el motor de su automóvil se declaró agónico. Los empleados no entendían qué había pasado, y Hugo comenzó a llamar desesperadamente al auxilio. Por la Navidad, nadie atendía, y le entraban las directivas destempladas de sus hijos, impacientes porque les estaba fallando. Al final uno de ellos le cortó con violencia, indignado por tanta impericia.

Hugo se quedó tieso, con el celular en la oreja, dos o tres minutos. Luego dejó caer el teléfono al suelo y caminó como un sonámbulo, sin rumbo fijo, por aquel laberinto de calles.

Hace dos años que nadie sabe nada sobre su paradero. Hay una foto con sus datos en varias pegatinas de la línea Mitre. Dice: *Buscado.*

Cenando con dos neuróticos

Nuestra amiga Matilde daba por sobreentendido que a una buena seguía una mala. Se manifestaba invariablemente afligida puesto que intentaba engañar a Dios o al destino, que son matemáticos implacables y siempre llevan las cuentas. Matilde se exhibía en pena y se las arreglaba para relativizar las buenas noticias y para mostrar el veneno que escondían los caramelos de la vida. Esta estrategia llevaba por propósito burlar las mismísimas leyes de la existencia, timar al Gran Estadístico, vencer a la ruleta. *Si presento como malo algo bueno que me pasó tal vez logre que el destino me lo compute como tal y que la próxima venga buena de nuevo*, pensaba sin pensar. Hay una realidad aún peor que esa clase de encadenamiento de buenas y malas: el destino no tiene tanto sentido de justicia, y suele ser cruel, caprichoso y desordenado. A veces, a una mala siguen otra mala y otra mala, y otra más. Y a veces, las buenas parece que no acabarán nunca hasta que de pronto se nos cae el piano en la cabeza y nos orinan cien elefantes.

Pero Matilde pertenecía también a la tribu de los que sienten culpa cuando no sufren. Le habían metido en la cabeza que "sin sacrificio no hay beneficio" y, por lo tanto, que gozar era estar en falta y que solo se avanzaba sufriendo. Cuando el motivo central de un gran dolor espiritual desaparecía, su cuerpo buscaba otro como si lo extrañara. Siempre tenía que macerar un sufrimiento en ciernes, no fuera cosa que estuviera haciendo algo mal y el destino la pasara a degüello. El sufrimiento descarga una adrenalina que es adictiva. Cuando falta el sufrimiento, hay síndrome de abstinencia: inquietud, angustia, pánico. Algunas personas que dejan de sufrir echan de menos a su gran enemigo, y buscan uno nuevo que lo reemplace. Buscan un sufrimiento flamante para volver a sufrir tranquilas.

Pedro, su marido, no puede ser más diferente. En una cena nos dejó con el aliento cortado. Parafraseando a Borges, dijo: *Que otros se jacten de lo que han escrito y leído, yo me jacto de lo que he tomado.* A continuación, nos refirió la variedad de drogas que había probado en su vida, desde la marihuana hasta la cocaína, pasando por el peyote y el éxtasis. Esa insólita jactancia no hubiera pasado de un momento chistoso si no fuera porque mi amigo aseguró que cuando su hija creciera se sentaría con ella y le contaría las propiedades de cada droga para que ella pudiera decidir maduramente cómo consumirlas. Y que la alentaría incluso a hacerlo, porque la experiencia resultaba enriquecedora.

Pedro era muy progre: colegio de laxas normas en Caballito, breve paso por el Partido Intransigente ("Nicaragua, Nicaragua vencerá"), furiosa militancia contra Menem, lectura obligada de *Le Monde diplomatique*, adoración por las medicinas alternativas y últimamente acuerdos más o menos expresos y efusivos con el peronismo *cool*, el nacionalismo revisionista y el evitismo candente.

Una tarde lo vi temblando. Quizá le hubiera venido bien un porro, porque se tomaba un Alplax cada quince minutos. Le preguntamos qué estaba pasando: su hija había vuelto a casa con aliento a vodka. Tiene 17 años, y ni siquiera estaba borracha. Pero al marido de Matilde se le había caído el mundo encima: ya había buscado en Google el número de Alcohólicos Anónimos. A riesgo de pasar por reaccionario, le recordé a aquel otro amigo garantista que teníamos en común. Un día le dieron un tirón en la calle y le robaron el maletín. Corrió al chorro veinte cuadras, lo tiró al piso, le pateó las costillas y el bazo y lo mandó a terapia intensiva. El maletín tenía un bloc de hojas vacío y un sándwich de milanesa para el almuerzo.

Es un placer cenar con Matilde y con Pedro. Los neuróticos son más divertidos que los tipos lógicos.

Dura jornada para el doctor Freud

Abrió la mañana del viernes con un negador. El psicólogo estaba todavía un poco dormido, pero fijaba sus ideas en una libreta. Una vez, en la prehistoria, alguien le había producido a su paciente una herida profunda. El hombre, en carne viva, acusó el golpe, se revolvió en el dolor, nadó en el insomnio y cicatrizó en el olvido. A partir de entonces levantó paredes y fabricó corazas, y con el tiempo desarrolló un mecanismo interno por el cual las compuertas, al mínimo impulso, se cerraban, y las críticas de sus amigos y las flechas de sus enemigos se deshacían como las míticas alas de cera acercándose al sol. El avión de su conciencia evitaba los pozos de aire y sus ojos, castigados por la luz cegadora de los conflictos, miraban para otro lado. Lo acusaban de indolencia y abandono, y de no querer escuchar lo que no le convenía. Pero él no reconocía la falencia, y se había convencido de que su vida era magnífica. A veces la realidad le daba una cachetada, y resultaba que su hijo era encontrado en el baño del colegio tomando cerveza, su mujer había engordado treinta kilos en dos años, su jefe lo destinaba a un puesto degradante y su clínico lo derivaba de urgencia a cardiología. Pero rara vez estas calamidades se daban todas a la vez, de modo que el negador podía tomarlas una por una e ir negándolas, y reduciéndolas a la nada. *Nunca subestimes el poder inconmensurable de la negación*, anotó el psicólogo en su libreta.

A las nueve atendió a una mujer casada que le era dolorosamente infiel a su marido: mantenía un amante para salvar su matrimonio y eso la llenaba de culpas. Una hora después llegó una anciana distinguida y atravesada por el dolor, que intentaba sobrevivir al largo duelo de su viudez: su esposo se había suicidado sin dejar una nota o motivo. El resto de la mañana consistió en sofrenar a un seductor serial y en animar la libido de una chica reprimida. A veces, había que humedecer las brasas y en otras ocasiones había que atizar el fuego.

A mediodía, cuando solo había probado unas galletitas con un Nescafé, el psicólogo prestó su consultorio para una terapia de pareja. Era la tercera vez que venían y el profesional estaba seguro de que debían separarse por el bien de los dos, pero los llevaba hasta el límite para ver si realmente lo que los unía era más fuerte de lo que los distanciaba. Tuvo la intuición, al final, de que no volverían.

La tarde comenzó con un hombre aquejado por el mal del *no vivir*. Tenía una esposa atractiva y cariñosa, hijos de buena salud, una casa magnífica, un trabajo bien rentado. Pero no era feliz. Se sentía atrapado en una *no vida* y en un *no lugar* confortable y frío. El psicólogo detectó palabras cruciales que su madre había pronunciado en la adolescencia: *Sos el único hombre que me ha sostenido, hijo, los demás hombres son una porquería.* Su inconsciente, por lo tanto, le ordenaba sostener a las mujeres más allá de que no las amara, y bajo el peligro de convertirse en una porquería viviente. *¿Está sugiriendo que he dejado de querer a mi esposa?*, le preguntó el paciente, un poco ofuscado. El psicólogo no respondió.

Cerca de las 15 apareció, como siempre, un gay no asumido para una sorda batalla campal. A las 16 llegó una chica que no podía lidiar con su padre, y el psicólogo trató de ayudarle a configurar sus argumentos. *A veces somos dominados porque no tenemos los argumentos necesarios para hacernos escuchar,* anotó en su libreta. Recordaba a un viejo paciente que, como no tenía argumentos para cancelar una boda, se había arrojado de un quinto piso. Con buena suerte: pegó en un toldo y después de un año de reparaciones estaba como nuevo y con ganas de casarse. Pero con otra mujer.

Insufló un poco de autoestima a un pibe educado en el sufrimiento y guio una segunda terapia de pareja donde el núcleo del disturbio estaba en los malentendidos que se prodigaban por la convivencia.

El psicólogo, completamente agotado, llegó a su casa cerca de las diez de la noche. Sus hijos no lo habían esperado para cenar. Su esposa lo saludó con indiferencia y siguió chateando como posesa. Su madre le dejó un mensaje en el contestador recordándole que se diera una vacuna contra la gripe. Hizo zapping media hora y se quedó dormido en el sillón. Soñó que era otro.

Segunda parte

Crónicas

*Todos mis personajes son gente a la que conozco
y sobre la que hice muchas averiguaciones.*
WILLIAM FAULKNER

El pibe que amaba a Greta Garbo

Su padre le había dado un bofetón por haber elegido a Bette Davis, y muchos años después la tenía enfrente, borracha e histérica, bajando en ascensor y hostigando a una amiga que la había acompañado al programa de Johnny Carson. *Qué pena ver a una reina en este estado*, pensó Jacinto Pérez Heredia mientras bajaba con ella: *¿Y por esta mujer estuve peleado tantos años con papá?*

No era esa la verdadera razón: en Coronel Suárez, un vasco orgulloso no podía creer que su hijo no quisiera ser contador de una cooperativa agrícola y que eligiera la vida del actor. Y tampoco lograba digerir que se escapara a la matiné, pero que eludiera las películas de guerra y los wésterns para seguir a Bette Davis y a Greta Garbo.

No imaginaba ese vasco que al darlo por perdido había perdido efectivamente a su hijo, ni que ese muchacho viajaría con los años a Estados Unidos y que se convertiría después en uno de los grandes fabricantes de ficción de la Argentina.

Jacinto es el creador de *El amor tiene cara de mujer*, que desmayaba de pasión a Cristina Kirchner en su adolescencia, y de

Situación límite, que sacudió la televisión pobre en épocas de Raúl Alfonsín.

Un productor que tuvo todo y se quedó con casi nada. Un pensionado de la Casa del Teatro: 82 años, apostura de galán de los cincuenta, voz de locutor y mirada aguileña.

Pérez Heredia está fumando a escondidas y empieza por contarme que se fue de aquel pueblo en tren, con una valija de cartón, y que se hospedó en una estrecha pensión de la calle Juncal. Así empezó el largo viaje del pibe que amaba a la Garbo y que un día la siguió por las calles neoyorquinas y le consiguió un taxi.

Pero mucho antes Jacinto no era en Buenos Aires más que un aspirante al Conservatorio de artes dramáticas y a un puesto en una marroquinería, donde ascendió con cierta rapidez y donde tuvo que optar entre la gerencia y la actuación. Eligió a la fuerza parar la olla, pero se metió en un grupo de teatro independiente donde conoció a Blackie. También a Norberto, un escenógrafo de quien se hizo íntimo amigo. Cuando Blackie quedó a cargo de la dirección artística de Canal 7 los invitó a trabajar con ella. Jacinto cerraba la marroquinería y por las tardes ayudaba *ad honorem* en esa usina de sueños, donde Olmedo era un simple camarógrafo y todos parecían ser buscavidas felices.

La Revolución Libertadora cambió ese estado de gracia, y Jacinto siguió a Norberto hasta Bogotá, donde la televisión vivía su apogeo. Fue en ese lugar donde Pérez Heredia aprendió el oficio de la escenografía, se asentó en el mundo del espectáculo y gozó de las mieles de la dicha plena.

Pero la dicha plena no existe. La madre de Norberto se embarcó hacia Colombia para constatar los progresos de su hijo. Como el buque venía demorado, Norberto le dejó en Puerto Buenaventura una carta en la que decía que debía tomar un avión y regresar con urgencia al trabajo: tenía tres programas en el aire.

El avión cayó en lo más profundo de la selva y murieron todos carbonizados. Desesperado, Jacinto viajó a toda prisa para atajar a la madre de Norberto. Llegó con el remis justo cuando ella venía con la carta en la mano. Traía en el rostro una débil duda. Ya conocía la noticia, pero no sabía con certeza absoluta si se trataba del mismo avión. Se miraron a los ojos. *Lolita, espere un momentito*, dijo Jacinto. La madre de Norberto comprendió todo en un segundo y comenzó a gritar. Corrió y corrió, y tuvieron que perseguirla y reducirla en el piso, entre llantos desgarradores.

Jacinto heredó el trabajo de su amigo. Y después, cansado de ese escenario dramático, regresó al país e ingresó en la agencia de publicidad Walter Thompson. Al tiempo pidió su traslado a la casa matriz de Nueva York. Una pitonisa le había tirado las cartas y le había augurado un episodio falsamente grave. *Cuando cumpla 35 años lo van a operar en Nueva York, pero no se asuste*, le advirtió en tono enigmático. El traslado no terminaba de concretarse, y entonces Jacinto se largó igual.

Llegó a la Gran Manzana y fue a ver a unos bagayeros de la camisa Manhattan, y consiguió un conchabo en esos menesteres. Hasta que finalmente Walter Thompson entró en razones, y su director le encargó tareas de espionaje.

Tenía que instalarse en un subsuelo y filmar con una cámara de 16 milímetros los programas y las series para verificar si colocaban bien los avisos propios y qué avisos ajenos ponía la competencia. Luego se abrió una vacante en la supervisión de la televisión en vivo y Pérez Heredia se sentó en un palco vidriado cada noche a seguir de cerca el *Tonight Show* de Carson, por donde desfilaban las grandes estrellas que él había visto en el cine de Coronel Suárez.

Bette Davis había ido a hablar de su célebre Baby Jane y luego se había marchado, alcoholizada y furiosa, pegándole carterazos y llamando "perra" a su amiga. Esa noche Jacinto llegó caminando a su casa, se tomó un whisky mirando el Empire State y se quedó pensando largamente en su padre, aquel vasco lejano que guardaba en secreto sus fotos pero que seguía siéndole esquivo.

Otro día se encontró con Greta Garbo en la 52. Estaba ya retirada e irreconocible, pero su admirador número uno la reconoció y se quedó sin habla. Era alta, flaca y tenía un andar masculino. Nadie la saludaba en las calles de Nueva York. Jacinto la volvió a ver acariciando un perro, y otra vez, cerca de un cine de la 50, donde daban una retrospectiva sobre su obra: había una cola para entrar y la Garbo, casi embozada, miraba desde la acera de enfrente cada una de las caras de aquella fila.

Localizada en esos rectángulos de la ciudad, el argentino la buscaba siempre con los ojos. Durante un feriado, la descubrió en una cortada llamada Sutton Place. A las dos de la tarde, "la Divina" surgió de la nada con dos asistentes. Ella, como una aristócrata, se quedó un poco atrás mientras los otros dos se empeñaban vanamente en buscarle un coche.

Pérez Heredia se adelantó y se dio vuelta un momento para mirarle la cara arrugada, los ojos azules y relampagueantes. Con esos ojos pareció decirle: *¿Y vos qué mirás, boludo?* Pero Jacinto se volvió de nuevo y divisó en la corriente de autos un taxi, corrió y lo atrapó, y ya triunfante le abrió la puerta a la Garbo y le dijo: *Es para usted, madame.* Los ojos azules sonrieron: *Thanks very much* —le respondió con su voz legendaria—. *You are very kind.* Se sentó y le tiró un beso desde la ventanilla.

Ese día Jacinto detectó que faltaba un comercial de L&M en el primer corte de un programa de la NBC y le dieron un ascenso. Garbo era un talismán.

Con mirada de pueblerino asistió a la conmoción por el asesinato de Kennedy y luego a la extraña ejecución de Lee Harvey Oswald. Presenció el nacimiento de una estrella: Barbra Streisand. Y terminó en un quirófano del Manhattan Hospital.

Tenía un tremendo dolor intestinal y mientras lo llevaban en la camilla de las angustias miró un reloj en la pared y descubrió el fantasmagórico rostro de la pitonisa. Jacinto tenía 35 años, y aunque aquel parecía un asunto grave, no lo era. Esa certeza lo tranquilizó por completo: sabía con las tripas que la realidad no se atrevería a refutar al tarot. Y no lo hizo.

Regresó a la Argentina a fines de 1963 porque existía la idea de realizar un teleteatro patrocinado por las cremas Pond's, con libros de Nené Cascallar y con Iris Láinez y Angélica López Gamio. Una historia de mujeres en una *boutique*: Alba y Bárbara Mujica, Claudia Lapacó, Delfi de Ortega, Rodolfo Bebán.

Jacinto se convirtió en productor de *El amor tiene cara de mujer*, discutió el título y las escenas con Nené, que era una mujer difícil, y al cabo de dos años aceptó un cargo operativo en Proartel. Era la época de Goar Mestre, y el chico de Coronel Suárez tenía que importar culebrones cubanos y actrices que estaban exiliadas en Miami, y readaptar esos programas para la televisión argentina.

De pronto, era un productor a gran escala: *Yo compro esa mujer, Estrellita, esa pobre campesina*. Amores cursis para la tarde, con beldades y galanes de primera rodeados de grandes actrices, como Mecha Ortiz. Y también un magazine en vivo: *Gran Hotel Carrusel*, donde cantaban desde Raphael hasta Gigliola Cinquetti.

Hizo debutar a Susana Giménez, que venía del *shock!*, rodeada de Federico Luppi y Arnaldo André, y de una uruguaya que en el primer programa hacía de madre alcohólica y que nadie conocía en estos barrios: China Zorrilla. Susana no se quejaba de las exigencias, era sencilla y trabajadora, y Jacinto le tomó una simpatía inmediata.

Sus telenovelas paralizaban al país, y él estrenaba todos los meses un traje y se sentaba a la mesa de las grandes decisiones con

Blackie, Stivel, Mancera, Raymond y Moser. Pero no frecuentaba el ambiente, se mantenía alejado, envuelto en misterio.

Un día de esos le presentaron a Tita Merello y le pidieron que produjera su programa. Fue el comienzo de una tormentosa amistad que duró veinticinco años. Tita era celosa, apasionada, generosa, posesiva, cambiante, cariñosa, autoritaria. Y Jacinto se peleó y reconcilió con ella mientras presenciaba escenas inolvidables. La morocha del Abasto había peleado en la calle, y era a la vez una representante de la Argentina plebeya y una dama refinada y perspicaz.

Una noche Merello le contó que venía caminando por la calle y que se había quedado mirando a Mecha Ortiz, esa otra deidad majestuosa, que comía con Florencio Parravicini en una mesa de un restaurante. Tita era la contracara de aquel *glamour*, y se quedó un rato embobada, estudiándole los movimientos, leyéndole los labios a la Garbo argentina, que cenaba sin mirar hacia afuera, junto al vidrio de la ventana, como en una pecera de sirenas, espejismos y monstruos.

Con Tita tuvieron una relación de amores y odios, fueron amigos y hermanos, y de ella Jacinto aprendió que a veces conviene ponerse una vez colorado y no cien veces amarillo. En ocasiones comían juntos los domingos: lo obligaba luego a lavar los platos mientras ella se sentaba a contemplarlo. Al final, invariablemente, le ordenaba: *Vení para acá, sentate y fumate un pucho.*

En uno de esos días de climas inestables la morocha lo llamó cuando apenas él llegó a casa. *¿Qué hacías?*, le preguntó. *Leo un libro*, le contestó. *Ah, preferís un libro a la Merello.* Pérez Heredia se impacientó: *¿Para qué me llama?* Tita preguntó: *¿Vos conocés la confitería del Hotel Lancaster?* Jacinto tuvo que vestirse de nuevo y llevarla a tomar el té. Mientras lo hacían, una cosa llevó a la otra, y de pronto Tita le contó que de chica un tío suyo la había violado. Lloraba casi a los gritos, y en la confitería todos la miraban.

En su recta final, Tita acentuó sus rabietas y su antiguo productor perdió la paciencia. Se dejaron de hablar un largo tiempo. Pero la Merello se internó en la Clínica Favaloro y dos años después de haber cortado relaciones le pidió que fuera a almorzar con ella. *Hola, Tita*, la saludó. *Sentate*, le ordenó ella. E hizo entrar a una mucama con una bandeja. *Permiso*, dijo la mucama. *¡Salí del medio!* —le gritó Tita a Jacinto—. *¿No te das cuenta de que estás molestando?* Pérez Heredia le advirtió: *Si me vuelve a gritar me voy.* La Merello miró hacia otro lado: *Andate.* Y se fue.

El 24 de diciembre de 2002, a los 98 años, Tita entró en la inmortalidad, y Jacinto, sin haberse reconciliado, la lloró sin llanto en su casa. Ya había muerto su padre, aquel vasco cabeza dura que veía en secreto las fotos de su hijo exitoso, pero que nunca había logrado vencer la barrera del pudor y del orgullo.

En 1976, cansado de sí mismo, Pérez Heredia había abandonado la televisión. Estaba haciendo *Alguien como usted* con Irma Roy, y llegaba la dictadura militar. Tenía dinero, pero era un gastador compulsivo. Se dio la gran vida desconociendo por completo el verbo "ahorrar". Gastaba en ropa, restaurantes, amigos. Después manejó un teatro y en 1980 volvió a ATC con especiales mensuales basados en clásicos de la literatura. Más tarde inventó *Situación límite*: los grandes actores se peleaban para representar sus papeles. Gustavo Yankelevich le decía "maestro".

No quiere olvidarse de Mona Maris. Fuma otro cigarrillo y recuerda: *Goar Mestre me llamó para decirme que se había encontrado con una actriz argentina que regresaba al país y que quería conocer los secretos de la televisión por dentro.* Mona había actuado en *Cuesta abajo* para la Paramount con Carlos Gardel y, dentro del imaginario popular, era la novia del Mudo. Pero se trataba de otra hija de vascos que había actuado en Europa y en Hollywood, y que era una mujer exquisita.

Volvía de un fracaso matrimonial y no se atrevía a actuar en la Argentina. Rápidamente se hizo amiga inseparable de Jacinto, visitó Coronel Suárez y conoció a su madre, y tuvieron décadas de confidencias y solidaridad. Murió en 1991, y cuando se abrió el testamento, Pérez Heredia descubrió con sorpresa que le había dejado una herencia de cien mil dólares.

Hizo dos cosas con esa fortuna. Primero se fue a Coronel Suárez y la repartió entre sobrinos y amigos, y le compró a su mamá varios regalos caros. Y después puso un maxiquiosco, pero rápidamente se fundió. Tuvo que achicarse por primera vez en su vida.

A mediados de la década menemista, cuando Madonna merodeaba la Casa Rosada, Susana Giménez reapareció con la idea de interpretar a Evita en una miniserie. Le pidió que la acompañara a ver a alguien que Jacinto ya había visitado dos veces: el cura Hernán Benítez, confesor de la esposa de Perón. Pérez Heredia recordaba el rencor que le había tenido a la "abanderada de los humildes", el modo en que había festejado la caída del peronismo y también cómo aquel día de septiembre de 1955 había pisoteado las fotos de esa mujer en Plaza de Mayo.

Benítez los recibió en una casa quinta. Susana iba vestida toda de negro, con el pelo recogido y tirante. *Tú eres Evita*, le dijo el cura al verla aparecer. Jacinto los dejó a solas cuarenta y cinco minutos. Cuando regresaron a Buenos Aires, Susana no habló una sola palabra. Solo le dijo, distraídamente: *¿Te están pagando, Jacinto?* Pérez Heredia le confirmó que sí. Se despidieron con ternura, pero había en la mirada de Susana un velo inexplicable. *No lo va a hacer* —les dijo Jacinto a los productores—. *Susana no va a hacer de Evita en esta miniserie. Me lo dice el olfato.*

El olfato tampoco le falló. Más tarde, sin un cobre, el todopoderoso productor de televisión recurría a la Casa del Teatro para refugiarse de sus imprevisiones económicas.

Hace dos años Cristina Kirchner asistió a ese refugio de viejas glorias para anunciar valiosas remodelaciones y ayudas, y confesó delante de todos los presentes su admiración por Jacinto. *Me acuerdo de todos los personajes de* El amor tiene cara de mujer —dijo la Presidenta y comenzó a hablar en detalle de la telenovela. Junto con Nacha Guevara estuvo en su cuarto y revisó las fotos que Pérez Heredia tenía en la pared.

Cristina se sorprendió al encontrar una imagen de Evita y luego el libro *Los últimos días de Eva*, de Nelson Castro, un periodista poco querido por los Kirchner. *Ah, sí* —dijo Cristina—. *Nelson hizo una muy buena investigación*. Jacinto le confesó que se había vuelto un estudioso de Eva y que se arrepentía de haberla despreciado con aquella ferocidad y de haberla difamado. *¿Puedo abrazarlo?*, le dijo la Presidenta. *Si el protocolo lo permite*, respondió Jacinto. Me jura que Cristina temblaba.

Después, una prima de Pérez Heredia le preguntó, completamente indignada, por qué había dejado entrar a Cristina en su habitación. *No hagamos lo mismo que hicimos con Evita*, le respondió Jacinto, que odia con sus últimas fuerzas el odio.

Caminamos juntos unos metros. El pibe de Coronel Suárez es un venerable caballero argentino: lleva saco y corbata y saluda ceremoniosa e innecesariamente a desconocidos, como un actor que baja del escenario a estrechar la mano del público. Bette, Eva, Tita, Garbo, Mecha, Mona y tantas otras divas de aquel cine de pueblo donde se gestó su largo periplo lo envuelven todavía con sus auras lujosas.

Argentina

Argentina nació en la calle Buenos Aires, y cuando decidió escapar de Cuba y llegar contra viento y marea a un remoto aeropuerto del Cono Sur llamado Ezeiza, no se resignó a cruzar las peligrosas aduanas del régimen sin la Virgen de la Caridad del Cobre. Alguien trató de disuadirla puesto que se trataba de una imagen religiosa en yeso y madera de considerable tamaño, que no pasaría inadvertida para los *scanners* de la policía castrista. Estaba arriesgando la fuga con ese capricho, pero ella no quería ceder. Esa Virgen española calmaba las mareas y estaba rodeada de leyendas: Argentina la envolvió amorosamente en toallas y la metió en una maleta.

El aeropuerto de La Habana, ese día de noviembre de 1983, estaba tomado militarmente a raíz de la reciente invasión de los Estados Unidos a Granada. Pero Iberia no había suspendido los vuelos, de manera que Argentina Agüera Menéndez, su esposo Tomás y sus dos pequeños hijos se marcharon con el corazón en la boca y con lo poco que tenían, y se dejaron revisar hasta los huesos por los soldados.

Argentina y Tomás eran los sospechosos de siempre: dos personas que no militaban contra la revolución pero que tampoco la abrazaban; dos ciudadanos que por pequeñas divergencias con la política oficial habían incluso perdido sus trabajos. Pero luego de examinarles las ropas y los documentos, no tuvieron más alternativa que dejarlos pasar. Cuando la maleta con la Virgen de la Caridad ya estaba en la cinta transportadora y se disponía a atravesar el detector de metales ocurrió un auténtico milagro. El operador viró unos segundos para aceptar el sándwich que le acercaba un compañero y al volver la vista ya tenía en la pantalla la siguiente valija.

La Virgen ilesa descansa ahora en el living de la casa de Argentina, en el barrio porteño de Belgrano, donde veintisiete años más tarde la mujer me está narrando el comienzo de su odisea. Argentina tiene 70 años, y Tomás está en una clínica médica desde hace unos meses luchando contra un tumor cerebral. Ella nació en la calle Buenos Aires, se llama Argentina y es cubana, pero sus padres eran dos asturianos de Cangas de Narcea y de Tineo. El padre había huido en 1919 de España porque andaban reclutando muchachos para enviar a la cruenta guerra con Marruecos.

Manuel aprendió el oficio de ebanista en Cuba, llegó a manejar un taller de veintiséis operarios y tuvo dos hijas. Cuando nació Argentina una chispa cayó en el aserrín y el incendio destruyó la carpintería. Hubo que empezar de nuevo, hasta que once años más tarde la desgracia volvió a suceder: un cortocircuito arrasó con todo y ya el viejo asturiano se conformó con alquilar un pequeño local dentro de un taller más grande y allí se dedicó a reparar sillas y mesas hasta que la revolución lo pasó a retiro forzoso.

La infancia de su hija fue triste. Le decían Argentina La Carpintera, y como era asmática su madre no la dejaba asistir al colegio. Al principio de una temporada se vistió sola, tomó un cuaderno y un lápiz, y se presentó en la escuela 58. Nadie se dio cuenta de que no estaba ni siquiera inscripta, y solo levantaban sospechas su gran altura, para una alumna de primer grado, y los nervios que la hacían vomitar. A media mañana se presentó su madre e irrumpió en la clase. *Póngase de pie, alumna* —le ordenó la maestra—. *¿Conoce a esta señora?* Tímidamente, Argentina respondió: *Sí, es mi mamá, pero me quiero quedar.* Su madre temía que durante una crisis asmática su hija muriera; las maestras se encargaron de convencerla y de darle garantías. Argentina finalmente se quedó y puso tanto afán en el estudio que, con ayuda de una maestra privada, hizo la primaria muy rápido. Luego iba, como correspondía, a corte y confección. Pronto comenzó la violencia en Cuba. Desaparecían estudiantes y se formaba la resistencia. Los Agüera rogaban que se fuera Batista y oían por onda corta las proclamas de Sierra Maestra. Cuando triunfó la revolución sintieron que había triunfado la libertad. Ese día memorable, Argentina estuvo todo el tiempo en la terraza viendo pasar la caravana de autos y banderas. Sin embargo, el viejo carpintero oyó el primer discurso de Fidel Castro y articuló, en voz muy baja, una premonición: *Es un farsante.*

La sonrisa de esa familia fue cerrándose a medida que el castrismo iba expropiando las fábricas, las tiendas y los comercios. Intervinieron, en esa secuencia, el taller donde trabajaba Manuel, y el carpintero quedó fuera de operaciones.

Argentina consiguió un empleo en el sanatorio del Centro Asturiano, primero como mucama y después como operaria en el laboratorio industrial. Como había estudiado mecanografía y taquigrafía los revolucionarios la pasaron luego a Admisión. Allí conoció a Tomás, que era técnico en electrocardiogramas, y que se mostraba renuente al nuevo gobierno. Argentina era callada pero Tomás decía lo que pensaba: *Esto es una mierda.* Ella se fue enamorando, aunque al enterarse de que era seis años mayor que él, quiso cortar relaciones. Pero el amor se impuso. Ninguno de los dos era contrarrevolucionario, pero ambos eran católicos y querían una boda por Iglesia, algo que estaba muy mal visto en 1969: la religión es el opio de los pueblos. Caerían entonces bajo sospecha, y vendrían las represalias. Argentina fue a ver al cura de la parroquia del barrio del Cerro y le explicó su anhelo: *¿Estás segura?*, le preguntó el sacerdote. *Aunque sea cáseme en la sacristía*, le respondió. Los compañeros de los novios recibieron la invitación. Uno de ellos la pegó en la cartelera de Las Guardias de la Milicia a modo de burla y denuncia. La ceremonia se hizo a puertas cerradas. Y los amigos no entraron al templo para no comprometerse.

Tuvieron dos hijos, y Argentina accedió, a pesar de todo, al Comité de Actividades Científicas en el sanatorio Covadonga. Una noche la gente del Comité de la cuadra los interrogó: *¿Manuel y Tomás pertenecen al partido, están anotados en la reserva?* La cosa no pasó a mayores, pero Argentina averiguó que estaban buscando hombres para enviar a la guerra de Angola. Si no era esa contienda armada, sería cualquier otra: *Tomás, tenemos que irnos de este país* —le dijo ella—. *Van a llevar a nuestros hijos a la guerra.* El viejo asturiano había escapado de España por la misma razón: la historia se repetía.

Tomás tenía primos en Estados Unidos pero emigrar parecía imposible. Así y todo, llenó una vez una planilla que repartían los norteamericanos y el Comité de la cuadra dio aviso al sanatorio. El matrimonio fue inmediatamente expulsado. Era una situación precaria: la madre de Argentina tenía Alzheimer y el padre ya era muy anciano. A Tomás lo obligaron a barrer las calles. Y muy especialmente, los alrededores del sanatorio, para que sus excompañeros vieran lo que les pasaba a los críticos de la causa. Cuando los excompañeros lo veían, Tomás levantaba las manos y les gritaba: *Este es el precio de la libertad.* A Argentina la enviaron a trabajar al campo, pero como era asmática y tenía certificado médico la abandonaron a su suerte.

Los miembros del Comité arrearon a los vecinos para hacerles mitines de repudio. Ya no había matices: eran directamente "gusanos" sin serlo ante la mirada de la turba. Una noche les gritaron: *Apátridas* o *Tomás, ratón, te cambiás por un pantalón*. También le gritaban "puta" a su esposa, que abrazaba temblando a sus hijos. Volvieron a los tres días y como balbuceaban, Tomás prendió la luz de afuera y dijo: *Les enciendo la lámpara para que puedan leer mejor los insultos que traen escritos por otros*. En primera línea estaba el hijo de una vecina a quien Tomás había salvado de morir en una emergencia médica. Al día siguiente, el muchacho regresó, borracho de ron y pidiendo perdón con los ojos llenos de lágrimas. *Vete para siempre de mi casa*, le dijo Tomás, dolorido pero inflexible.

Otra mujer a quien él había salvado de un infarto le consiguió una tarea menos agraviante, y después trabajó con unas monjitas. Argentina y Tomás aprendieron de un dulcero a hacer merenguitos y comenzaron a venderlos clandestinamente en su casa. Con vestidos viejos, Argentina también fabricaba peluches y payasos de tela que le compraban en una maternidad.

Tardó un tiempo largo en darse cuenta de que la solución de su vida estaba cifrada en su propio nombre. Su madre murió en 1982 y la hija quiso ubicar a tres tías que vivían en la Argentina para comunicarles la triste noticia. Jamás había hablado ni tomado contacto con esos familiares de su madre que residían en el confín de la Tierra, así que empezó por enviar una carta a España. Una cuarta tía que se había quedado en Asturias remitió la misiva original a Buenos Aires. Las hermanas de María vivían en Mar del Plata, Villa Concepción y Paso del Rey. Todas estaban casadas y tenían hijos. Respondieron rápidamente, y allí comenzó a encenderse una luz en ese túnel tan largo y oscuro: en trece meses consiguieron enviarle a su sobrina perdida una visa por todo un año para ella, su marido y sus hijos.

¿Pero podrían salir de Cuba? No eran militantes anticastristas, se consideraban apolíticos, pero habían quedado marcados y condenados a la miseria por haberse atrevido a lo mínimo: casarse por Iglesia, querer emigrar para buscar nuevos horizontes, pensar distinto. Las idas y vueltas con los documentos eran muy complicadas, les pedían muchos trámites, y Argentina temía que ese Estado policial le abriera la correspondencia y encontrara la forma de abortarle la partida. Un día finalmente la citaron en Migración. Una funcionaria examinó los papeles y miró a los niños. Lo usual era interrogarlos, pero esa burócrata no lo hizo. Les selló todo y les dio una fecha para retirar los pasaportes. Argentina llegó corriendo a casa. El viejo carpintero asturiano golpeó los brazos del sillón: *Al fin*, dijo. Y cuatro días después se murió.

Tras el duelo reaparecieron los miedos a una zancadilla. El Comité de la cuadra sabía que se iban, pero creía que lo hacían a España. Quince días antes de que se marcharan, les quitaron la libreta de abastecimiento. Ahora no tenían nada para comer. Los vecinos les traían a escondidas leche en polvo y azúcar, y ánimos porque faltaba poco. Dos días antes de partir, el Comité se presentó para clausurar la casa. Argentina y su familia tuvieron que mudarse con unos parientes y rezarle mucho a la Virgen de la Caridad del Cobre.

Fue entonces cuando llegaron al aeropuerto militarizado de La Habana, donde lo obligaron a Tomás a dejar en tierra todos los billetes cubanos que traía. Solo llevaban consigo un cheque de viajero de quince dólares, una valijita y otra maleta con la Virgen escondida. La espera en ese aeropuerto convulsionado y hostil les puso los pelos de punta. Pensaban que a último momento, y por cualquier nimiedad, podían detenerlos. Cuando pasaron los controles y se sentaron en el jumbo de Iberia se sintieron libres. Pero no era un vuelo directo. Llegaron a Panamá a las diez de la mañana y no había horario para el nuevo avión ni información veraz sobre lo que había ocurrido. Tomás intentó cambiar el cheque de viajero para alimentar a los niños, que estaban enloquecidos de hambre. Pero como era feriado no podía cobrarlo. Ahí estaban esos cuatro náufragos, con dos maletas y sin una moneda encima, esperando que pasaran lentamente las horas y en la sospecha de que alguien les había mentido con los pasajes o que en cualquier momento llegaría la orden de devolverlos a La Habana.

Al ver a los niños famélicos, un desconocido ofreció salir de la zona de preembarque con ellos y darles de comer en la confitería exterior. Miraron a ese hombre calibrando si era decente o un degenerado, y al final decidieron correr el riesgo. El desconocido tomó de la mano a los chicos y se los llevó hacia la nada, y los padres se quedaron tensos, pensando que podrían no verlos más. Después de un rato interminable el desconocido regresó con los niños y con jugos de naranja y galletas, que devoraron aliviados y agradecidos.

En un instante de desesperación, Tomás se lanzó sobre un empleado de Iberia. El vuelo se había suspendido, y tendrían que aguantar hasta la noche y abordar una avioncito que los llevaría a Lima. Un ataque de asma ahogó a Argentina y obligó a Tomás a salir a mendigar algo caliente. Le regalaron un café con leche y ella recuperó la respiración.

A las tres de la mañana subieron en Perú a un avión de Aerolíneas Argentinas, hicieron una escala y llegaron a Ezeiza. Habían enviado por correo una foto de la esposa de Tomás, y entonces un primo suyo que no la había visto nunca comenzó a gritarle en el aeropuerto: *¡Argentina, Argentina!* Había acudido toda la parentela en dos autos y una camioneta. Se abrazaron con un cariño flamante, algo confundidos por el reencuentro y por la extrañeza de la situación, y pusieron rumbo a Paso del Rey. Allí los aguardaba un asado de doce kilos: Tomás preguntó para cuántos días era ese manjar. *Nos lo vamos a comer hoy mismo*, le respondieron. Los cubanos no podían creer ese despliegue: era la comida de todo un mes. A los postres, el primo de Argentina fue certero: *Hasta aquí los trajimos; ahora depende de ustedes.*

Cuando Argentina vio por televisión que Raúl Alfonsín llamaba a la reconciliación de los argentinos, y que en su discurso no había vocablos castristas tan frecuentes como "guerra" y "enemigos", sintió una paz interior que no conocía. Tomás fue pintor y mozo, puso restaurantes, se fundió y salió adelante. Y Argentina trabajó veinte años en un laboratorio. Tienen ahora un bar exitoso en Paseo Colón y Moreno, y Argentina empezó a decir que quería volver a visitar Cuba para ver a su familia. Tomás no estaba de acuerdo, pero la acompañaba con resignación en ese propósito. Regresar. Después de tanto tiempo y esfuerzo. Regresar unos días, por última vez.

Una tarde Argentina lo vio triste en el café, y le dijo: *No te preocupes, Tomás, si no quieres volver no volvemos.* Pero no era tristeza. Lo internaron ese mismo día y descubrieron que tenía un tumor alojado en el cerebro. Se lo extirparon. Perdió la voz y algunas funciones del cuerpo. Argentina está a su lado día y noche, tratando de sacarlo del pozo, en esta nueva odisea de la vida que los médicos llaman "rehabilitación".

Nos acercamos a la Virgen de la Caridad del Cobre, que tiene sobre un aparador. Veo los detalles de esa Virgen peregrina. La mirada tranquila y, a sus pies, los tres jóvenes que la adoran desde su canoa. Después miro los ojos de Argentina, acostumbrados al arte de sufrir. Tengo la impresión de que Tomás morirá en el intento. Pero quién soy yo para quitarle la ilusión. Esta mujer tiene la tremenda valentía de la esperanza. Y estoy seguro de que, pase lo que pase, no la perderá jamás.

Pesadillas en el otoño de un hombre

La mujer abrió la ventana, cargó en brazos a su hija de 7 años y la arrojó al vacío. Luego ella también se tiró de cabeza, cayó varios pisos y quedó destrozada en el patio interior del departamento de la planta baja. Los vecinos llamaron a urgencias y Jorge Botto, el curtido chofer de ambulancias, recibió la orden de dejar todo y salir al instante. Alcanzó en menos de dos minutos la camioneta especialmente equipada y en compañía de una médica aguerrida salió arando las calles, atravesando como una exhalación ruidosa las avenidas para llegar cuanto antes a la coordenada fatal: Cabildo y Lacroze. Ya sabían lo que había ocurrido. Los choferes de la emergencia están acostumbrados a todo, pero la tragedia de un niño los desarma, les desgarra la tela de amianto que usan en el alma para que las desgracias no los atraviesen ni los calcinen.

Botto llevaba el aliento contenido cuando penetró en el edificio y recibió la mala noticia: los dueños del departamento se habían ido de vacaciones, el portero no tenía las llaves y los vecinos veían desde las ventanas interiores los dos cuerpos descoyuntados en el patio inaccesible.

Salió corriendo y pidió desde su radio Motorola la intervención de los bomberos. Lo hizo con vehemencia. Esos minutos que mediaron entre el llamado y la llegada de la autobomba fueron desesperantes. Finalmente, un bombero trajo un hacha y tiró abajo la puerta a fuerza de golpes. Botto cruzó el departamento vacío y salió al patio. Se dio cuenta de inmediato que la madre estaba muerta, pero la médica revisó unos instantes a la niña y le dijo lo insospechable: respiraba.

Fue entonces que el chofer cargó cuidadosamente a la niña, caminó con ella varios metros con celeridad y a la vez con delicadeza extrema, y la metió en la ambulancia. La médica se acomodó a su lado, él cerró las puertas de atrás, se puso frente al volante y se paró en el acelerador. Tenía un fierro en la boca del estómago y anduvo en zigzag, atronando con la sirena, buscando los huecos y atajos entre el tránsito, en una carrera demencial, en una dramática lucha contra la ciudad para llegar a tiempo.

En la guardia constataron que la nena tenía fracturas múltiples, y un grupo de cirujanos y enfermeros del trauma se abocaron a ella con decisión. Botto, como cualquier chofer de emergencias, se separó inmediatamente de la víctima y se ocupó de otros asuntos. Dio una vuelta de página para no involucrarse y para que el desenlace no le doliera. Pero en este caso Botto anhelaba que se salvara, y por más que quería sacarse a la niña de la cabeza no podía. Estuvo en vilo un tiempo, preguntando a cada rato: *¿Zafó, zafó?* Hasta que finalmente le confirmaron que había zafado. Respiró aliviado por primera vez y recién entonces se dispuso a olvidarla.

Como se ve, no pudo hacerlo, porque me está contando estos tristes acontecimientos muchos años después, no bien le pregunto por sus experiencias más intensas. Y eso que tiene muchas. Jorge es un veterano retirado de las calles. Ronda ahora los 67 años y hace ya un tiempo que no anda recogiendo accidentados, heridos, moribundos o directamente cadáveres de las aceras de Buenos Aires. Aunque esa fue su tarea central durante décadas. Me cuenta que dejó su lugar a los más jóvenes, pero que sigue manejando una Kangoo para el director médico del SAME: lo acompaña a todos lados.

Entró en esta peligrosa profesión en 1982, cuando desde la Dirección de Paseos pidió el pase al Cipec. Envidiaba siempre a los bomberos y a los médicos: le gustaba el rescate de personas. Terminó en el Servicio de Atención Médica de Ambulancia. Allí trabajó primero en dos unidades que tenían, en la jerga, nombres más bien truculentos: Piojera y Morguera.

Eso quiere decir que Jorge conducía una ambulancia que trabajaba levantando indigentes de las veredas y de la sombra de los puentes. Su misión era sencilla: rastrear la ciudad, ir metiendo en la ambulancia a los mendigos y llevarlos a los hospitales municipales. Allí a los menesterosos los higienizaban, los despiojaban, los atendían y los curaban. Eran, por lo general, alcohólicos con heridas agusanadas y piojos. Gente que se resistía incluso a ser beneficiada por el sistema médico. Botto tenía que persuadirlos y a veces subirlos de prepo.

Más tarde pasó a revestir en La Morguera. Allí lo enviaban a buscar restos mutilados o cadáveres enteros a hospitales y morgues, y llevarlos a los cementerios para que fueran cremados. Se trataba, invariablemente, de personas desconocidas, NN que nadie reclamaba. Botto se tomaba ese trabajo, digno de Boris Karloff, con humor negro, salvo cuando tenía también que ir a buscar ataúdes pequeños a maternidades públicas, y se le arrugaba el corazón.

Después, por suerte y pericia, pasó a ambulancias de traslado, y se fue capacitando en primeros auxilios, respiración, utilización de las paletas del cardiofibrilador, colocación de férulas y collares, entablillamiento en la vía pública y otras maniobras operativas. Las ambulancias no incluían, en aquellos tiempos, enfermeros para asistir al médico. Los enfermeros eran directamente los choferes. De manera que Botto hizo de todo a lo largo de sus interminables años de servicio. *Ser chofer de ambulancia es una vocación* —me jura—. *Y a mí me pasó algo que corre contra la lógica. Al principio me iba haciendo duro para sobrevivir, me formaba un caparazón, pero con el tiempo me fui desprendiendo y me fui sensibilizando.*

Recuerda desde esta sensibilidad el día en que los llamaron porque se estaba incendiando un colegio de niños discapacitados en Saavedra. Llegaron muy rápido pero igualmente ya era tarde para todo. Los chicos estaban carbonizados. Entraron en ese infierno y salieron trastornados y afligidos. Se sentaron afuera y, contra el mandato de la frialdad profesional, la médica que acompañaba a Botto lo tomó de la mano: los dos se pusieron a llorar sin consuelo.

Cada vez que volvía a casa Jorge miraba a sus dos hijas y recordaba a los niños muertos o agonizantes de ese día, a los bebés fallecidos en la cuna, a los chicos perdidos de este mundo cruel, y sentía escalofríos. Evoca con una mínima sonrisa un extraño caso en el que el destino se apiadó de ellos. Fue cuando le ordenaron trasladar desde el Hospital Pirovano hasta el Gutiérrez a un niño de 9 años que había perdido el conocimiento. El chico estaba como dormido desde hacía dos días y no podían despertarlo en Terapia. La preocupación iba en aumento, y decidieron darle otro tratamiento en un hospital especializado. Botto cargó al niño y salió de madrugada. Puso la sirena y a pesar del ruido un peatón que venía distraído y trasnochado cruzó la calle Forest de un modo suicida, y el chofer de la ambulancia tuvo que hacer un giro para no atropellarlo. El movimiento fue demasiado brusco y, en el habitáculo trasero, el niño dormido cayó de la camilla.

Cayó de la camilla y en ese momento despertó.

160

Diez días después el padre fue al hospital y empezó a buscar a Jorge Botto por todas partes para darle las gracias, como si el chofer hubiera producido intencionalmente una suerte de milagro.

Todavía recuerda el 31 de agosto de 1999, cuando a las nueve de la noche le avisaron que lo necesitaban en la zona del Aeroparque. Salió a toda velocidad, con la sirena puesta y con información errónea. Le decían que se había precipitado al río un pequeño aeroplano. Cuando llegó a la Costanera descubrió que era un Boeing 737 de LAPA. A las 20:54 el avión había iniciado la carrera para despegar, se había salido de la pista, roto las vallas, cruzado la avenida y chocado con unas máquinas viales y un terraplén. Ese día murieron sesenta y cinco hombres y mujeres, pero tuvieron heridas graves y leves más de treinta personas. Jorge vio allí gente quemada, herida, mutilada y muerta. También pasajeros doloridos o alucinados. Estuvo toda esa noche maldita yendo y viniendo, cargando primero a personas con quemaduras y al final, las bolsas llenas para las morgues.

Los conductores de ambulancia no se salvan, por supuesto, de las balaceras. Botto me cuenta que un domingo los mandaron a Núñez. Llegaron rápido y sobre la calle Lidor Quinteros todavía se estaban disparando. Cinco tipos habían querido entrar por la fuerza a la casa de Eduardo Menem y los custodios habían respondido a los tiros. Un sargento murió y un cabo salió herido de esa noche. *Los choferes estuvimos siempre expuestos a esas eventualidades —me dice—. Un compañero fue a hacer un auxilio en Álvarez Thomas, y salió un hombre armado y le tiró un escopetazo. Se salvó por un pelo pero, imaginate, quedó golpeado emocionalmente.*

Botto está retirado hace unos años de esos peligros, pero se preocupa por los choferes actuales del SAME. Viajan ahora con un enfermero a bordo, pero la calle se volvió mucho más riesgosa que nunca. Antes Botto entraba despreocupadamente en las villas de emergencia; hoy ingresar en ellas sin custodia de un patrullero equivale a convertirse en un blanco móvil. Los choferes actuales son víctimas de asaltos, les roban en medio de la confusión de la emergencia los elementos médicos, y les recriminan a los gritos y a veces a golpes de puño que lleguen tarde en una ciudad con un sistema de salud colapsado. Asevera el viejo trajinador de las noches y las urgencias que *los muchachos no son héroes, pero cuando por primera vez se sientan al volante de una ambulancia cambian y se vuelven distintos. Esto es una vocación profunda. Todos rinden por encima de lo que les piden. Y no laburan ni por la plata ni por el placer, sino por la vocación de servicio. Hacen mil auxilios diarios.* Y en ocasiones llegan temprano donde no pasa nada, porque aunque parezca increíble hay una legión de bromistas pesados que marcan el 107 y juran que dos colectivos chocaron en determinada esquina, o que hay un herido grave en un barrio lejano. La radio operadora no tiene forma de chequear si se trata de un chiste o de una tragedia de proporciones, entonces las ambulancias salen y salen sin saber con certeza qué los espera en la jungla. *Hace dos meses un paciente que traían en una ambulancia se brotó, le pegó una trompada al chofer y otra al enfermero, abrió la puerta y empujó a un médico del Argerich* —dice Botto para graficar—. *El médico cayó del coche andando, y hubo que reducir al paciente. Y después llamar a otra ambulancia para socorrer al médico, que estaba maltrecho.*

El hombre que no podía ver morir a los niños tiene ahora un nieto pequeño, que es capaz de convencerlo de cualquier cosa. Jorge fue operado hace un tiempo de la columna y entonces pasa más tiempo con su familia después de tantos años de ausencia por causa noble. De vez en cuando recuerda los gritos de un padre pidiéndole que salve a su hijo o el dolor de un paciente que lo observa con mirada nublada. En ocasiones se despierta de una pesadilla, y se sienta en la cama con la falsa pero vívida sensación de que lo han llamado para un auxilio y que debe salir corriendo.

Pero siente un amor tan grande por aquella vieja y salvaje vocación que parece echarla de menos. Por un momento, es como si Jorge Botto anhelara ponerse detrás de un volante, prender la sirena y llegar puntualmente a un lugar de Buenos Aires. Tal vez lo que extrañe no sea conducir una ambulancia y rescatar a alguien, sino simplemente volver a ser joven. O todo lo contrario: quizás salvar vidas sea una droga dura imposible de abandonar. Ni siquiera en el otoño de los hombres.

El pasajero de la última fila

El tránsito imposible de Buenos Aires estuvo a punto de ahorrarle la tragedia. Pero hizo todo lo posible por llegar y logró embarcar a tiempo; le tocó la última fila junto a la puerta, justo detrás de dos contadoras con quienes viajaba a Córdoba para realizar una auditoría bancaria. Rubén Perotti se quitó el saco y el abrigo, colocó el morral de cuero en un costado y se dispuso a disfrutar del viaje. Le gustaba mirar por la ventanilla y ver los foquitos de la pista para sentir la aceleración del avión cuando tomaba carrera. Perotti había viajado mucho y sabía que si después de alcanzar cierta velocidad la nave no ascendía eso significaba que había surgido un problema técnico. Pero al verificar aquel 31 de agosto de 1999 ese exacto e inquietante fenómeno creyó de todos modos que el Boeing 737 de LAPA se despistaría y que la cosa no pasaría más allá de un leve incordio. No imaginaba que al final de esa maniobra fallida habría sesenta y cinco muertos, diecisiete heridos graves, un avión incendiado y un escándalo nacional.

Sabido es que cuando uno se enfrenta con la muerte ve pasar toda su vida en un instante. Perotti nació en 1941 y se crio en Córdoba. Allí se enfermó de tuberculosis y estuvo casi todo un año en cama leyendo sin discriminar Shakespeare, Sartre y la colección *Rastros*. Esa experiencia formó su carácter, lo hizo más sensible y abierto. Estudió abogacía y se recibió de sociólogo en la UBA. Pero trabajó en una panadería, en una pyme y en Acindar. Finalmente recaló en un banco, donde hizo carrera, desde auxiliar de cuentas corrientes hasta gerente de sucursal. Se llevaba bien con los números. Y también con el trotskismo. Comenzó a simpatizar con Trotsky en la facultad: estuvo primero en el PST y después en el MAS. Militaba dentro de la Asociación Bancaria y también formaba parte del Frente de Intelectuales y Artistas. Esto, en aquellos tiempos, implicaba reuniones en locales, pícnics trotskistas para buscar adeptos y cohesionar a la tropa, mitines en las plazas, marchas en las calles, resistencia gremial, y sobre todo aprender a caminar por la sombra de la clandestinidad permanente.

Cuando llegó la dictadura militar, un grupo de tareas del Ejército se presentó en la sucursal donde Perotti trabajaba y apretó a su jefe. Ese ejecutivo le salvó la vida. Declaró que el militante hacía meses que no iba por el banco cuando en realidad estaba almorzando a la vuelta. Rubén se tomó unas largas vacaciones. Emigró a España y trató vanamente de acostumbrarse a Barcelona, pero extrañaba muchísimo y regresó a la Argentina a pesar de todos los peligros. En el banco le decían "el zurdo", pero así y todo le ofrecían puestos gerenciales. En un momento era, a la vez, jefe de personal y delegado del gremio.

En una peña folclórica se enamoró de una morocha y la dejó embarazada. Los trotskistas no se casan pero Rubén fue contra la corriente. Ella venía del dolor. Salía de un campo de concentración, había estado presa a disposición del Poder Ejecutivo en Devoto y la habían excarcelado. Le decían "la guerrillera", a pesar de que esta rama del trotskismo no comulgaba con la lucha armada.

Se casaron en el Registro Civil de la calle Uruguay. La morocha se convirtió en una reconocida psicoanalista y aquella hija hoy vive y estudia en Nueva Zelanda. Más tarde tuvieron otra hija, que padecía el síndrome de Williams, un raro trastorno genético, primo hermano del Down, que produce retraso madurativo y problemas cardiovasculares. *Nunca me pregunté por qué nos tocó a nosotros* —me aclara—. *Al contrario. Siempre me dije: menos mal que nos tocó a nosotros porque le vamos a poner el pecho.* Y se lo pusieron. Perotti se separó de aquella morocha pero vive hoy pendiente de esa niña maravillosa que asiste a un colegio especial, hace teatro, estudia canto, lee libros y escribe poemas.

Desobedeciendo al partido, el bancario votó a Raúl Alfonsín al llegar la democracia. La posición del PST durante la guerra de Malvinas le había producido un cierto cansancio moral. Lo había "fundido", como se dice en la jerga de los troskos. Pero siguió su carrera sin cambiar sus ideas.

Llegó a tener cien personas a su cargo y era subgerente de Auditoría Operativa cuando ocurrió el accidente de LAPA. Ese rol implicaba viajar a las sucursales del interior todo el tiempo.

Antes el destino le había avisado dos veces. Durante un vuelo de Roma a Atenas, el avión en el que se trasladaba Perotti entró en un bloque de *cumulus nimbus* y de repente empezó a caer y a caer. Los portaequipajes se abrieron, y los bolsos y la ropa volaron en medio de gritos de pánico. Era una caída vertical, sin frenos, y desde la ventanilla redonda Rubén veía cómo el mar se le acercaba a velocidad escalofriante. En esos instantes pensó: *Qué lástima, tan lejos de casa.* Pero la caída empezó a atenuarse y el piloto logró a último momento estabilizar el aparato.

En otra ocasión, Perotti entró en el ascensor de un viejo edificio de Buenos Aires, apretó el botón de planta baja y sintió un tirón: uno de los cables se había cortado. El ascensor cayó vertiginosamente diez pisos chocándose contra las paredes y no reventó contra el suelo porque en el camino se trabó con un borde y quedó encajado y torcido.

Está bien, nos vamos a salir de la pista, pensó mucho después Rubén Perotti cuando se dio cuenta de que el Boeing de LAPA no lograba despegar. Pero enseguida sintió el golpe y los alaridos. El cilindro del avión se sacudía de un lado a otro, y el asiento de adelante se le vino encima. *Se acabó* —pensó en un destello—. *Se acabó*. Y vio la carita de su hija menor estampada en ese respaldo. Era su imagen delicada y perfecta.

No lo sabía Perotti, pero los *flaps* seguían retraídos y la pista se había terminado. Los pilotos no podían frenar, y entonces la carrera continuó y el Boeing atravesó el tejido de alambre del aeroparque Jorge Newbery, cruzó como una aparición alada o como un dinosaurio rengo la avenida, se llevó por delante un auto que pasaba, se prendió fuego en contacto con el pavimento y por el combustible derramado, se metió de lleno en un predio de máquinas viales y terraplén. Y comenzó a incendiarse con las alas rotas.

Perotti salió del ensimismamiento de la misteriosa imagen de su niña justo a tiempo para gritarles a las contadoras: *¡Chicas, el cinturón! ¡Sáquense el cinturón!* Lo rodeaba un fuerte olor a nafta y cuando giró la cabeza vio en la fila de al lado gente quemándose viva. Entre todos detectó una mujer vestida de rosa con llamas en la espalda y la nuca.

Logró finalmente zafarse de su propio cinturón, se levantó y buscó la puerta trasera entre el humo. Él y las dos contadoras llegaron juntos atrás. La azafata estaba parada, en posición de firme, todavía extrañamente formal. *¡Abran, la puta que lo parió!*, gritó el bancario. *Calma*, respondió la mujer, se dio vuelta y destrabó la puerta. Perotti agarró a sus compañeras y a la propia azafata y las empujó al vacío, y él saltó también a tierra. La adrenalina del peligro era tanta que no sintieron el golpazo. *¡Corran, chicas, que* *esto explota!*, les gritó. Y empezaron a correr en la oscuridad. Faltaban tres minutos para las nueve de la noche. Corrían con la mole quemándose a sus espaldas e iluminando las tinieblas. Llegaron hasta la calle, y una de las contadoras, algo desorientada, siguió avanzando: Perotti tuvo que gritarle para que se detuviera. Se abrazaron los tres mientras escuchaban las explosiones. Veían cuerpos desmembrados, cadáveres y también pasajeros corriendo con la ropa y el pelo en llamas. Los tres bancarios se refugiaron en una estación de servicio. Todo se estaba llenando de bomberos, policías y curiosos. De pronto irrumpió en la estación un muchacho desorbitado que los encaró: *¡No saben lo que pasó! ¡Se cayó un avión!* El muchacho venía con la conmoción y el atropello de una anécdota: iba con su 147 por la Costanera y el Boeing había surgido de la nada y se le había cruzado a centímetros. Tenía el parabrisas todo negro del hollín del incendio. *¡Cayó un avión!*, repetía. *Sí, y nosotros veníamos adentro*, le respondieron los tres fantasmas pálidos. Un bombero se les acercó y les ofreció subirlos a una ambulancia. *No* —dijo Perotti—. *Nosotros volvemos al banco*. El muchacho del 147 ya no tenía más trabada la mandíbula por el asombro; se ofreció a llevarlos. A esa hora todavía había empleados trabajando en la sucursal. *Ay, Rubén, ¿los asaltaron?*, le preguntó una mujer. Recién entonces Perotti se dio cuenta de que tenía la camisa abierta y manchada de sangre: se había clavado en el esternón una placa identificatoria, una pequeña medalla con su nombre y apellido que su madre le había regalado en las épocas de militancia y desapariciones. No había registrado esa herida ni los pelos chamuscados del brazo, ni el hecho de que apretaba en el puño cerrado sus anteojos ilesos desde hacía una hora.

Dentro del banco estaban mirando en la televisión el accidente aéreo. Llamaron rápidamente al SAME y los conminaron a que se dejaran trasladar al Argerich. Allí les hicieron curaciones y radiografías. Escaparon por poco de la prensa, y un hermano de

Rubén pasó a buscarlo y lo llevó a su casa: su madre estaba dura, sentada en la cocina; lo abrazó transida de lágrimas.

Perotti se quitó la ropa, se bañó y se acostó. Al otro día tenía una contractura feroz; no podía ni bajarse de la cama. Tomó un antiinflamatorio y llamó a su hija. Cuando escuchó su vocecita se largó por primera vez a llorar. Lloró un largo rato. Y unos días después acordó con las dos contadoras encontrarse en un lugar y regresar juntos al banco. Los recibieron con bromas y cariños, y con un *photoshop* donde Perotti estaba disfrazado de Superman, y las contadoras de sirenas. Pero pasados los primeros festejos, vinieron la digestión del asunto y sus secuelas psicológicas. Había días en los que el exmilitante no podía ir a trabajar. No tenía pesadillas ni terror ni claustrofobia, pero algunas cosas habían perdido su sentido: el encuentro cara a cara con la muerte suele deparar estas revoluciones internas.

Repentinamente, se paró un día, cruzó la oficina y se anotó en un retiro voluntario. Desde entonces es, como decía mi padre, un millonario sin plata. Abrió al principio un restaurante, y después emigró de nuevo a España y también a Bolivia buscando una nueva vida, pero siempre regresó a Buenos Aires. Por su hija y porque le sigue doliendo y fascinando este país. Si le doy la mínima oportunidad critica con dureza a los Kirchner. No se la doy. Quiero saber qué pasó cuando tuvo que volver a volar por primera vez después de semejante experiencia. Fue un 31 de diciembre. Me aclara que a pesar de que la religión era, para los marxistas, el opio de los pueblos, él nunca había dejado de creer secretamente en Dios. Nunca. Ese fin de año se fue con su hija mayor a Córdoba. Sentía que si no lograba subirse de nuevo a un avión y superar el pánico, viviría con su fobia en tierra para siempre. Todo marchaba bien hasta que el piloto se dispuso a aterrizar en el aeropuerto de Pajas Blancas. El cuerpo de Perotti se crispó de repente y su hija le dijo en un susurro: *Papi, estás blanco como un papel*. Ella lo agarró de la mano, lo condujo por el sendero del miedo y lo depositó al final en el alivio. Hizo todo eso mientras el avión tocaba la pista, correteaba unos metros y frenaba suavemente bajo el sol.

El maestro, el herrero y el ebanista

José era carpintero y farrista, y abandonó a su familia en la pequeña aldea de Asturias con la excusa de progresar en Madrid y luchar por sus ideales. No era comunista, pero se consideraba un republicano. Se afilió al sindicato de la madera, participó de ardientes asambleas gremiales donde se pedía a viva voz que se le entregaran armas al pueblo para sofocar el golpe de Estado, y el 20 de julio de 1936 entró a sangre y fuego en el Cuartel de la Montaña que había tomado el general Fanjul.

Aquel general había ganado batallas en Marruecos y en Cuba, pero ya era casi un político cuando ingresó de civil y de incógnito a ese cuartel estratégico de Madrid. Sublevada la tropa contra el gobierno legal, cometió un error histórico: no distribuyó a sus hombres en distintos puntos de la ciudad, sino que los situó en el interior a la espera de varios aviones que le enviarían los rebeldes de Burgos y Valladolid.

Los leales los cañonearon y los bombardearon, y hubo combate cuerpo a cuerpo, y al final las milicias populares irrumpieron en el cuartel matando y muriendo, y pidiendo armas y cerrojos de fusiles. José iba en la turba, y cuando los disparos se acallaron, alcanzó el reducto de los oficiales y descubrió que muchos de ellos se habían suicidado para no ser atrapados con vida. *Había una pila de oficiales en la Sala Bandera* —contaba—, *se habían levantado la tapa de los sesos con sus propias pistolas.*

Fanjul fue juzgado por rebelión militar y fue fusilado en septiembre de ese mismo año. Y José Díaz siguió luchando en distintos campos y montes, y con irregular suerte. Nunca supimos bien: las hazañas no se contaban. Había que ser muy poco hombre para contarlas, creía el ebanista, y rara vez aludía a aquellos tres años de estruendos, pólvora y miedo. Una tarde, porque venía al caso, contó sin embargo que en una refriega corrió a esconderse tras un muro y vio que le hacía compañía medio hombre. Una granada le había volado la espalda y la nuca, y yacía espectralmente parado a su lado, con los ojos abiertos y muertos, como si le hubieran arrancado el cuerpo a mitad de un bostezo.

A pesar de todo, Díaz sobrevivió a la Guerra Civil española, y luego emigró a la Argentina. Durante aquellos tiempos hubo cruentas escaramuzas en las calles, en los bosques y en las llanuras de Asturias, hasta que los fascistas finalmente se impusieron con las armas, y los republicanos notorios fueron cazados y fusilados.

Antes de eso, en otra aldea asturiana pero ubicada sobre el Cantábrico, un herrero con diez hijos y una fuerza de toro se había enrolado en la misma causa. Se llamaba Nicasio Fernández y en su taller fabricaba hoces, guadañas y cuchillas. Era el jefe de un comité que ayudaba a los pobres y sabía que los enemigos vendrían a degollarlo. El hijo mayor no vivía con él: se había alistado como voluntario de las fuerzas falangistas. Y por una bendita casualidad padre e hijo no se encontraron frente a frente en la famosa y sangrienta batalla de Teruel. En aquellos terrenos, al hijo lo volaron literalmente en pedazos: su familia no pudo siquiera darle cristiana sepultura.

En la aldea, mientras tanto, los otros hijos de Nicasio eran hostigados por los fascistas y se peleaban a puñetazos cuando intentaban injuriarlos diciéndoles "rojos". Eran multitudinarias peleas de adolescentes libradas como duelos al sol en los prados asturianos. Y los hermanos regresaban a casa con las bocas y las narices sangrando, mientras entonaban con hidalguía la canción del fracaso: *Ellos eran cuatro y nosotros ocho. Qué paliza les dimos. Qué paliza les dimos... ellos a nosotros.*

Fernández cruzó España combatiendo contra el ejército rebelde hasta que todo terminó y debió escapar a Francia con algunos compañeros. Se refugió luego en una granja y allí lo sorprendió la Segunda Guerra Mundial. Lo mataron en Normandía durante aquellos días de desembarco y fieras resistencias.

Luego de tantos muertos sobrevendrían la hambruna y el exilio económico y político de miles, y una siniestra dictadura de treinta y cinco años que hundió a la Madre Patria en el atraso y la ignorancia.

El herrero y el ebanista, Fernández y Díaz, eran mis abuelos. Y yo crecí rodeado de aquellos relatos heroicos y tristes. Pero había cierto *glamour* en la derrota: habíamos sido vencidos y aniquilados por defender causas nobles. Nos habían vencido los malos, los despiadados, los violentos, los injustos.

Durante la escuela primaria conocí en un aula salesiana al maestro Vicente Vázquez, otro español que narraba una tragedia de la Guerra Civil. En 1936 un grupo de violentos amenazaba con tomar un convento salesiano. Vicente y su hermano Esteban Vázquez estaban haciendo el seminario: querían ser curas y consagrar su vida a Dios. Junto con algunos compañeros huyeron al bosque, pero los atraparon. Casi todos quedaron confinados en calidad de prisioneros, pero seis seminaristas fueron enviados a una cárcel. Vicente se quedó y Esteban marchó a prisión. La separación fue un azar y un desgarro de lágrimas.

Unos meses después, comenzaron los fusilamientos. Esteban fue ejecutado junto con otros trescientos, y arrojado a una fosa común. Mi maestro había sobrevivido por milagro, y a partir de entonces había decidido entregar su existencia en cuerpo y alma a la tarea evangelizadora y a la Virgen, y en lograr lo que finalmente hizo el Vaticano: beatificar a Esteban Vázquez, el mártir de aquellas jornadas infames.

A Vicente yo lo daba por muerto, muchísimos años después, cuando novelé la historia de mi familia. Sin embargo, el maestro Vázquez vivía en el Colegio Santa Isabel, de San Isidro: tenía 92 años y una lucidez sobrenatural. Me llamó porque había leído el libro y quería dos cosas: agradecerme el recuerdo y pedirme con humildad que subsanara en una próxima edición una pequeña errata. *Los que fusilaron a mi hermano no eran soldados del franquismo* —me dijo—. *Eran milicianos del otro bando.*

Me quedé frío al descubrir que había cometido un error tan grueso, una vergonzosa injusticia. El inconsciente me había traicionado. Nunca, desde la infancia hasta la madurez, yo había sospechado siquiera por un minuto que los impiadosos fusiladores del inofensivo hermano de mi maestro podían ser los "nuestros".

Esa falla en la corteza de la memoria es producto de viejas categorías y recalcitrantes prejuicios, y de las simplificaciones que el ser humano busca siempre para dividir en buenos y malos, calmar su conciencia y exorcizar su propensión a la crueldad. Esa ceguera puede ser excusable en la niñez pero no lo puede ser en la madurez plena, cuando hemos vivido lo suficiente para reconocer los matices inquietantes e incómodos de la Historia, y para no caer en las trampas del blanco y negro.

Toda una corriente revisionista, en libros y películas, intenta mostrar ahora los grises de las guerras europeas de izquierdas y de derechas. Empezando por la española: varios escritores tratan desde hace años de sacudir a la cristalizada opinión pública con relatos veraces e incómodos en los que no hay solamente víctimas impolutas y monstruos apocalípticos. También hay idealistas siniestros, libertarios corrompidos, derechistas honrosos o abyectos, izquierdistas maravillosos o criminales. Canallas heroicos y héroes imperfectos.

Esta visión no borra, sin embargo, la línea entre culpables e inocentes, ni relativiza dictaduras ni crímenes de lesa humanidad. Pero ayuda a comprender la verdadera naturaleza de la tragedia humana y a liquidar demagogias mediáticas y usos y manipulaciones de políticos falsamente épicos.

La gran lección que surgió de aquella lucha fraticida entre las dos Españas fue la convicción de que el fragor de los ideales y posicionamientos no debía nunca más vulnerar los límites del respeto hacia una democracia seria e integral. Aquellas dos Españas abandonaron el uniforme y el fusil, y vistieron el traje moderno de las repúblicas y el bipartidismo, con acuerdos permanentes de fondo y debates encarnizados en la superficie, con diferencias inocultables pero a la vez con una paciencia infinita para cuidar la división de poderes, el progreso, la tolerancia y las reglas de juego. Los argentinos no envidiamos la Guerra Civil ni aquella interminable y absurda tiranía. Pero envidiamos la calidad política e institucional de España. Algo pequeño que cuesta muchísimo. Algo imperfecto y en crisis. Pero también algo que hoy nos suena tan lejano y exótico como una utopía del género fantástico.

Tal vez no otra cosa añoraban el maestro, el herrero y el ebanista, que no eran hombres de sofisticaciones ideológicas. Solo hombres simples luchando contra el descreimiento, la indolencia y la injusticia. Un apotegma asturiano aseguraba que para no sufrir desilusiones había que carecer de esperanzas. ¿Pero qué somos sin ellas?

Escribir hasta el último segundo

Ya no tenía sonrisas. La parálisis muscular no le impedía todavía hablar, aunque es cierto que lo hacía lenta y apagadamente. El tumor cerebral con el que luchaba desde hacía tres años, atacaba su motricidad y le había ido anulando miembro a miembro, centímetro a centímetro, como en un perverso juego de compuertas que lo iba dejando sin salida. Primero le inutilizó un brazo, luego le entorpeció las piernas.

Tomamos el té una tarde de enero. Nos acompañaban su hijo Gonzalo, un excelente fotógrafo, y Florencia, una de las nietas de Tomás Eloy, que nos sirvió amorosamente sándwiches y helados, agua y café.

Tomás me había invitado hacía dos semanas, cuando me contó por teléfono que el deterioro ya era irreversible y también que, consciente de todo, estaba disponiendo dolorosamente las últimas cosas.

¿Qué necesitás, Tomás?, le pregunté al final de aquella conversación, puesto que nada se le puede decir a un hombre que va a morir y lo sabe. *Te necesito a vos*, me respondió.

En un llamado aparte, Gonzalo me ratificó que su padre ya no tenía chances y que se estaba despidiendo de sus amigos. También que quería reparar a último momento algunas diferencias que habíamos tenido en el fragor del parto de nuestra revista cultural hacía dos años, cuando discutimos, más de una vez, por cuestiones periodísticas y metodológicas. Nuestro afecto, a pesar de esas broncas momentáneas, nunca se había alterado, y poco después ya nuestra vieja amistad había retomado las rutinas de siempre. Pero Tomás se empecinaba en cerrar por completo un capítulo que ya estaba cerrado y en darme, como toda la vida, sus consejos literarios.

Lo conocí personalmente hace mucho tiempo, cuando acababa de terminar *Santa Evita*, pero era mi ídolo total en los ochenta, cuando leí su obra maestra: *Lugar común la muerte*, y también *La novela de Perón*, que aparecía por entregas en el semanario político *El periodista*. Siempre creí, y Tomás terminó aceptándolo, que *La novela de Perón* y *Santa Evita* formaban una sola obra en dos actos. Ese libro monumental, que se publicará alguna vez, noveliza nada más y nada menos que la historia mítica del peronismo. Perón, Evita y López Rega (Lopecito) son en ese libro fundamental de la literatura moderna personajes ficcionales inventados por Tomás Eloy Martínez. Y son, a la vez, acaso más verdaderos que las figuras auténticas puesto que suele haber más verdad en la ficción que en la realidad.

Al llegar a su departamento de la avenida Pueyrredón lo abracé y le di un beso y me senté simulando, con verborragias optimistas, que su postración no me impresionaba.

Apenas podía utilizar su mano derecha. Tenía que dictar sus columnas quincenales y había un libro de tapas rojas abierto en un costado: estudiaba la cultura narco en América Latina. No quería abandonar ese artículo que alternaba cada dos semanas con su amigo Mario Vargas Llosa. No quería abandonarlo pese a la tremenda presión y fatiga y las dificultades motrices que lo acechaban. Hacía esfuerzos sobrehumanos para no incumplir. Dormía cuatro o cinco horas y "se arrastraba" hacia la computadora, los libros, los apuntes, la libreta.

Escribir es la única razón para seguir vivo, me dijo. *Pero siempre fue así, Tomás*, le respondí, exagerando. Asintió brevemente. No podía sonreír, ni siquiera con los ojos. A lo largo del té, lanzó ironías e hizo chistes, pero sin abandonar esa tristeza profunda, abismal, esa sombra en el ceño, ese velo de oscuridad en la mirada. No era un problema muscular: estaba rodeado de muerte; lúcido en un cuerpo inmóvil. Circunspecto, lúgubre, atrapado en una cuenta regresiva que nadie podía detener.

Su hijo había tratado en vano de reconfortarlo con el más allá, pero ni aún en esos durísimos trances el autor de *Purgatorio* —un agnóstico consumado— había cedido al chantaje del cielo ni del infierno, como decía Borges. Era de una conmovedora valentía, y allí estaba con nosotros, tomando el té, sabiendo que le quedaban instantes de vida. Y que solo le restaba pelearle a la muerte un día, una página, una línea más de aquella novela que seguía escribiendo contra esa bomba de tiempo.

Tenía para mí un regalo muy especial, conmovedoramente envuelto sobre la mesa, y algunos comentarios proféticos y unas cariñosas recomendaciones sobre mis crónicas y sobre mis novelas de amor. Y yo quise llevármelo de ese clima de postrero, y le pregunté por sus amigos remotos.

Con Carlos Fuentes estaba en contacto permanente. Con Gabriel García Márquez últimamente no hablaba, pero sí con Mercedes, la mujer del premio Nobel, que lo llamaba de tanto en tanto. De Paul Auster se despidió en Estados Unidos, antes de regresar definitivamente a la Argentina. Auster le había enviado *Invisible. No es, como dice, su mejor novela, pero es muy buena* —dictaminó—. *Su mejor novela sigue siendo* El Palacio de la

Luna. Le retruqué con *La invención de la soledad* y me quedé con la elección de ese título memorable.

Hablamos de títulos: Tomás sabía perfectamente por qué "La Casa" pasó a llamarse *Cien años de soledad*; cómo la editorial desechó el título que Vargas Llosa traía y le impuso *La ciudad y los perros*. Tomás fue un gran estudioso del *boom* latinoamericano, se codeó con los grandes titanes literarios de la región y conocía los secretos de todas esas novelas. Le recordé que *Santa Evita* no se llamaba de esa manera mientras él estaba escribiéndola. *Es cierto* —me dijo—. *Pero olvidé qué título le había puesto.* Yo no lo había olvidado: "La Moribunda". Me miró como si repasara una y otra vez esa palabra. Supe enseguida lo que estaba pensando en aquella dolorosa tarde de enero.

Luego charlamos un rato largo acerca de *El Olimpo*, una novela corta que escribía por encargo de una editorial inglesa. Me contó que la novela tendría tres niveles: el Olimpo de la mitología griega, el uso del Olimpo por los nazis y finalmente el centro clandestino del barrio porteño de Vélez Sarsfield que abrió la última dictadura militar argentina. *Las historias se entrelazan hasta el final*, susurró. Luchaba todos los días, en medio de su tempestad, para ponerle el punto final antes de morir.

Los escritores no miden su futuro por la cantidad de viajes, mujeres, ratos o adquisiciones, sino por la cantidad de libros que no podrán escribir. *¿Qué vas a hacer después de* El Olimpo?, le pregunté con ingenuidad.

Quería hacer un ensayo sobre todo lo que había aprendido alrededor del difícil arte de escribir. Y me narró, como tantas veces, el libro pendiente por dentro. Cómo tomaría de base varias clases que había dado en distintas universidades norteamericanas a lo largo de más de treinta años y cómo contaría allí que Borges era un periodista de alma aunque no lo sabía.

¿Será sobre el oficio de escribir novelas y cuentos, o sobre las crónicas?, pregunté. Me respondió con su clásica declaración de principios: *Para mí la literatura y el periodismo son exactamente lo mismo.* Se refería, claro está, a los mecanismos narrativos de la *non fiction*, a la crónica como literatura mayor, al articulismo como rama de la literatura. Tomás había logrado, como muy pocos en este país, elevar al periodismo a la categoría de obra de arte.

Me di cuenta, de repente, que por primera vez me estaba relatando un libro que no llegaría a escribir. Él y yo sabíamos, aquella tarde última, que la lección del oficio quedaría huérfana, que aquel legado de Tomás Eloy Martínez tendría que ser escrito por otros. Que todo se trataba, esta vez, de ilusiones vanas.

Nos abrazamos y nos dijimos, ya sin pudores, que nos queríamos. Nos prometimos, con hermosas mentiras, cosas para un futuro que no existía.

Bajé luego con Gonzalo hasta la planta baja. El hijo me explicó que su padre no podría seguir escribiendo las columnas de los sábados y me relató minuciosamente cómo sería la secuencia ineludible del adiós. Me ratificó, ya en el umbral y sin adornos, que aquel encuentro doliente era una despedida.

Me acordé, en la niebla del taxi, de una idea recurrente de Tomás Eloy: *Nos pasamos la vida buscando lo que ya hemos encontrado.* Él se pasó la vida buscando la gloria literaria sin darse cuenta de que ya la tenía. Esa búsqueda seguiría hasta el último minuto. Con el último aliento escribiría lo de siempre: una línea más. Una más.

Peronismo Hollywood

Estoy sentado a una mesa de un restó bar de Palermo Hollywood. Queda a trescientos metros de mi casa, sobre la calle Carranza, y tengo un apetito voraz. Es por eso que he desechado ya la posibilidad de distraer el estómago con un trago, digamos una caipiros K, según menta el menú, y he decidido ir directamente a los emparedados, aunque vacilo ahora entre el "Tostado Herminio" (con miga o sin miga) y "El Capitalista", que trae carne de cerdo. De cerdo capitalista, para redondear.

Mientras recorro la lista de platos descubro de repente el postre: "Cobos Panqueque". Tomo nota mental y avanzo, famélico y dudoso, sobre las comidas principales. Me da un raro escozor pedir entraña con papas al plomo porque aquí el manjar se denomina "Dorrego", en homenaje al prócer acribillado por los salvajes unitarios que había escrito aquella inolvidable y dolorosa línea final: *Dentro de unas horas seré fusilado y todavía no sé por qué razón.* Probar esas papas al plomo, por lo tanto, no haría otra cosa más que indigestarme. Pienso, con ingenuidad y esperanza, que me contentaré con una simple ensalada. Pero de nuevo me tropiezo con un fusilado: la ensalada se llama "Rucci". Es una suerte que no se sirva con Traviatas. Recordemos: un sector de la izquierda peronista armada le metió veintitrés balazos. El comercial de la época decía "Traviata, la galletita de los veintitrés agujeritos". Recordemos también que José Ignacio Rucci era el secretario general de la CGT y que su cadáver le fue dedicado a Perón para que no se desviara del glorioso camino al socialismo.

Al levantar la vista contemplo la iconografía justicialista en las paredes, y las caras del General y de Evita, y las consignas a favor de Néstor y Cristina, y pienso que todavía puede tratarse de un homenaje de mal gusto. Pero un homenaje al fin. Rucci y Dorrego, después de todo, son héroes de la "causa nacional y popular", y qué mejor que una entraña baleada y una ensalada verde para evocar y devorar a los héroes con mística pasión y para procesarlos en el organismo como si fueran un verdadero alimento espiritual. Lo que se dice una misa peronista.

Pero entonces me detengo en los entremeses. Y choco con otro muerto célebre: "Tabla de fiambres Pedro Eugenio". Por Aramburu, ¿vio? Por aquel militar que buscaba en secreto un acuerdo con Perón y que fue secuestrado por Montoneros, sometido a "juicio popular" en un sótano de Timote y asesinado de un tiro por Fernando Abal Medina. Orwell decía que "el lenguaje de la política está diseñado para hacer que las mentiras suenen veraces y el homicidio respetable".

Los nacidos y criados en Palermo somos gente resentida. Para qué negarlo. Nosotros no necesitábamos una estética pobrista porque residíamos en Palermo Pobre, en la frontera de la villa miseria Dorrego, alrededor de bodegones y cafetines infectos pero fraternales. En esas coordenadas convivíamos con los que menos tenían y con la naturalidad de quienes comparten casi las mismas necesidades: éramos la clase media bajísima de Juan B. Justo y más allá. No era necesario homenajear a los pobres y conocer sus costumbres mirando sentidos documentales en Encuentro o Discovery Channel.

Luego el barrio dejó de ser todo eso para convertirse en una gran feria del diseño, las vanidades, la frivolidad, las modas y la estupidez. Vimos instalarse en esas viejas y queridas calles a esnobs y cabezas huecas de toda índole, estudiantina posmoderna y tribus *fashion* retozando en santuarios de la huevada. Por ese camino nos cruzamos ahora en Palermo Hollywood con el peronismo *vintage*, ese paroxismo *cool* que los kirchneristas han puesto de moda. A este restaurante vienen Boudou, Tomada, Felletti, Coscia, Mariotto, Kunkel y los propagandistas de Canal 7. También los militantes de La Cámpora y el inefable director de Telam, Martín García. Los imagino a todos alrededor de la "Tabla de fiambres Pedro Eugenio", mientras escuchan música pop y la voz ocasional del Pocho en algún discurso memorable.

Parece, en principio, un culto al peronismo. Pero no lo es: el peronismo supo digerir sus más dolorosos y tremendos errores, como por ejemplo la práctica del asesinato político. En cambio, los miembros de "la generación maravillosa" y sus jóvenes herederos, los neosetentistas, todavía se jactan por lo bajo de aquella aberrante épica revolucionaria. Lo hacen como un chiste de humor negro, pero también como un ritual de la mística en la que se cocina la "militancia que trata de cambiar el mundo". No hay autocrítica, solo reivindicación.

Y es que, a pesar del altar de Evita, con velas blancas y flores, y de los rostros regordetes de Perón, lo que se festeja en este restaurante de Palermo Hollywood es la manipulación que operó la izquierda sobre el gran Movimiento Nacional y su continuación en el presente, donde "Nestornauta" y "Fuerza Cristina" vienen supuestamente a restaurar lo que el peronismo en verdad nunca fue ni será.

Se respira en Peronismo Hollywood un clima de dinero y de alegre impostura. Como el Che convertido en la remera de un pequeño burgués acomodado que se viste con onda cara y sensible, y que practica a la vez el alto consumo y el discurso libertario. Qué divertido y reconfortante debe ser militar en esta revolución imaginaria y pasar unas noches entre cumpas y necrofilia peronista declarándole la guerra al capitalismo. El capitalismo tiembla, la verdad.

Dejo el menú. No puedo comer muertos. Mejor pido una cerveza.

El eco de aquellos cañones

Dos enemigos prehistóricos duermen pero se acechan por los siglos de los siglos en la casa que jamás ocupó Guillermo Brown. Separados apenas por un metro y por el cristal de una vitrina se vigilan un gliptodonte y un gran tigre Dientes de Sable. Sus fósiles fueron hallados en las inmediaciones de Colonia del Sacramento, y un cartel recuerda que en Arizona hallaron una vez un cráneo de otro gliptodonte juvenil con dos perforaciones en forma oval, "probablemente debido a un ataque de estos felinos". El tigre de mordida fatal persiguió al mamífero acorazado a través de las planicies orientales en el principio de los tiempos, y aquí están ahora juntos y en silencio viendo pasar a los dos millones de turistas de todo el planeta que visitan anualmente esta asombrosa ciudad desde la que partió Artigas para su campaña libertadora.

En esa misma casa hay mariposas y monstruos, restos de naufragios y armas asesinas. También los muebles negros del dormitorio del coronel Ignacio Barrios, que peleó en las Invasiones Inglesas, participó en combates locales, estuvo en la batalla de Tucumán bajo las órdenes de Belgrano y cruzó los Andes en compañía de San Martín.

En otra habitación de ese laberinto de épocas y señales y fantasmas, descansa exhausto el traje de luces de Manuel Torres, matador valenciano que en 1910 atravesó a un bravío toro de lidia en la Plaza del Real de San Carlos, esa monumental edificación que fue clausurada dos años más tarde cuando los uruguayos prohibieron para siempre las corridas.

Pero lo que más llama la atención, al frente de ese museo singular, es la placa donde se recuerda al almirante Brown. La leyenda colectiva afirma que existe un documento del 17 de octubre de 1833 en el que se le otorga esa casa que nunca ocuparía en recompensa por sus increíbles hazañas durante la independencia de la Banda Oriental.

La relación de Brown con esa pequeña pero estratégica ciudad disputada a lo largo de cien años por Portugal y España, resultó intensa y amorosa. La principal actividad que desarrollaba el marino irlandés era precisamente el comercio de ida y de vuelta entre una y otra orilla del Río de la Plata, y en 1814 abrió un estancia con saladero en Colonia. Después se dedicaría durante años a la guerra contra la corona española y ya estaba en retiro forzoso durante los primeros meses de 1826 cuando volvieron a llamarlo para una misión de alto riesgo. Tenía 49 años y debía organizar en tiempo récord la menguada escuadra nacional y hacerle frente a la poderosa flota de ochenta buques del Imperio del Brasil. Los imperiales habían fortificado Colonia con 1500 infantes y varios bergantines y goletas porque era un punto estratégico para el tráfico fluvial. El irlandés los atacó a las ocho de la mañana con bala y metralla. Dio y recibió durante dos horas, y comisionó a un emisario para que pidiera la rendición de la plaza. Le respondieron que no se rendían y la artillería siguió, pero con mala suerte: un bergantín patriota quedó varado al alcance de los disparos brasileños, y por la noche a merced de una tempestad que lo partió al medio.

El gran jefe tuvo que ordenar la retirada para curar heridos y reparar averías, y también para esperar refuerzos y planear un nuevo ataque. En la noche del 1º de marzo repartió entre sus marineros una ración de agua caliente mezclada con ron y una arenga en voz baja. Hizo envolver los remos con trapos para no ser oídos por los enemigos y ordenó el avance de seis cañoneras. Pero a la medianoche los imperiales descubrieron la sigilosa maniobra y abrieron fuego de cañones y fusilería. Fue alucinante. En la noche se veían los fogonazos anaranjados, silbaban las balas y se oían a uno y otro lado los gritos de ira y de dolor. Muertos, mutilados, náufragos. Ambos bandos perdieron, en esa velada, más de doscientos hombres. Pero Colonia del Sacramento continuaba en manos brasileñas.

Un patriota uruguayo, Juan Antonio Lavalleja, coordinó con Brown un asalto terrestre a las murallas. También fue inútil. Y llegaron más brasileños y más buques a proteger la ciudad. Todo lo que consiguió el marino irlandés fue incendiar la nave insignia de sus adversarios e infligirles un golpe moral al demostrarles que era posible eludir su bloqueo y penetrar en sus territorios.

El almirante había asombrado al mundo con sus éxitos en las batallas navales de la independencia y en la guerra de corso que había desplegado por el Pacífico contra naves españolas. Cañonazos, abordajes, sablazos, tiros de pistola, incendios. Era una leyenda viva cuando salió derrotado de las aguas de Colonia del Sacramento, pero conocía de sobra las amarguras bélicas, de manera que no perdió el ánimo y siguió realizando escaramuzas de gran osadía, apresó embarcaciones, atacó fragatas frente a Montevideo, y buscó la revancha. No tuvo que esperar mucho: el 11 de junio tres decenas de barcos enemigos formaron frente a Buenos Aires en gesto amenazante. Estaba por dar comienzo el combate de los Pozos. En la ribera, la sociedad porteña observaba con el alma en vilo el comienzo del espectáculo. Brown solo tenía cuatro buques y siete cañoneras, pero le dijo a su tripulación: *Marineros y soldados de la República, ¿veis esa gran montaña flotante? ¡Son 31 buques enemigos! Mas no creáis que vuestro general abriga el menor recelo, pues no duda de vuestro valor.* A continuación les indicó que antes de rendir el pabellón echarían a pique sus propios barcos, y enseguida gritó a sus artilleros: *¡Fuego rasante que el pueblo nos contempla!* Cuando la andanada de obuses terminó y un silencio de muerte flotó en el aire, cuando se retiró con lentitud el humo del fuego y la pólvora, todos pudieron apreciar, desde el mar y desde las playas, cómo la escuadra imperial se replegaba y dejaba vacío el horizonte.

El almirante fue llevado en andas por la gente y recibido esa misma tarde en los salones de Buenos Aires como un ídolo popular.

La epopeya incluyó otras refriegas navales contra el Imperio del Brasil. Quilmes, donde los patriotas eran triplicados por sus enemigos y así y todo les provocaron grandes pérdidas y destrozos. Juncal, la mayor batalla de todas, donde el almirante consiguió capturar a sangre y fuego doce buques e incendiar tres más. Y el desgraciado Monte Santiago, donde Brown sufrió la peor derrota: fue el 27 de abril de 1827 cuando intentaba con cuatro veleros burlar el cerco de las naves brasileñas estacionadas de nuevo frente a Buenos Aires. En la oscuridad, y por impericia de los pilotos, dos de sus bergantines encallaron en un banco de arena. De pronto fueron rodeados por barcos enemigos y acribillados por 189 cañones. La nave principal estaba en manos de Francisco Drummond, marino escocés y prometido de la hija de Brown. El futuro yerno recibió la orden de abandonar un buque que ya había acusado doscientos impactos. Su tripulación había efectuado en respuesta cerca de tres mil tiros y, como las municiones se habían acabado, ahora disparaba eslabones de la cadena del ancla. Sobre la cubierta había cadáveres, quemados y contusos, pero los sobrevivientes querían seguir peleando. Una bala le había arrancado de cuajo la oreja a Drummond, que sin embargo tomó un bote y remó hasta otro barco para buscar pólvora y proyectiles. Cuando logró llegar una bala de cañón lo hirió de muerte. Agonizó durante tres horas, y su futuro suegro cruzó las aguas en medio de la granizada enemiga para sostenerlo en el último aliento. Elisa Brown, la prometida, enloqueció literalmente al recibir la noticia y se suicidó en el río a fin de ese mismo año.

Mucho tiempo después, cuando el almirante era un anciano, fue visitado en su quinta de Barracas por uno de los jefes que lo había combatido en aquellas aguas. El recién llegado intentó embarcar a Brown en una diatriba contra la ingratitud de las repúblicas para con sus héroes. El irlandés le respondió secamente: *Considero superfluos los honores y las riquezas cuando bastan seis pies de tierra para descansar de tantas fatigas y dolores.*

A pesar de que lo aguardaba esa casa en el centro histórico de Colonia del Sacramento, Brown se recluyó en su vivienda de Buenos Aires y murió allí sin esperar nada. Quienes visitan ese museo de dos plantas donde ahora perviven tigres y gliptodontes del Pleistoceno, mariposas y monstruos, armas antiguas, héroes y matadores, vajillas coloniales y pinturas, no encuentran ningún rastro del almirante. Pero basta cruzar a pie la plaza de Colonia y trepar la muralla para imaginar su corbeta en la última línea del río marrón. En el puente, el pelo rojizo y los ojos claros y penetrantes, catalejo en mano, la sombra de Brown se dispone día tras día a iniciar el asalto final, la derrota heroica, los encargos del inescrutable y triste destino.

Cosas que pasan en la calle

1

Lo tomé en la calle y al azar. Les juro que era idéntico a Ricardo Darín. Pero no al viejo Darín Galán de los Hogares, sino a esa mezcla de perdedor y ladino que daría una cruza imaginaria entre el protagonista de *Luna de Avellaneda* y el estafador de *Nueve Reinas*. Este taxista tenía auto nuevo y blanco, y en el interior pequeños *souvenirs* de gamuza con los colores de Tigre. Yo venía caminando de noche por una avenida silenciosa, a la altura de Beccar, cruzándome con crotos y borrachos, y muchachos lunáticos que tomaban cerveza en los umbrales. El taxista me examinó de arriba abajo antes de subirme y me preguntó con desconfianza qué hacía en un lugar tan peligroso y adónde me dirigía. Le expliqué que me gustaban las caminatas nocturnas y que vivía en Palermo. *En Palermo se podrá caminar de noche, pero acá te arriesgás a que te amasijen*, me dijo.

Su voz también se parecía a la voz de Darín. Le vi en el espejo retrovisor las arrugas alrededor de los ojos y también las ojeras. Miré sus dedos cortos en el volante: estaban manchados por la nicotina. Mientras corríamos de norte a sur por esa misma avenida, el taxista hablaba de narcos, asaltantes y arrebatadores que atacaban a cualquier hora. Era fascinante y aterrador escucharlo contar con simplicidad cómo funcionaba el negocio del delito en la Zona Norte. Cómo convivían barrios bacanes con favelas cartelizadas y cómo a veces los separaba apenas una calle ancha. *Nosotros pasamos por el medio y miramos para adentro, y a veces vemos por las ventanas los veladores del Gauchito Gil, que prenden los familiares cuando los muchachos salen de caño.* Decía Raymond Chandler que el delito solo era el lado oscuro de la lucha por el dólar. Chandler veía el delito como un simple mercado, y no se equivocaba. Los "muchachos que salen de caño" hablan de "trabajar". Salen a trabajar con un revólver y sus parientes invocan la protección del Gauchito Gil.

Una vez tomé a un flaco en saco y corbata en una parada de San Isidro —me insistió el taxista—. *Empezamos a hablar, y de repente me pregunta cuánto ganaba. Le dije una cifra. "¿Sabés cuánto gano yo?", me preguntó el flaco. No podía calcular lo que ganaba: muchísimo. Era boquetero. Había estado en la cárcel de menores y una vez en Devoto. Pero le iba muy bien con los túneles y con los bancos. Se compadecía de mí: doce horas sentado rompiéndome los riñones para ganar esta miseria. Después me pidió que frenara y que no volviera la jeta cuando se bajara del coche. Me pagó con un billete grande y me dijo que me quedara con el vuelto. Me palmeó la espalda y se bajó.* Nosotros ya estábamos cruzando la avenida General Paz. El falso Darín suspiró largo y cansado, y agregó: *Me palmeó la espalda con afecto.*

2

A mi tío Héctor también le pasan cosas raras. Hace poco se cruzó en la calle con un tipo bien empilchado que lo saludó efusivamente. Sin saber quién era, mi tío devolvió el saludo y siguió caminando. Pero de pronto le entró curiosidad y se dio vuelta. El tipo lo seguía observando con una sonrisa franca. Al ver que mi tío le daba pie, volvió sobre sus pasos y lo abrazó.

—¿Cómo andás, hermanito? ¡Tanto tiempo!

—Qué tal, qué tal —le respondió, un poco atribulado, mi tío Héctor: sentía culpa por no poder reconocer a alguien que le demostraba tanta confianza y tanto cariño.

—Qué sorpresa —siguió el tipo—. Y justo en un día como hoy. Mi mujer tuvo familia. Sí, una nena. Ya tengo dos chancletas, ¿te acordás? Y bueno, se ve que vienen en serie.

—Te felicito —dijo mi tío—. En serio te felicito.

—Pesó cuatro kilos, es King Kong. A la madre le tuvieron que hacer la cesárea.

—No me digas.

—Me encontrás justo yendo al Registro Civil. ¿Y vos cómo andás?

—Bien, tirando.

—¿Y el hombre? ¿Sigue manejando todo?

—Sí, como siempre.

Hablaron un rato. Mi tío contó que "el hombre", su jefe histórico, se estaba por jubilar, pero que seguía manejando los hilos de la compañía de seguros donde trabajaba. Empezaron a caminar juntos hacia una avenida; mi tío intentando recordar de quién se trataba y el tipo hablando sobre su matrimonio. En un momento dado, el tipo sacó la billetera y rechistó. Tenía que anotar a su hija, el sellado le costaba veinte con treinta y no le alcanzaba. Mi tío, que es solidario, metió la mano en el bolsillo y buscó un billete de cincuenta. Fue en ese instante en que miró los zapatos del tipo y se dio cuenta de todo. Eran unos zapatos polvorientos, nada fuera de lo común, pero Héctor tuvo un rayo de lucidez. Sacó el billete y se lo entregó. Y lo miró a los ojos.

—Tomá, llevate el billete —le dijo—. Pero escuchame algo.

—Sí.

—Vos y yo no nos habíamos visto nunca antes, ¿no?

El tipo sonrió con el billete en la mano y dijo "nunca". Y después agregó: *Gracias, maestro.* Mi tío dejó que el otro cruzara la calle y se perdiera a la vuelta de una esquina. Prefería la contingencia de un pequeño timador a la grave constancia de su falta de memoria.

3

Recordé esa noche lo que me había contado un comisario acerca del itinerario que suelen trazar los pibes chorros y tuve un sueño vívido y realista. Luego, por la mañana, escribí de una sentada la historia de un chico de la calle que después de mendigar durante algunos años en el tren del Mitre y en los alrededores de Retiro pasó al simple arrebato en bicicleta. Escribí que ese chico se llamaba Pablo, que cruzaba en bici la Plaza de los Ingleses y que a la carrera me arrebataba de un manotazo el reloj que me había regalado mi padre. Un tirón y escapaba, pedaleando en zigzag por entre los autos, como alguien que se ha robado la sortija de la calesita.

Pablo vivía en una casa tomada: madre prostituta, padre desconocido, diez hermanos, padrastro violento, paco y pastillas, hincha de Boca, pero bendecido por la corpulencia: medía 1,90 y pesaba cien kilos, manos enormes y mirada torva. Pasó una temporada en el reformatorio y cuando salió rompió huesos y sobrevivió en las catacumbas de Buenos Aires. Lo reclutaron un verano en las gradas de la Bombonera para hacerle el aguante a un grupo antagónico de La 12. Participó en peleas a puñetazo limpio, y luego con palos y púas en un encuentro en Barracas contra los muchachos de Racing. Hubo un disparo y gente herida. Lo tuvieron guardado un poco en San Justo hasta que bajó la espuma.

Le consiguieron, para que se pagara los gastos, algunos trabajos con un comisario bonaerense que le liberaba las zonas para que robara tranquilo y le pagara un peaje. Entraba, pegaba y salía. A un vecino que se quiso hacer el vivo le voló la cara con una nueve milímetros reglamentaria de números borrados que le había vendido un poli.

Después, el comisario cambió de seccional y Pablo quedó un tiempo desprotegido, como cuentapropista. Andaba de caño, robaba en taxis, atendía en salideras y hacía de chofer en golpes a blindados. Salió herido de un tiroteo y lo metieron en cana. En la cárcel de mayores se ganó el respeto de los pesados, clavó a uno en un patio, traficó droga adentro y salió un par de veces con la venia del prefecto para participar en dos asaltos "entregados" y conseguir algo de plata fresca.

Cuando lo excarcelaron hizo changas un tiempo: aprietes en el conurbano, cobranzas, protección de punteros, rompehuelgas y otras demandas físicas. Pero se dejó tentar por un laburo de banco, que venía con todos los papeles en regla: eran los *cobanis* los que se lo servían en bandeja. Algo salió mal y tuvo que escapar a tiro limpio. Después lo vendió un buchón y fueron a buscarlo a una villa del sur. Se salvó por un pelo. Se fue a Mendoza y estuvo guardado en casa de un primo que había estado en la U9. Lo trajeron a los seis meses para un secuestro extorsivo. Pablo era de la primera célula: chupaban al gil y se lo entregaban a la segunda y esperaban los acontecimientos bien lejos, con el vino y las chicas. Hubo alguna mejicaneada en la repartija y Pablito se tuvo que cargar a uno y apretar a otro para que cantara dónde tenían los billetes. Estaban escondidos en un guardamuebles de José Ingenieros. Se fumó la mitad en pura fiesta y luego invirtió unos pesos en una "cocina". Los tumberos no se llevaban bien con los narcos, pero Pablo no le hacía asco a nada. Como la protección del negocio funcionaba dentro de la policía y el grandote se había abierto, lo allanaron y le metieron unos balazos para eliminar a la competencia y engrosar las estadísticas oficiales.

Un secretario del juzgado que entendía en el asunto era compañero de un excompañero mío de la secundaria. Me llamó para decirme que habían incautado entre las pertenencias de un narco un Seiko anticuado que tenía grabado, en el reverso, mi nombre y fecha de nacimiento. Pablo lo usaba de cábala en la mano izquierda y llevaba en la derecha un Rolex de diamante. El reloj que mi padre me había regalado a la vuelta de un viaje a España había hecho toda esa travesía por el infierno. Me mostraron el expediente de Pablo: era muy grueso, tenía fotos impublicables y sangrientas. El reloj parecía impecable y al colocármelo en la muñeca sentí un extraño alivio. Me acordé de aquel pibito que a las corridas me lo había arrebatado. En mi sueño lo miré alejarse en zigzag por entre los autos de Retiro. Era inalcanzable.

Fuimos periodistas

Emilio Petcoff era, a un mismo tiempo, periodista y erudito. En una profesión donde todos somos expertos en generalidades y formamos un vasto océano de diez centímetros de profundidad, Emilio resultaba exótico y admirable. No se lo recuerda mucho, pero fue uno de los grandes periodistas argentinos de todos los tiempos. Ya de vuelta de casi todo, escribió en *Clarín* crónicas policiales del día. Salía por las tardes, merodeaba comisarías, gangsters, buchones y prostitutas, y luego tecleaba en su Olivetti historias oscuras que destellaban genio. Una de esas crónicas perdidas (cito de memoria) comenzaba más o menos así: *Juan Gómez vino a romper ayer el viejo axioma según el cual un hombre no puede estar en dos lugares al mismo tiempo. Su cabeza apareció en una vereda y su cuerpo en la de enfrente.*

Petcoff parecía haber leído toda la biblioteca universal y hablaba diversos idiomas, pero prefería el estaño a la academia y largas veladas de whisky y citas filosóficas en cafetines de cuarta a cualquier fiesta de vanidades en la sede de una empresa anunciante o en un cóctel de canapés de la Cancillería. Lo conocí en su casa de Barracas, y mientras nos comíamos una milanesa acompañada con vino y soda me dio varias lecciones de literatura y de supervivencia. Me contó, en aquel entonces, que él había trabajado con el mejor cronista argentino del siglo XX: un hombre paradójicamente ignoto y analfabeto que conseguía cualquier información por más difícil que fuera. Petcoff hacía del periodismo un arte mayor, y no se preocupaba ni por la inmortalidad de su nombre ni por la suma de su cuenta bancaria. Era un bohemio lúcido y necesario, y la redacción del diario donde trabajaba tuvo que hacer una colecta para comprarle un sobretodo nuevo, porque el anterior tenía 15 años de vida y se había convertido en una colección de andrajos. *Para qué tanta historia antigua*, diría Emilio si me escuchara: murió el 7 de mayo de 1994. Esta historia antigua solo viene a cuento para recordar lo que alguna vez fuimos.

Petcoff era uno de los últimos representantes de una generación de periodistas inolvidables que no pretendían hacerse ricos y que ni siquiera soñaban con la firma ni con la fama. Solo querían parar la olla y hacer con arte este oficio maldito. Codiciaban, a lo sumo, ligar algún viaje de trabajo de vez en cuando y, por supuesto, escribir aquella novela que no escribirían nunca. Nada sabían del marketing ni del gerenciamiento, nunca firmaron un autógrafo ni ambicionaban una casa con pileta de natación. No conocían ni de vista a los anunciantes y, a veces, caían en el pecado de la fantasía. No eran perfectos, no todo tiempo pasado fue mejor. Pero aquellos periodistas eran escritores, tenían agallas y talento, y la humildad de los que saben que no saben. Es paradójico: ellos sabían mucho más que nosotros, pero no pretendían opinar de todo, como hacemos con irregular suerte. Aquellos muchachos de antes, que leían todo, tenían la opinión prohibida, por pudor y por prudencia. Algunos muchachos de ahora, que saben perfecto inglés pero tienen problemas con el castellano básico, son "todólogos" entusiastas, próceres mediáticos, salvadores de la patria, ricos y famosos, y predicadores de cualquier cosa. Es decir, predicadores de la nada.

Aquellos empecinados orfebres de la pluma tenían mucha calle y eran nómades por vocación. La joven guardia, en cambio, no es nómade sino sedentaria. No va a buscar la información, la espera para adornarla.

La preocupación consistía en haber leído a Sartre y a Camus. Hoy pasa por tener un programa de radio o aparecer en el cable para levantar publicidad. Antes se buscaban informantes y papeles ocultos. Hoy se busca "temática y *target*". Antes se mataba por un dato, hoy se mata por un aviso.

Aquellos parecían heridos existenciales, mezcla lunática de artistas irresponsables y servidores públicos, y, como muchos poetas trasnochados, derivaban melancólicamente hacia el alcohol. Estos son vulnerables al elogio y proclives al *lobby*, juegan al golf, viven en *countries* y aparecen tostaditos y pasteurizados en las vidrieras de las celebridades.

Viene ahora la advertencia de rigor: esta profesión tenía antes y tiene ahora la misma cantidad de canallas y de mediocres. Muchos periodistas de aquel entonces resultaron mitómanos incurables, y muchos periodistas de ahora se preocupan por ser nobles y rigurosos, y por cuidar el sustantivo y el verbo, a pesar del enorme vacío de la época. Pero haciendo estas salvedades, cuánta modestia y cuánto conocimiento, y cuánta autocrítica debemos cruzar todavía. Y qué cruel hacerlo bajo este imperio del maltrato, cuando los políticos compran medios para manipular periodistas, funcionarios manejan la publicidad oficial para amordazar a los críticos y hasta la Presidencia de la Nación nos sacude bofetadas públicas desde los atriles.

Pero lo cortés no quita lo valiente. El periodismo es necesario para la democracia, y el periodista debe ser defendido, pero también debe revisar permanentemente sus pecados con el simple propósito de enmendarse, de aprender y de no volver a cometerlos. Asumiendo que quizás, al final de todo, el peor de los pecados no sea, como decía Borges, la desdicha, sino la mediocridad.

El viernes 13 de abril de 2007 un periodista de mi generación y de mi diario, un hombre culto y modesto, un veterano cronista de cien batallas que nunca buscó la notoriedad, bruscamente la obtuvo por el simple método de darse un chapuzón. Mariano Wullich apareció ese día en una foto de tapa del diario *La Nación*: por curiosidad personal y no por otra cosa se había embarcado en el Irízar, y después de haberse duchado, en la noche del martes 10, encontró humo en su camarote. Poco más tarde tenía puesto un chaleco salvavidas y estaba en cubierta, preparado para abandonar el rompehielos, que se incendiaba en medio del océano. Wullich bajó por una escalerilla y saltó para abordar la balsa, pero de pronto una ola se la arrebató y cayó al mar. Fue un instante helado e interminable: Mariano estaba varios metros bajo el agua fría, en mitad de la oscuridad y de los tiburones, a 140 millas náuticas de la costa y junto a un barco que amenazaba con explotar. El salvavidas primero, y dos suboficiales después, le salvaron el pellejo. Pero estuvo seis horas mojado, con la angustia del náufrago, el terror del resucitado y los pensamientos más lúgubres hasta que un pesquero rescató a su grupo.

La travesía a casa fue lenta y penosa, y cuando tocó Ezeiza, nuestro jefe de noticias le pidió que escribiera urgente la crónica en primera persona. Mariano llegó a su departamento, lloró un rato, se bañó, se tomó un whisky, se vistió rápido y sin más trámite se vino a la redacción. Aquí estaba de repente, en saco y corbata, escribiendo su columna con el mismo profesionalismo de siempre. Al verlo tuve un escalofrío. Me acerqué a abrazarlo: le temblaban el pulso y la voz. Tenía todavía un susto de muerte, estaba agotado física y mentalmente, podría haberle pasado la información a cualquiera desde su cama, pero aquí estaba de golpe, cumpliendo su viejo oficio con arte y valentía, con su camisa celeste y su corbata anudada, con la dignidad de aquellos periodistas que fuimos. El fantasma de Emilio Petcoff le dictaba los adjetivos y los párrafos brillantes. Era tan importante en ese momento: Mariano estaba salvándonos a todos. Nos estaba salvando del vacío.

El hijo que rescató a su padre del olvido

Todavía sueña con su padre. Y son, invariablemente, sueños conversados. Discuten sobre literatura y sobre la vida. Como antes, como siempre. Julio murió hace ocho años entrando en su casa, en brazos de una hermana de Guillermo y por culpa de un enfisema que le produjo un brusco paro cardiorrespiratorio.

La mala noticia le llegó al hijo en el aeropuerto de Jujuy, donde había viajado para dar una conferencia. *Volé a Buenos Aires y de ahí me tomé un ómnibus hasta Bahía Blanca* —me cuenta—. *Es la persona que más quise en el mundo. Mi gran interlocutor.*

Guillermo Martínez se ha convertido en uno de los narradores más destacados de la nueva generación y es, actualmente, el escritor argentino más traducido en el mundo después de Julio Cortázar. Escribió de joven una obra maestra de la novela breve: *Acerca de Roderer*. Ganó el Premio Planeta por *Crímenes imperceptibles* y logró que Alex de la Iglesia la filmara con un *casting* en el que lucía John Hurt.

Esa historia, que transcurre en Oxford, se tradujo a treinta y cinco idiomas y se transformó en un robusto best seller en Gran

Bretaña. *Guillermo logró algo único* —confiesa su editor local—. *Venderles novelas de enigma a los ingleses es como venderles bifes a los argentinos o naranjas a los paraguayos.* Aunque no era una intriga tradicional, estaba combinada con la otra gran pasión de Martínez: las matemáticas. *A mi padre le encantaba que yo amara por igual las matemáticas y la literatura* —recuerda—. *Pero esperaba que eligiera ingeniería, una carrera seria con la que podía ganarme la vida. Cuando elegí matemáticas se asustó. Pero fijate, al final las matemáticas me llevaron dos años a Oxford y luego a recorrer el mundo. Y ser matemático me permitió comprarme mi primera casa.*

No hubo, sin embargo, la clásica tensión entre padre e hijo. Guillermo nunca tuvo la pulsión adolescente de "matar al padre". Y Julio se corrió siempre del lugar de castrador. Ocho años después de su muerte, el hijo emprendió una tarea titánica y conmovedora: probar que su padre era un gran escritor secreto. El resultado es *Un mito familiar*, que reúne una *nouvelle* y varios de los doscientos cuentos que Julio escribió a lo largo de varias décadas sin preocuparse jamás por publicarlos. Julio pertenecía a esa extraña y fantasmal comunidad de escritores que escriben por auténtico amor al arte, sin anhelos de exhibición.

Cuando Guillermo puso manos a la obra tuvo que vérselas con varias cajas donde además había poemas, cinco obras de teatro, un libreto para cine, tres guiones de historietas y cuatro novelas, que su padre escribió como resultado de haberse sentido de algún modo desafiado por el éxito de *Acerca de Roderer*. De vez en cuando recibía premios y menciones en algunos concursos, y ciertos textos formaban parte de antologías de cuentistas argentinos, pero Julio G. Martínez centralmente fue un escritor anónimo con un hijo célebre.

Recuerda Guillermo que su padre nació en 1928, que pasó parte de su niñez en el campo y que después se mudó con su familia a Bahía Blanca. La dura formación católica no le impidió el ateísmo socarrón: mientras estudiaba ingeniería agraria en La Plata leyó y subrayó rabiosamente *El Capital* y se convirtió al marxismo-leninismo. Era ingeniero agrónomo a los 22, pero eso no le resultaba suficiente. A lo largo de los años cursó materias de Letras, Matemáticas, Filosofía y Economía. Fundó el primer cineclub de Bahía Blanca, se afilió al Partido Comunista y militó gremialmente en la Federación Agraria: durante el plan Conintes allanaron su casa, desvalijaron su biblioteca y lo metieron preso dos meses.

Escribe Guillermo las claves con que Julio crio y educó a sus hijos: *Nos enseñó a jugar al ajedrez a los cuatro hermanos, y mientras estábamos en la escuela primaria compró los libros* Papi *de matemática moderna para lo que llamaba la "educación complementaria". También, para asegurarse de que no pudiéramos escapar a la lectura, se negó a comprar televisor durante toda nuestra infancia. Los domingos nos reunía a la mañana para leernos un cuento y a continuación debíamos escribir una redacción en un certamen literario de entrecasa. Nos calificaba en cinco ítems: originalidad, resolución, redacción, prolijidad y ortografía. El premio era un chocolate y el honor de ser pasado a máquina en su vieja Olivetti de teclas restallantes, donde escribió buena parte de su obra.*

Durante la última dictadura militar fue despedido de la Escuela de Agricultura y Ganadería bajo la acusación de "peligrosidad subversiva", y contrajo depresión y buscó como medicina fundamental escribir todos los días. En un momento, se impuso la obligación de redactar un microcuento diario. El resultado de ese extenuante ejercicio se llamó *Golpes bajos*, y cuando estuvo terminado Julio lo metió en un cajón y lo olvidó.

Además de la infatigable lectura, que iba desde el Séptimo Círculo hasta Hegel, pasando por Sartre, Ballard, Nabokov, Lispector y tantísimos más, el patriarca de los Martínez gozaba con la piscicultura. Llenaba la casa de peceras, criaba *Carassius*, buscaba técnicas de inseminación artificial para una variedad determinada de lebistes, se escribía con piscicultores de todo el mundo y tenía en el campo un tanque australiano acondicionado para sus reproductores. Dice su hijo que en los tiempos difíciles de la dictadura y la depresión se deshizo de todo y dejó la casa llena de peceras vacías. *No había pregunta para la que no tuviera respuesta, pero a la vez, le gustaba a veces fingir que vacilaba, porque era la excusa para llevarnos a la biblioteca a rastrear en los estantes y abrirnos un libro y un mundo* —relata Guillermo—. *Su pasatiempo favorito era contar a la hora de la cena historias de las que era imposible saber cuánto era verdad y cuánto ficción. Y cuando volvía del cineclub recreaba escena por escena para los cuatros hijos absortos la película que acababa de ver.*

Ya de grande tenía la costumbre de advertir al matemático de la familia, cuando este le contaba el argumento de un proyecto literario, que eso "ya estaba hecho". Los eruditos son implacables con la imaginación literaria juvenil, en esa particular época cuando uno cree que las ocurrencias son absolutamente originales y que puede inventar de nuevo la pólvora. Los hijos y la esposa le rogaban siempre que publicara su obra, pero Julio no se movía de su ostracismo. En consejo familiar, mucho después de su muerte, los hermanos Martínez decidieron que publicarían en un primer volumen "sus cuentos infalibles". Guillermo tuvo la misión de buscarlos, seleccionarlos, pasarlos a su versión digital y dejarlos listos para su edición. *Traté de ponerme en su lugar* —dice—. *Elegí cosas que fueran lo mejor de lo mejor y que representaran sus distintos temas.* En este impresionante proceso, el hijo descubrió muchas cosas acerca de su padre: el cruce entre lo sexual y lo filosófico, su gusto por un estilo difícil y arriesgado, la variedad de tonos que buscaba y también un registro evocativo que estaba alejado del escepticismo profesional o la mirada esnob. Como escritor, Julio G. Martínez podía ser cínico pero también sentimental.

Cuando el libro estuvo terminado, Guillermo lo dio a leer: los editores de Planeta quedaron sorprendidos por la calidad de esos textos, como si hubieran encontrado a un genio oculto de la literatura argentina, como si hubiera nacido un nuevo clásico. Jura el autor de *Crímenes imperceptibles* que no se manejó, para esta tarea que hubiera interesado a Freud, con el corazón sino con el cerebro. Pero al leer su prólogo me saltaron las lágrimas. Allí reproduce una discusión epistolar que tuvieron alguna vez padre e hijo. El primero era más experimental que el segundo, y en una carta defendía a Carver y Cheever, los exquisitos cuentistas del minimalismo norteamericano. Decía textualmente Julio Martínez: *He encontrado en ellos lo fundamental para que el arte exista. La* humanitas, *el sentido apasionado de la condición humana.* Guillermo Martínez le responde recién ahora: *Yo también encontré siempre eso en tus cuentos, papá. Mucha suerte, y que tengas una larga vida literaria.*

Aseveraba Pitágoras, el primer matemático, que el hombre es inmortal por sus deseos. Lo es también por sus hijos.

La estatura de un hombre

Un héroe contemporáneo siempre es incómodo y subversivo. Un héroe lejano, confinado a los libros de historia, resulta en el fondo inocuo, puesto que no pone en tela de juicio el presente, ni el sentido de nuestras pequeñas vidas, ni la valentía que tenemos para sostener nuestras ideas. El héroe contemporáneo de carne y hueso, en cambio, nos coloca inexorablemente frente al espejo de lo que no somos ni nos atrevimos a ser. Robert Cox tiene 76 años y es considerado un héroe del periodismo moderno por la prensa mundial. La proeza que realizó este solitario periodista inglés tiene que ver con la Argentina. Con el proceso más nefasto de la historia de este país: la última dictadura militar.

Yo era un niño y luego un adolescente en aquellos infaustos años setenta en los que las organizaciones guerrilleras practicaron demenciales políticas de gatillo y trotil. Y luego cuando el Estado nacional llevó a cabo una campaña terrorista de exterminio. Al igual que el noventa por ciento de la comunidad periodística argentina, formo parte de la generación de la democracia. Y muchas veces, en soledad y sin autocomplacencias, me hice la gran pregunta íntima:

de haber sido un hombre adulto y un integrante jerárquico de una redacción profesional, ¿qué hubiera sido verdaderamente capaz de hacer en aquella etapa negra? ¿Habría encontrado la forma de flotar sin comprometerme, habría hecho concesiones por miedo, habría renunciado y me hubiera dedicado a otra cosa, me habría exiliado? ¿O hubiera sido un héroe como Robert Cox? De poco vale que a los 19 años yo haya fundado una revista alternativa de resistencia al régimen militar, puesto que lo hice desde la ignorancia y la irresponsabilidad, sin la conciencia real de que podía perder la vida o a lo sumo con la idea de que perderla no era gran cosa. Esos gestos quedan reducidos a insignificantes travesuras si se los compara con la gesta emprendida por el mítico editor del *Buenos Aires Herald*.

Guerra sucia, secretos sucios narra esas heroicas intervenciones al mando de ese diario porteño escrito en inglés, desde donde su protagonista denunció secuestros, torturas y desapariciones. La odisea de Robert Cox le valió uno de los premios más prestigiosos del mundo: el Moors Cabot. Y una frase de Borges acerca del culto del coraje: *Un hombre hace lo que tiene que hacer, señor Cox. Yo me cuento entre sus admiradores*. Pero Cox intentó escribir su libro sin éxito a lo largo de tres décadas. Fracasó siempre antes de empezar. En su fuero interno creía que no había hecho lo suficiente. Otra característica del héroe: jamás se reconoce como tal. Cox hizo más que todos los medios y periodistas argentinos de la época por dar a conocer el horror y salvar a personas concretas de la muerte. Es por todo eso que la redacción de esta obra corrió por cuenta de su propio hijo, David Cox, actual periodista de la CNN y testigo directo de los hechos: el director del *Herald* arrastraba por la peligrosa noche dictatorial a su propia familia. Esa intimidad familiar, que corre junto a los acontecimientos históricos, da una dimensión absolutamente dramática a toda la acción.

En las primeras páginas ya se nota el carácter severo que adoptó el editor frente al asesinato, la principal metodología política de los setenta. No ahorraba entonces críticas contra el ERP y Montoneros, ni tampoco contra los que *aprueban el asesinato siempre y cuando las víctimas sean del otro bando*. Cuando hombres de civil en un Ford Falcon sin chapas raptaron al dibujante Hermenegildo Sábat, que era un gran amigo, exigió públicamente su liberación y fue el primero en denunciar un detalle simple e inadmisible para una democracia, un asunto que luego tendría un enorme significado: *¿Existe alguna situación que pueda justificar el uso policial de automóviles sin patentes?* La policía intentó detener a su editorialista James Neilson, y allanó la redacción: *Conmovido por el allanamiento, los asesinatos y los secuestros, temía que la carnicería no tuviera fin* —escribe David sobre su padre—. *Pidió medidas duras y urgentes, siempre dentro de la ley, para disuadir a los terroristas. Veinticuatro horas más tarde, los Montoneros respondieron que sí, que ellos estaban dispuestos a implementar medidas duras. Anunciaron que el propio Cox estaba sentenciado a muerte.*

Cuando la Junta de Comandantes se apoderó del gobierno, el responsable del *Herald* no acató las órdenes de mutismo. Seis días después informó que se habían encontrado veintiséis cuerpos quemados, volados en pedazos y acribillados en la ciudad.

A pesar de las prohibiciones, jugándose el pellejo, publicó la historia de la desaparición del escritor Haroldo Conti y escribió sobre la masacre de los padres palotinos de la iglesia de San Patricio. En una recepción, Cox se le acercó al teniente general Jorge Rafael Videla y le dijo: *Lo que ha ocurrido es espantoso. Venimos directamente desde la misa de cuerpo presente... Rezamos para que usted tuviera la fuerza necesaria para acabar con este horror.* El presidente *de facto* bajó la vista y no respondió. Luego Cox alertó sobre la desaparición de Patricia Ann Erb, una joven norteamericana que fue liberada pocos días después gracias a que su caso tomó estado público.

Con ataques de asma y bajo estrés permanente, Cox no se arredraba, a pesar de que sus informantes en el gobierno le advertían: *Piensan que sos un terrorista, Bob.* Un día recibió la llamada de Jacobo Timerman: *Dígame una cosa, Cox* —le preguntó—. *¿Dónde van a tirar mi cuerpo?* Esa llamada sorprendió a Bob: Timerman era el periodista más conocido de la Argentina. *La Opinión* era un medio controvertido porque, independientemente de su liberalismo editorial, Timerman se esforzaba por cultivar vínculos con los militares para expandir su imperio periodístico… Tenía lazos estrechos con la Junta, tal como los había tenido con los regímenes anteriores. Poco antes se había negado a recibir a los miembros de la delegación enviada por Amnesty Internacional a la Argentina para informar sobre abusos contra los derechos humanos. Cox le respondió a Jacobo: *No creo que tenga que preocuparse, a usted no lo van a tocar.* Se equivocaba, naturalmente, y cuando el director de *La Opinión* fue secuestrado Cox inició una campaña desde el *Herald* para pedir por su libertad. El propio Cox fue detenido y enviado al Departamento Central de Policía, desnudado y confinado a una celda cercana a donde permanecía su célebre colega en carácter de prisionero. A Cox lo salvó, en esa oportunidad, la presión diplomática. En el Jockey Club, durante un almuerzo, el almirante Emilio Eduardo Massera le había susurrado al embajador norteamericano Robert Hill: *Sé que Cox es agente de la CIA.* Hill no le dijo ni que sí ni que no, lo dejó en suspenso pensando que de ese modo estaba protegiendo al periodista de un acoso mortal.

Cox siguió escribiendo, solo contra el mundo, sobre la lucha de las Madres de Plaza de Mayo cuando nadie se atrevía a nombrarlas, y sobre las desapariciones de Alfredo Bravo, Jorge Fontevecchia, Dagmar Hagelin, Edgardo Sajón, Héctor Hidalgo Solá. Obvio: lo mandó llamar el maquiavélico jefe de la Armada. *Si menciona mi nombre en su periódico una vez más, ¡lo hago desaparecer del mapa!,* le dijo el Almirante Cero.

Bob se acostumbró a vivir con miedo, a ser vigilado y seguido, y a recibir mensajes de advertencia, y sin embargo este tozudo inglés no se detuvo. En 1979 el general Albano Harguindeguy, entonces ministro del Interior, lo recibió en su oficina. Cox escondió su grabador encendido y grabó todo el diálogo.

—¿Cómo anda, señor Cox? Lo felicito por los comentarios. Muy conmovedor. A veces se deja llevar por ese espíritu romántico inglés, ¿no?

—Sí. Es cierto.

—Pero esos artículos que publicó hoy... Nos da bastante duro.

—No es una cuestión personal. Hay sesenta periodistas desaparecidos.

—¿Sesenta? —preguntó Harguindeguy, y ante la insistencia ironizó—: ¿Nada más que sesenta?

Fue un poco más adelante cuando el rabino Marshall Meyer, otro de sus amigos, alguien que tenía muchos contactos en el gobierno militar, filtró la novedad: *Los militares de línea dura han marcado a Cox para que sea asesinado. Se le acabó el tiempo.* A continuación, otro de los pequeños hijos del editor recibió una escalofriante carta firmada por Montoneros, pero que en realidad había sido armada en los servicios de Inteligencia del Estado. Toda la familia estaba en peligro y bajo tensión absoluta. Cox pensó, con gran dolor, que tal vez era hora de partir. Fue en ese momento en que lo mandó llamar Videla. *Me entristece muchísimo saber que se va* —le dijo el presidente *de facto*—. *Por favor, quédese con su familia.* El director del *Herald* le respondió que necesitaba garantías para hacerlo. *Usted debe quedarse aquí porque, si se va, todos le echarán la culpa al gobierno,* razonó el dictador. Dijo también que su administración había estado a punto de caer tras la liberación de Timerman y que si el golpe fallido hubiera triunfado "un loco" como el general Luciano Benjamín Menéndez habría asumido en su lugar. *Me gustaría irme* —agregó Videla—. *Es*

un general con una espada sedienta de venganza. La nación queda-
ría sumida en un baño de sangre.

—Dios mío, ¿tan mal están las cosas? —preguntó Cox.

—Me gustaría renunciar e irme a casa —respondió Videla en un suspiro.

Su libro, lleno de anécdotas iluminadoras, muestra como si fuera un *thriller* lo que significa un periodista armado solamente de su Olivetti, en el medio del silencio más ominoso, en guerra contra la destructiva y poderosísima maquinaria del Estado. Su testimonio, sin embargo, no pone únicamente en jaque la memoria colectiva, que sin duda se irá saldando a medida que las pasiones y las maniobras políticas de ataque o encubrimiento mengüen. El valor crucial del libro de Cox concierne a los tiempos actuales porque viene a probar una vez más que el periodismo independiente existe y es imprescindible para el sistema democrático. Esta afirmación podía sonar a perogrullada hace diez años, pero hoy tiene una candente actualidad. El kirchnerismo logró instalar en la agenda pública la idea de que esa independencia es imposible. Lo es, sin duda, en la provincia de Santa Cruz. Pero con instituciones limitadas, un sistema político atomizado y un partido único que detenta a su arbitrio las arcas públicas y hace su voluntad más allá de las reglas, la independencia es más necesaria que nunca en la Argentina. Quienes han abrazado desde la prensa la militancia kirchnerista rechazan el concepto del periodismo norteamericano. Si hubieran vivido en la década del setenta en los Estados Unidos habrían descalificado a Bernstein y a Woodward por abocarse quirúrgicamente al Watergate y no investigar los manejos empresarios del *Washington Post*. Lo cual resulta, como se ve, completamente ridículo. La independencia es, como la libertad, ciertamente relativa. Pero en determinados estándares podemos ser libres así como podemos ser independientes. Que los anunciantes paguen tu sueldo no significa que representes sus intereses.

Un periodista independiente no representa siquiera los intereses de la empresa para la que trabaja. El periodismo independiente es, en sí mismo, una ideología que está más allá de las políticas reinantes.

Si Cox hubiera sido un periodista militante de izquierda habría ignorado seguramente los asesinatos de la guerrilla y si hubiera sido un militante de la derecha habría silenciado las desapariciones que perpetraban los militares. Por suerte, Cox no era ni una cosa ni la otra. Solo era un periodista haciendo su trabajo más allá de las convicciones ideológicas. Un hombre con una honestidad intelectual a prueba de chantajes políticos e históricos, que por eso mismo hizo historia.

El vuelo del ángel

El prefecto del penal de Sierra Chica no quería que me fuera con las manos vacías, así que me ofreció al Loco del Martillo. No era un mal bocado. Se trataba de un asesino serial que había aterrorizado al país sorprendiendo a sus víctimas en la cama: entraba por las ventanas y les destrozaba de un golpe la cabeza. Pero había viajado hasta Olavarría para verme cara a cara con el mayor mito negro de la historia de la Argentina, y yo era muy joven: no admitía sustitutos. El prefecto fue sincero: Carlos Eduardo Robledo Puch no había recibido a ningún periodista en trece años de encierro. A una reportera que le había escrito una carta rogándole una entrevista, le había mandado decir que solo lo haría si le compraba un camión Scania. Yo tenía 25 años, era cronista policial y había leído a Soriano, que escribió en *La Opinión* un artículo antológico sin haber conocido al múltiple asesino. Todavía me recuerdo a mí mismo en un viejo archivo de la calle General Hornos leyendo aquellos ajados y escabrosos recortes en el que se lo veía al muchacho rubio y angelical de Olivos que inesperadamente había cometido once homicidios, diecisiete robos, una violación y una tentativa, un abuso deshonesto, dos raptos y dos hurtos, y que por una desinteligencia con su socio lo había asesinado y le había quemado con un soplete el rostro y las huellas dactilares. No se dio cuenta de que, oculta en el bolsillo trasero, el occiso guardaba su cédula de identidad: la policía hizo las conexiones obvias y detuvo a Robledo Puch. También recuerdo el día en que se escapó y hubo alarma en todo Buenos Aires, como si un monstruo hubiera roto las cadenas y anduviera vagando por las calles sediento de sangre. Lo recapturaron a las pocas horas, y en 1980 fue juzgado y condenado por el tribunal de la Sala Primera de la Cámara de Apelaciones de San Isidro. *Esto fue un circo romano* —dicen que dijo Robledo—. *Algún día voy a salir y los voy a matar a todos.*

Cinco años después estaba confinado para siempre en una estrecha celda de aquella prisión de máxima seguridad. No quería ver a nadie y pasaba los días en el pabellón de homosexuales. Le propuse al prefecto que simuláramos una visita guiada y que me llevara hasta su calabozo. Traspusimos puertas y rejas, y nos metimos en esa galaxia fría y gris rodeada de granito y vigilada por ojos duros y armas largas. Una fortaleza dominada por un olor indescriptible. El olor de las fieras. Entramos en el pabellón señalado y caminamos por ese corredor gótico espiando por ventanucos infames a los hombres que sobrevivían a la sombra. Cada preso era una historia violenta y luctuosa. El funcionario me indicó la puerta de la verdad y ordenó que la abrieran. Vi en un relámpago cómo Robledo Puch se tiraba de la cama cucheta y se ponía en posición de firme frente a la autoridad. No era ya el muchacho pecoso, rubión y siniestramente aniñado de las fotografías. Ahora era un sujeto maduro y gastado por la desgracia. Traté de que no me temblara la mano. Me la apretó blandamente, con una inesperada deferencia, y escuchó mis argumentos, que parecían una improvisación: *Estamos visitando la cárcel, pero me encantaría poder charlar con usted, Carlos.* Robledo no tenía ningún inconveniente; me pidió que lo esperara un rato. El prefecto me llevó hasta el edificio redondo que domina la boca de los pabellones y me sugirió que aguardara a Robledo en un cuarto que era más pequeño que un ascensor. Pensé, con taquicardia, que si Robledo se daba cuenta de mis intenciones se me tiraría encima y me arrancaría los ojos. Pero tragué saliva y aguanté un rato. Repeinado y provisto de un grabador y carpetas, el tipo cerró la puerta y comenzó a hablarme a borbotones sobre Dios, las profecías, los querubines que lo habían visitado en su celda, la inocencia absoluta de todos los crímenes que se le endilgaban y la maldición que había caído sobre quienes lo habían condenado: abogados que eran arrollados por un tren, testigos que se habían suicidado, personas que eran asesinadas o morían de horribles y repentinas enfermedades, y otras pestes bíblicas. Intercalaba, en sus relatos, oraciones grabadas de pastores evangélicos que pronunciaban su sermón, y me pedía una y otra vez que tratara de comprender las entrelíneas de esas admoniciones. Pasamos cuatro horas parados, uno junto al otro, unidos por su mirada fija y escrutadora y su discurso chirriante e hipnótico.

Al final lo acompañé hasta su pabellón. Arrastraba los pies y era más pobre y andrajoso que un mendigo. Le dije tímidamente que escribiría algo acerca de todo esto. Nos despedimos. En un arrebato de torturada compasión, dejé en la entrada todo el dinero que yo traía en un sobre a su nombre. Al regresar a Buenos Aires sentí mareos, jaquecas, paranoias, miedo seco y vergüenza por tener todos esos sentimientos. Durante años sentí también una especie de telaraña pegajosa que me acompañaba y no me dejaba en paz. Fue una de las experiencias más extrañas y traumáticas de toda mi vida profesional, y volví a recordar cada detalle de esa pesadilla hace unos pocos días, mientras devoraba *El ángel negro*, un libro alucinante que escribió el periodista Rodolfo Palacios.

Este experimentado escritor de no ficción, que pertenece a la nueva generación periodística, viajó decenas de veces a Sierra Chica y trabó una relación mucho más larga y honda con el hombre de la oscura leyenda. El diálogo que reproduce a través de las páginas recuerda a *El silencio de los inocentes* y las revelaciones que glosa no dejan de asombrar. Las escenas se suceden. Robledo escribiéndole una carta a Galtieri y haciendo todo lo posible para ser enviado a la Guerra de Malvinas. Robledo fantaseando con robar un banco y cometer el crimen perfecto, y soñando con salir en libertad y suceder a Perón: *Llamaré a los jóvenes para encabezar una revolución.* Robledo Puch es ahora un neoperonista capaz de anunciar el fin del planeta a la manera de Cormac McCarthy: *Se vendrá (más rápido que despacio) una era de canibalismo… Este fenómeno se dará cuando haya desabastecimiento en las góndolas por las causas que sean. El mundo será dominado por los insectos. La guerra empezará en las cárceles, donde combatirán entre todos.*

La alusión al canibalismo y los combates carcelarios es el eco irreflexivo del motín de Semana Santa de 1996, cuando un grupo de convictos tomó a diecisiete rehenes y mató a ocho presos. Se dice que jugaban al fútbol con la cabeza de uno de ellos y que convirtieron al otro en picadillo para relleno de empanadas. Robledo Puch corrió hasta la parroquia con su Biblia amarillenta en la mano y se encerró durante días para no ser presa de los cazadores.

Cuarenta y cinco misivas le escribió el ángel negro a su biógrafo, quien cuenta entre sobresaltos cómo un famoso neurocirujano intentó someter a Robledo a una lobotomía frontal, y cómo este, más adelante, perdió los estribos y prendió un fuego en la carpintería de Sierra Chica: *Se puso antiparras, una frazada de capa y gritó: "¡Abran paso, soy Batman y voy a escapar volando!".* Palacios narra la escena en la que Robledo le confiesa que pretendía ganar un millón de dólares por venderle a Hollywood su gran historia. El plan consistía en seducir a Francis Ford Coppola, Quentin Tarantino o Martin Scorsese, y ser interpretado por Leonardo DiCaprio. *Cometí el pecado de reírme de su idea delirante —cuenta el cronista—. Golpeó la mesa, apretó los dientes, me miró con odio y sentenció: "Sos un ignorante, un apocado, un timorato y un pusilánime".*

Pese al horror de sus crímenes, los delirios de sus sueños y sus amenazantes cambios de humor, Palacios jamás pudo verlo como una hiena. Siempre mantuvo una mirada humanitaria y trató de comprender realmente por qué un chico común de un barrio acomodado se había transformado en un multihomicida. Sus extenuantes encuentros incluían desagradables requisas y Robledo terminó anotándolo como "amigo" y condoliéndose por su suerte. Al final de las entrevistas solía decirle al periodista esta frase significativa: *Cuidate, acá adentro es un infierno, pero afuera está peor. Mucho peor.*

El trabajo de Palacios es apasionante, y toca dos puntos muy altos cuando toma conciencia de que en la Argentina nadie jamás firmará la libertad de ese psicópata, por más que apele una y otra vez y demuestre buena conducta. Y luego, cuando irrumpe con su propio relato el decano de los médicos legistas, Osvaldo Raffo, que también tuvo largas tenidas con el asesino en los Tribunales de San Isidro. *No era un adversario fácil —confiesa Raffo treinta años después—. Los psicópatas son manipuladores. Él pretendía jugar conmigo al gato y al ratón.* Palacios le pregunta al perito: *¿Cree que si sale algún día volverá a matar?* El perito no lo duda: *¿Alguien se animaría a liberar de la jaula al león viejo porque hace mucho que no come?* Y es entonces cuando el periodista percibe que Raffo volvía de aquellos duelos verbales con dolor de cabeza, perturbado. *Descubrí que estar tanto tiempo con ese personaje, que destila maldad por todos sus poros, me había intoxicado. No era un humano. Sentía un desasosiego, algo inexplicable. Me había metido* *en su alma y en su mente, había bajado a los infiernos… Tenga mucho cuidado. No sé si era su mirada penetrante, el halo maligno que lo rodeaba o algo misterioso. Pero seguramente usted va a sentir cosas raras.*

Al leer ese sentimiento común que aquejó efectivamente al cronista después de aquejar al médico regresé a aquella lejana tarde de 1985 cuando yo mismo probé esa turbia gelatina del mal que lo rodeaba y que nunca pude olvidar. Los ojos de un ángel negro te persiguen para siempre.

Secretos de ultratumba

El lago se desbordó de pronto y las aguas implacables avanzaron como una maldición bíblica; rodearon el cementerio y comenzaron a inundarlo. En su desesperación, los pobladores quisieron rescatar a sus muertos antes de que fuera demasiado tarde: garajes y galpones se llenaron de ataúdes y de urnas; las casas alojaron los primeros cadáveres añejos. Pero la crecida no aflojaba, y entonces se creó un mercado negro: mercenarios que navegaban, con un plano y por dinero, hasta el camposanto y buscaban y sacaban los restos deseados. La presión del agua no se detuvo y los muros de las bóvedas y los nichos cedieron. Como si fueran botes o torpedos, los cajones salieron a la superficie y flotaron a la deriva, y la comuna compró una lancha y le ordenó a un empleado municipal que se dedicara a pescar del furioso oleaje esos ataúdes errantes. Después fue necesario recurrir a buzos profesionales que se sumergieran en la fría oscuridad de esa necrópolis subacuática. Los hombres rana rompían cementos y extraían cadáveres y maderas, y las subían a una barcaza. En la costa, una multitud de vecinos se agolpaba con la esperanza de recobrar a sus muertos perdidos.

Estas escenas, que no hubiera desdeñado la imaginación de García Márquez, ocurrieron en realidad: fue en Carhué hace veinticuatro años y forman parte de un misterioso libro escrito por Claudio Negrete, cuyo apellido presagiaba el interés que le despertarían estos temas. El periodista ya había investigado el enigma de las manos de Perón, y alumbró luego un acertado neologismo ("necromanía") para esa increíble obsesión argentina por manipular a los muertos. Su ensayo narrativo, como algunas novelas del realismo mágico, está lleno de acontecimientos bizarros, surrealistas e impactantes. Primero rastrea y anota, como hace en el dramático caso de Carhué, los grandes momentos de la muerte, buscando explicarla y, de paso, encontrar en ella algunas señales de nuestra identidad. Y luego, de un modo más decidido, aporta pruebas a lo largo de la historia nacional acerca del inquietante fenómeno que Tomás Eloy Martínez ya había descrito con algo de estupor: *Nunca nada en la Argentina es residencia definitiva de los muertos. No conozco casos similares en otros lugares del mundo. La necrofilia es una enfermedad típicamente argentina.*

Sin embargo, para Negrete ese fenómeno es universal: decenas de personas acudieron a la autopsia de Albert Einstein y "cada uno agarró lo que pudo"; su patólogo abrió el cráneo, extrajo el cerebro y se lo llevó a su casa. Más tarde ese cerebro portentoso fue seccionado en 240 porciones que se repartieron entre científicos de todo el mundo. Y recordemos, solo como ejemplos, que en su momento se robaron también los cuerpos de Chaplin y Mussolini, y las cenizas de María Callas. Estas excepciones, y muchas otras salpicadas a lo largo del siglo XX, no hacen más que confirmar sin embargo la regla: el ensayista efectivamente no ha encontrado una sucesión tan intensa y constante de esta clase de luctuosos episodios en otro país que no fuera el nuestro. *En naciones más ordenadas, donde las instituciones como la justicia y la policía son mejores, y se aplica responsablemente la ley, estas profanaciones, mutilaciones e irregularidades son menos frecuentes y no escapan a la condena social —me dice Claudio Negrete—. En la Argentina se han naturalizado estos comportamientos. Acordate solamente de la marcha de sesenta kilómetros del cadáver mutilado de Perón, en medio de tiros y escándalos, desde la Chacarita hasta San Vicente. Perón no solo carecía de manos. Para hacerle un análisis genético por la causa de su presunta hija ilegítima, que luego no resultó tal, le habían quitado también parte del fémur y le habían cortado el brazo derecho con una sierra. Lo terminaron de destrozar. Nadie lo recuerda y a nadie le importa. Estamos acostumbrados a lo siniestro.*

Recorro las páginas de su trabajo y encuentro momentos asombrosos. Los 1300 restos de indios que había coleccionado en su casa el Perito Moreno, la artista plástica que hizo un cuadro con las cenizas de su abuela, la cabeza de Chacho Peñaloza y también la de Carlos Menem Jr., el raro llanto de un bebé que salía de la bóveda de Mariquita Sánchez de Thompson, la amante de Yrigoyen que fue enterrada viva, el corazón de Sandro latiendo fuera de su cuerpo. Los innumerables fanáticos que piden ser espolvoreados en canchas de fútbol, el día en que una caravana de alta velocidad arrojaba cenizas a lo largo de la pista del autódromo de Balcarce. Los salvajismos morbosos de la Triple A y de la última dictadura, que consagró la categoría del desaparecido como lo más perverso. Y muy especialmente la empecinada remoción de tumbas de los próceres.

La lenta descripción de las idas y venidas que tuvo el retorno a la patria de Juan Manuel de Rosas contiene historias políticas y algunos pequeños detalles escalofriantes. El féretro descansaba en un nicho, dentro de una pesada caja de plomo de cuatrocientos kilos que, al ser desenterrada, chorreaba líquido. La pusieron en otro cajón más grande, la envolvieron en secreto con una bandera connotada por la guerra de Malvinas y le colocaron muy cerca un poncho federal con el rojo punzó. Cuando arribaron a territorio francés y procedieron a abrir el ataúd, de aquel temible caudillo solo quedaba un fango negro y revuelto con un cráneo y algunos huesos, un crucifijo de madera que se partió en contacto con el oxígeno y la luz, y la mitad de una dentadura de oro. Esos exiguos objetos fueron, en realidad, los que se recibieron con pompa y honores en Buenos Aires, aunque para el imaginario popular quien regresaba a Buenos Aires era aquel rojizo y fornido restaurador de siempre.

El caso del verdadero Padre de la Patria fue distinto. Y el autor de *Necromanía* se esmera en contar como nunca los secretos de su repatriación, otro entretejido político de involuntario humor negro. José de San Martín fue traído, como si alguien quisiera secuestrarlo o pudiera extraviarse, en un buque escoltado por un acorazado y tres cañoneras. Metieron el cadáver dentro de cuatro féretros superpuestos, a la manera de una *mamushka* rusa, "para proteger al que tenía en su interior el cuerpo". Luego de un recorrido simbólico por la ciudad, llegó a la Catedral, pero cuando intentaron introducirlo en el mausoleo comprobaron que no entraba y tuvieron que ponerlo de forma oblicua dentro de la estructura de mármol. Más de cien años después, unos políticos correntinos hicieron una jugada para sacarlo de allí y sepultarlo en Yapeyú. Para abonar el terreno, un decreto presidencial de los años 90 les permitió retirar de la Recoleta dos cofres labrados con los restos de los padres del Santo de la Espada. El retiro de las cenizas de Juan de San Martín y Gregoria Matorras fue discreto, pero no lo suficiente: hubo recursos ante la Justicia para detener el operativo. Los políticos correntinos, antes de que un fallo adverso les desbaratara la idea, escondieron los cofres y después se apuraron en hacerlos llegar por distintos caminos a Corrientes. *De esta manera —dice Negrete— los codiciados restos históricos se dieron a la fuga, en una alocada carrera por las rutas argentinas.*

Finalmente, el historiador Eduardo Lazzari le transmitió a Negrete la información de un descabellado plan secreto para sacar el cadáver del mismísimo general San Martín de su sarcófago con el objeto de exhibirlo al público. Ocurrió durante los trabajos de restauración de la Catedral, hace un poco más de diez años, cuando se volvió a abrir el sarcófago y también el ataúd dormido en diagonal. Dudando sobre la preservación del cuerpo y sobre la rudimentaria momificación que se le había practicado 145 años atrás, un grupo de necrómanos fue destapando féretro a féretro hasta encontrarse con lo inesperado: no había un mero conjunto de huesos; don José "vestía traje negro y su rostro era fácilmente descriptible".

Esta manía nacional de echarles mano a los muertos para resolver el asunto de los vivos baja de héroes ilustres a simples hombres anónimos. Como aquel ignoto vigilador de un *country* que atropelló con un carro de golf a un niño. Dos años después, mientras se sustentaba un juicio oral por lesiones, el abogado dijo que su defendido se había arrojado al paso de un tren: su cuerpo había quedado desfigurado. Los parientes firmaron el reconocimiento sin ver el cadáver, y la autopsia no tenía fotos ni huellas ni piezas dentales. Hubo dudas y se reclamó un examen de ADN. Luego abrieron la tumba, pero en su lugar había una anciana. Fueron a la sepultura de otra persona que había fallecido en la misma fecha arrollada por el tren, pero no había caso: el cadáver del vigilador brillaba por su ausencia. La causa prescribió y tres meses más tarde el susodicho, muerto y redivivo, se presentó en el juzgado y reclamó que lo eximieran de prisión. *Había simulado su muerte y manipulado cadáveres para no ir preso*, me dice Negrete sonriendo.

Miro esa sonrisa cavernosa y lúcida, y pienso en el cerebro fragmentado de Einstein. *Hay dos cosas infinitas* —pensó ese cerebro en su plenitud—. *Dos cosas infinitas: el universo y la estupidez humana. Del universo no estoy seguro.*

Un día en la vida de un diario

A esta hora, hay un periodista buscando una primicia. La busca por los oscuros pasillos de Comodoro Py. Sabe que el secretario de un juez tal vez le filtre hoy ese expediente secreto y sueña con llevarlo a la redacción y con ganarse un titular en la portada. Se llama Gabriel, es flaco como una astilla, y es también nuestro hombre en el Poder Judicial.

A esta misma hora, hay un periodista que bosteza. Se levantó muy temprano, llegó a la redacción vacía y se colocó frente a los diarios y a la computadora. Estuvo monitoreando las informaciones, midiendo nuestros aciertos y nuestros errores frente a la competencia. Está revisando ahora mismo los cables de las agencias noticiosas, escuchando las radios de la mañana y viendo la televisión. En dos horas, le pedirá a un ordenanza que toque un triángulo sonoro, encabezará la reunión de blanco y tomará nota de lo que cada editor le propone. Les pedirá, a su vez, que cubran de determinada forma cada acontecimiento, les sugerirá una foto, una columna, un dato estadístico. Se llama Claudio, y es nuestro jefe de noticias.

A esta hora, hay un editor que se apura. Debe llegar a tiempo a esa reunión, informar las novedades del día y contar cómo piensa cubrirlas. Luego tiene un almuerzo pendiente. Lo esperan dos políticos escondedores que intentarán manipularlo, pero el editor jugará un rato con ellos, los rodeará, arrojará al cesto los frutos falsos que le ofrecen y les extirpará la verdad que ocultan entre plato y plato. Se llama Alejandro, y es el segundo jefe de Política.

Alrededor de las tres, hay una redactora en la calle. Marcha entre piqueteros enmascarados y toma nota de los estropicios. A diez cuadras, una colega toma café con un economista y ojea el superávit y la inflación en tres o cuatro planillas febriles. Una tercera redactora, veinte cuadras al sur, en la Reserva Ecológica, intenta que una actriz sonría mientras posa en bikini para un reportaje de la revista dominical.

A las cinco, hay cien redactores tecleando silenciosamente las historias de este día. Sus editores diseñan las páginas y discuten los centímetros sobre el papel de pauta. Se lamentan porque nada entra, todo se pierde y porque hay que tomar decisiones dolorosas. Se edita con lo que se publica y también con lo que se desecha. El diario es como un monstruo gigantesco que se mueve y regurgita. Está tramando algo. Trama atrapar al lector de la mañana siguiente. Trama tomarlo de las solapas y conducirlo por imágenes y textos, historias, pesadillas y sueños. Trama despertarlo con sus mejores galas y desayunarlo con sorpresas, con reflexiones, con informaciones asombrosas, con tristes realidades, con emociones violentas.

A las seis, hay un grupo de periodistas que se reúne a puertas cerradas. Son veinte, entre editores y secretarios de redacción. La flor y nata. El secretario general, en el centro, les pide explicaciones. Cada uno va ofreciendo lo mejor que tiene. Es una competencia para tener un lugar en la tapa. Sus voces son formales y nerviosas, llegó el momento de la verdad. Una nueva vacuna contra el sida, una final de tenis, una suba en los precios de la soja, una frase descollante, un espectáculo teatral que viene de afuera, un terremoto lejano, una revuelta política. Al final de la ronda se apagan las luces de la sala de blanco, el editor fotográfico enciende el proyector y los periodistas enmudecen para ver las cincuenta imágenes de la jornada. Esos veinte hombres y mujeres, entrenados en cientos de combates y con las huellas que la profesión imprime invariablemente en el alma de cada uno, examinan entonces esas fotos sangrientas o curiosas o simplemente estúpidas que vienen de países lejanos y de rincones ocultos de la Argentina. La vuelta al mundo en cincuenta cuadros. No pasa un día sin que la muestra se salpique de sangre, cadáveres, humo y metralla. Los veteranos gruñen o hacen alguna broma de cirujano, pero están obligados a dominar sus sentimientos y a olvidar de inmediato lo que han visto, puesto que la gran mayoría de esa cruda exposición resulta impublicable. Cerca de las siete de la tarde, las luces vuelven a encenderse y hay que dibujar la portada. Hay discusiones y voces superpuestas, marchas y contramarchas, y todos salen luego en busca de un café de máquina o de un cigarrillo apurado.

Avanza entonces la noche, como avanza un barco en la niebla.

Todos hablan a la vez en la redacción repleta. Algunos lo hacen por teléfono. Se escuchan frases sueltas, pedazos de vida:

"¿Puedo afirmar que le pedirán la renuncia?".

"Mamá, ¿podés pasar a buscar a la nena por el colegio? Tengo nota y otra vez voy a llegar tarde".

"Dale solamente dos columnas".

"Dicen que la ministra impulsa la baja de las tasas, ¿qué hay de cierto? A mí decime la verdad".

"¿Me venís con las expensas? Yo escribiendo el Watergate, ¿y vos me venís con las expensas?".

"¿Estás en Roma? Dejá todo y viajá a Siria".

"¿En qué quedamos: son dos o tres los muertos?".

"Apurate que nos come el león".

"¿Me manda una docena de facturas y media de churros? ¿Trabajan con tickets?".

"No entendiste la nota. Cambiá el foco. Tenés diez minutos, baby. O nos lleva el tren".

"¿Podemos afirmar esto sin que nos quemen vivos?".

"Andate a casa". *"No me voy porque en casa me aburro"*.

"Faltan fuentes, faltan fuentes. Llamá al Gobierno y a la Corte. ¡Despertá a quien sea!".

"Ese título no entra. ¡Dios! No entra nada".

"Nos comió el león. ¡Nos comió!".

A las nueve, hay un redactor que traspira. Tiene su nota abierta y busca confirmar un dato. Su situación es desesperante. Corre contra el reloj del cierre y de la vida. Es un dato pequeño, pero si falla en ese dato la noticia entera se viene abajo como un castillo de naipes. Se arrastra por ese dato chiquito y, cuando lo consigue, respira. Lo hace con alivio, sin triunfalismos. Sabiendo que cada día todo vuelve a empezar.

A las diez, hay siete locos alrededor de una página. Es la portada del diario, y cada error puede ser una puñalada. Se discuten las fuentes, los tonos, los tamaños, los colores, las palabras, los matices, los verbos, las fotos, las grafías, las ideologías, las frivolidades. Se discute todo mientras se va armando como un rompecabezas. Están llegando ya las otras páginas compuestas, y cada secretario se ha vuelto un detector de errores, un sabueso impiadoso que duda de todo, que da vuelta páginas, notas y títulos, que exaspera a redactores, correctores y diseñadores de planta.

A las once quedan unos pocos náufragos a los que el agua les ha llegado al cuello. Nadan contra la corriente final, que a veces es como nadar vestido de frac en el mar abierto. Hay miradas nerviosas. *Vamos, vamos. ¿Se acaba? ¿Se acabó? ¡Se acabó!*

Son las doce, hay un periodista de guardia. Está solo en la redacción sucia. La redacción parece, a esa hora, una cancha de fútbol después de un clásico. Hay papeles por el piso y recortes de diarios por todos lados, y un silencio nuevo, como de muerte. Todo está vacío, menos ese periodista que revisa los cables y le ruega a Dios que no pase nada. Porque si pasa algo, si hay una toma de rehenes, o regresa el tsunami, va a tener que levantarse y hacer una segunda edición, o parar las rotativas.

Sueño con gritar alguna vez: ¡Paren las rotativas!, le dice un joven cronista que trabaja en la edición online.

Vos dejá de soñar, que los gastos los pago yo, nene, le responde el guardián, que juega al solitario con las imágenes de Crónica TV y con los últimos despachos de Reuters. Y que tiene más cicatrices que el capitán Ahab.

Cuando faltan sesenta mil ejemplares, es decir, cuando ya no puede pararse la máquina y todo está jugado y perdido, el veterano guardián levanta campamento y vuelve a casa.

Un ordenanza entra entonces en el templo y apaga a luz. No se sabe qué pasa en una redacción a oscuras. No tenemos testigos presenciales, ni buenas fuentes que nos aseguren que las redacciones se queden realmente ciegas, sordas y mudas alguna vez. Quienes hemos vivido tantos años en ellas, conjeturamos que siguen escuchándose, cuando no podemos oírlas, las voces de los creyentes y las de los escépticos, las discusiones en caliente, los gritos del cierre y los teclados ávidos. Pero no podemos probarlo. Y lo que no puede probarse, no se publica.

Tragedia griega con sabor a cocaína

Alcira tenía 15 años y un hijo de meses llamado Damián cuando a su marido le vaciaron un cargador entero y lo dejaron muerto y torcido en una piecita de Constitución. Hasta ese momento, la mujer pensaba que su marido importaba electrodomésticos de Bolivia. Ella era argentina y vivía en los zócalos de Buenos Aires y también en la ignorancia de una verdad mucho más oscura: su marido formaba parte de una red de narcotraficantes y aquel había sido un clásico ajuste de cuentas.

A partir de esa dolorosa toma de conciencia, cargó con el niño y comenzó a huir. Sobrevivió poco tiempo en un taller textil, donde trabajaba dieciocho horas seguidas por un sueldo indigno, y se negó a prostituirse, como algunas parientas le sugerían: un tío la había violado de chica en Villa Lugano y le había dejado una herida indeleble en el alma. Un amigo le prestó treinta gramos de cocaína proveniente de Cochabamba y la inició en el asunto. No fue difícil entrar en el negocio. Fue ascendiendo y juntando dinero, y se enamoró de un peruano que resultó un delincuente de armas tomar. Los ladrones y los narcos se odian, injurian y combaten. *Yo soy chorro* —le decía él—. *No puedo asociarme con una transa asquerosa.*

A ella le parecía que él practicaba un oficio violentísimo y sin códigos. El asaltante es un cruel guerrero que hace culto del coraje; el narco se ve a sí mismo como un simple comerciante que recurre al gatillo únicamente cuando no le queda más alternativa. *Si me querés* —le dijo ella—, *quereme transa.* Precisamente así se titula un libro inusual, asombroso y perturbador, toda una experiencia de vida que firma Cristian Alarcón, periodista chileno afincado en nuestro país, alumno de Ryszard Kapuscinski, amigo de Jon Lee Anderson y maestro de la Fundación Nuevo Periodismo de Gabriel García Márquez.

Alarcón es director académico del proyecto "Narcotráfico, ciudad y violencia en América Latina" para la FNPI y Open Society Institute (fundación de George Soros), y estuvo seis años investigando las cadenas de narcos en la Argentina, revisando cincuenta y cuatro causas penales, trazando un mapa de los flujos y la dinámica de los clanes y las masacres, viajando a Lima para encontrar las marcas culturales de la movida peruana y, lo más difícil, logrando la confianza de los traficantes. Su intención no era delatarlos ni estigmatizarlos, sino simplemente entender las lógicas ocultas de ese micromundo que funciona silenciosamente en la Capital y en el conurbano bonaerense.

Cristian conoció a Alcira en el bar La Perla de Once, y tuvo con ella larguísimas conversaciones en inquilinatos donde vivía y trabajaba. *Cuando la conocí me juró que me hablaba del pasado* —escribe Alarcón—. *Que daba testimonio de su vida como transa, pero que ya no lo era. A los meses la encontré viviendo en piezas nuevas, al fondo del terreno. El excedente de su negocio de drogas le había dado otra vez la oportunidad de capitalizar la ganancia.*

Esa mujer luctuosa y desesperada, que Alarcón convierte en uno de los grandes personajes de la novela moderna argentina, se someterá durante meses y meses a una voluntaria, susurrante y dolorosa ceremonia de confesión con un periodista que jamás la tratará con complacencias ni prevenciones. *Nunca tuve miedo físico* —me dice Alarcón ahora que todo terminó—. *Solo tuve miedo a no comprender. A que el prejuicio me cegara.*

La historia de Alcira solo es uno de los tres o cuatro relatos que se entrelazan misteriosamente en esta crónica escalofriante. Quedan, al final de leerla, algunas cosas claras: en el país no hay todavía zares millonarios de la droga al estilo México o Colombia, sino pymes ilegales y mutantes manejadas mayormente por emigrantes peruanos y bolivianos, aunque en la provincia operan también algunos clanes argentinos. Un transa se convierte en narco cuando se convierte en mayorista, es decir, cuando comienza a manejar más de cinco kilogramos de cocaína. A pesar de ello, jamás son ostentosos y por lo general se mantienen en el más cerrado anonimato viviendo en la villa o en el conventillo, o a lo sumo en casas medianas de barrios discretos. Alcira descubrió, después de padecer todo tipo de desventuras y sufrimientos, que debía morigerar la ambición para no convertirse en un blanco móvil. La droga, por lo general, no es un fin en sí mismo sino el combustible para montar otra clase de negocios más o menos informales dentro de los rubros textiles, gastronómicos o de transportes: vender ropa en un puesto, hacer y comercializar empanadas, comprar taxis y remises.

Aunque el periplo de Alcira resulta impactante, el corazón me dio un vuelco solo cuando, al promediar las trescientas páginas que leía, ella le pidió al cronista que fuera el padrino de su nueva boda y luego que apadrinara a su nuevo hijo, Juancito. Del primer acontecimiento social, Cristian logró escapar con artilugios, pero en el segundo fue derrotado: *Quiero que si yo no estoy mi hijo sepa que existe otro tipo de vida que la que yo le puedo dar,* argumentó Alcira. Alarcón no pudo resistir. La descripción de ese bautizo en la clandestinidad, con la ayuda de un sacerdote villero que había sido compañero de Carlos Mugica, es un momento inquietante e incómodo dentro de una sucesión de hechos políticamente incorrectos que el autor no vacila en contar. Alarcón no cae nunca en la tentación de juzgar, ni de configurar juegos de buenos y malos. No trata de demonizar, como exigen las buenas conciencias, ni de santificar héroes impuros que no existen. Ni siquiera posee esa frívola visión complaciente y progre acerca de la marginalidad que tienen algunos cineastas independientes argentinos desde sus cómodas productoras de Las Cañitas. La posición de Cristian Alarcón, alguien que realmente vio cómo envilece la miseria y a la vez cómo nacen diamantes en el barro, permite precisamente entender el fenómeno narco en su más íntima complejidad y deducir, por ello, que su erradicación será igualmente compleja en América Latina y en cualquier otra sociedad de profundas desigualdades.

Alcira fue elegida como una de las protagonistas porque su vida tiene ribetes de tragedia griega. Traicionada por su hermano, había sido detenida por la policía y metida en prisión, donde había peleado a puño limpio por una cama. Al salir en libertad, más pobre que nunca, quiso regenerar a su esposo, que además cometía el peor de los pecados de un transa: consumir la mercadería que vendían. En un extraño y espeluznante acto de amor, ese ladrón profesional le regaló la muerte de aquel tío que la había violado cuando era niña. Después de múltiples avatares y más cárceles y muertes, resolvieron abandonar la ilegalidad y poner un negocio de comidas. Una vida nueva, el amor en estado puro. *Fueron días hermosos* —dice ella—. *Nunca más volví a sentirme así de libre*.

En la noche de un cumpleaños, cuando ya se habían ido los invitados y estaban a punto de dormirse, unos amigos vinieron a buscar al marido, que salió a la calle distraído y desarmado. Lo asesinaron a balazos en la misma vereda. Alcira lloró a los gritos y más tarde fue con su hijo Damián a la morgue a recuperar el cuerpo. Damián había visto morir, de muy chico, a su padre y ahora estaba presenciando el cadáver cosido de su idolatrado padrastro. Tenía 12 años y odiaba aquel vil negocio de su madre: le comunicó que jamás sería narco y que se vengaría de ella. Alcira escapó de la villa y se alquiló un departamento en Barrio Norte, donde vendía "papelitos" a bailanteros y futbolistas. Una noche la mujer estaba en la ruta 3 buscando un paquete de mercadería cuando la rodearon dos autos y una moto. La llevaron a un descampado y le hicieron un simulacro de fusilamiento. Eran competidores. Otro día tres tipos con pasamontañas y armas de fuego se le metieron en la casa y le pidieron "la merca". *¡Te vamos a matar a los pendejos si no entregás todo!*, le gritaban. Les dio toda la recaudación y casi tres kilos que escondía en un doble fondo de una valija. Unas semanas más tarde alguien le comentó a un vecino la verdad: *Fue su hijo el que la mandó a mejicanear.* Alcira casi cayó de rodillas: *Ay, Dios, mamacita, Diosito mío no me hagas esto, te lo pido por favor, no me hagas odiar a mi propio hijo.*

Almuerzo con Alarcón en el viejo Palermo y recuerdo esas escenas shakespearianas. Son apenas instantes sueltos de una investigación mucho más grande y laberíntica. Cambió los nombres y lugares y las coordenadas de tiempo, y protegió las identidades de los testigos de los crímenes. Pero hay tanta verdad que nada de todo eso importa. Cristian ha visto con esos ojos el drama más abyecto. Pero curiosamente mantiene la mirada limpia y alegre. Cualquier persona vista de cerca es un monstruo y cualquier monstruo visto de cerca es una persona. Cualquier vida es una novela, y entre el cronista y su testigo suele establecerse un vínculo estrecho, una empatía inexplicable.

Le pregunto, ahora que está tan lejos de las catacumbas transas, si le leyó a Alcira sus propias andanzas antes de publicar esta crónica. Me cuenta que la invitó a su cumpleaños y que vino a su departamento de San Telmo, lleno de amigos artistas, periodistas y poetas, que lo agasajaban con libros y discos. Alcira, en cambio, entró empujando una caja enorme: un televisor. Los que menos tienen son los que más quieren y dan. Hace unos meses ella regresó a esa casa para oír el larguísimo relato de su propia vida, la pecadora que tuvo mucho y que se quedó con casi nada. Y Cristian se lo fue leyendo despacio, durante horas, mientras ella lloraba sin respiro. A las seis de la mañana se quedaron mudos. Alarcón le preguntó entonces qué le parecía este retrato hablado. *Esa que está ahí es más yo… que yo misma*, le respondió Alcira. Y desapareció como una mariposa negra en el frío de la madrugada.

La batalla de las langostas

Vea usted: teníamos todo para perder aquel día, pero igual nos moríamos de ganas por salir a degollar. Todavía no había amanecido, y el general iba y venía dando órdenes en lo oscuro. Cualquiera de nosotros, la simple soldadesca de aquella jornada, sabía que nuestro jefe no tenía ni puta idea sobre táctica y estrategia militar. Que era hombre de libros y de leyes, pero que había aceptado obediente el reto de conducir el Ejército del Norte y pararles el carro a los godos. También sabíamos, de oídas, que al enemigo lo manejaba con rienda corta un americano traidor: Pío Tristán, nacido en Arequipa e instruido en España; nos venía pisando los talones con tres mil milicos imperiales y habíamos tenido que vaciar y quemar Jujuy para dejarles tierra arrasada. Muy triste, vea usted. Fue en los primeros días de agosto de 1812. Y el general les ordenó a los pobladores que tomaran lo que pudieran y destruyeran todo lo demás. Le digo la verdad: el que se retobaba podía ser fusilado sin más trámite. No había muchas alternativas. Ayudamos a arrear el ganado y a quemar las cosechas. Yo mismo lo vi con estos mismos ojos, señor: al final cuando no quedaba nada ni nadie Belgrano salió a caballo de la ciudad y se puso a la cabeza de la columna. Íbamos en silencio, con sabor amargo, y tuvimos que cruzar tiros cuando una avanzada de los españoles jodió a nuestra retaguardia a orillas del río Las Piedras. El general mandó a la caballería, a los cazadores, los pardos y los morenos. Meta bala y aceros. Y al final, a los godos no les daban las piernas para correr, señor, se lo juro. Sospechábamos que nos habían atacado con muy poco, pero nosotros veníamos de capa caída: darles esa leña y salir victoriosos fue un golpe de orgullo.

Voy a decirle la verdad: cuando Belgrano se hizo cargo éramos un grupo de hombres desmoralizados, mal armados y mal entretenidos. Y al llegar a Tucumán no crea que habíamos mejorado mucho, aunque marchábamos con la moral en alto. Ahí lo tiene a ese doctorcito de voz aflautada: nos acostumbró a la disciplina y al rigor, y nos insufló ánimo, confianza y dignidad. Aunque en las filas no nos chupábamos el dedo, señor. Pío Tristán nos perseguía con legiones profesionales, sabía mucho más de la guerra y caería sobre nosotros de un momento a otro.

Nos enteramos por un cocinero que incluso el gobierno de Buenos Aires le había dado la orden a Belgrano de no presentar batalla y seguir hasta Córdoba. Pero el general había resuelto desobedecer y hacerse fuerte en Tucumán. Adelantó oficial y tropas con la misión de que avisaran al pueblo que ya entraban, para conquistar el apoyo de las familias más importantes y también para reclutar a todo hombre que pudiera empuñar un arma. Había pocos fusiles, y casi no teníamos sables ni bayonetas, así que cuatrocientos gauchos con lanzas y boleadoras pusieron mucho celo en aprender los rudimentos básicos de la caballería. Nosotros los mirábamos con desconfianza, para qué le voy a mentir. *¿Y estos pobres gauchos qué van a hacer cuando los godos se nos vengan encima?* La teníamos difícil, no sé si se da cuenta. Y estuvimos algunos días fortificando la ciudad, armando la defensa, cavando fosos y trincheras, y haciendo ejercicios. *Voy a presentar batalla fuera del pueblo y en caso desgraciado me encerraré en la plaza para concluir con honor*, les dijo Belgrano a sus asistentes. La noticia corrió como reguero de pólvora. No tiene usted idea lo que es aguardar la muerte, noche tras noche, hasta el momento de la verdad. Le viene a uno un sabor metálico a la boca, se le clava un puñal invisible en el vientre y se le suben, con perdón, los cojones a la garganta. Uno no piensa mucho en esas horas previas. Solo desea que empiece la acción de una vez por todas y que pase nomás lo que tenga que pasar.

El general finalmente nos puso en movimiento en la madrugada del 24. Avanzamos en silencio absoluto hasta un bajío llamado Campo de las Carreras y ahí estábamos juntando orina y con ganas de salir a degollar cuando apareció el sol y comprobamos que los tres mil imperiales nos tenían a tiro de cañón.

Miré por primera vez a Belgrano en ese instante crucial, señor, y lo vi pálido y decidido. Hacía tres días nomás le había enseñado a la infantería a desplegar tres columnas por izquierda mientras la pobre artillería se ubicaba en los huecos. Era la única evolución que habían ejercitado en la ciudad. Pero los infantes lo hicieron a la perfección, como si no fueran bisoños sino veteranos. El general ordenó entonces que avanzara la caballería y que tocaran paso de ataque: los infantes escucharon aquel toque y calaron bayoneta. Y antes o después, no lo recuerdo, dispuso Belgrano que nuestra artillería abriera fuego. Varias hileras de maturrangos se vinieron abajo. Volaban pedazos de cuerpos por el aire y se escuchaban los alaridos de dolor.

No puedo contarle con exactitud toda esa coreografía, porque fue muy confusa. Sepa nomás que los godos nos doblaban en número, pero que igualmente les arrollamos el ala izquierda y el centro. Y que su ala derecha nos perforó a los gritos y a los sablazos. Tronaban los cañones y levantaba escalofríos el crepitar de la fusilería. Todo se volvió un caos. Nos matábamos, señor mío, con furia ciega y no se imagina usted lo que fue la entrada en combate de los gauchos. Cargaron a la atropellada, lanzas enastadas con cuchillos y ponchos coloridos, pegando gritos y golpeando ruidosamente los guardamontes. Parecían demonios salidos del infierno: atropellaron a los godos, los atravesaron como si fueran mantequilla, los pasaron por encima, llegaron hasta la retaguardia, acuchillaron a diestra y siniestra, y se dedicaron a saquear los carros del enemigo. Eran brutos esos gauchos. Brutos y valientes, pero aquel saqueo los distrajo y los dispersó. Diga que los vientos estaban ese día de nuestra parte. Y esto que le refiero no es solo una figura, señor. Es la pura realidad. Vea usted: en medio de la reyerta se arma un ventarrón violento que sacude los árboles y levanta una nube de polvo. Y no me lo va a creer pero antes de que llegara el viento denso vino una manga de langostas. De pronto se oscureció el cielo, señor. Miles y miles de langostas le pegaban de frente a los españoles y a los altoperuanos que les hacían la corte. Los paisanos más o menos sabían de qué se trataba, pero los extranjeros no entendían muy bien qué estaba ocurriendo. Dios, que es criollo, los ametrallaba a langostazos. Parecía una granizada de disparos en medio de una polvareda enceguecedora. Le juro que no le miento. Un apocalipsis de insectos, viento y agua misteriosa, porque también empezó a llover. Nuestros enemigos creían que éramos muchos más que ellos y que teníamos el apoyo de Belcebú. Muchos corrían de espanto hacia los bosques. Y con tanto batifondo, sabe qué, apenas nos dimos cuenta de que nuestra derecha estaba siendo derrotada y que armaban un gran martillo para atacarnos por ese flanco.

Nosotros, que estábamos un poco deshechos, nos encontramos entonces en el medio del terreno y haciendo prisioneros a cuatro manos. Unos y otros nos habíamos perdido de vista, y el general cabalgaba preguntando cosas y barruntando que las líneas estaban cortadas. Se cruzaba con dispersos de todas las direcciones y los interrogaba para entender si la batalla estaba ganada o perdida. Y todos le respondíamos lo mismo: *Hemos vencido al enemigo que teníamos al frente.* Belgrano permanecía grave como si nos hubiéramos vuelto locos o como si le estuviéramos metiendo el perro. Ya no se oía ni un tiro, y mientras nuestro jefe regresaba a la ciudad, Tristán trataba de rearmarse en el sur. La tierra estaba llena de sangre y de cadáveres, y de cañones abandonados. Pero el peligro seguía siendo tanto que muchos patriotas debieron replegarse sobre la plaza, ocupar las trincheras y prepararse para resistir hasta la muerte. Creyendo aquel miserable godo que era dueño de la situación intimó una rendición y advirtió que incendiaría la ciudad si no se entregaban. Nuestra gente le respondió que pasarían a cuchillo a los cuatrocientos prisioneros. Ya sabían adentro que Belgrano venía reuniendo a la caballería.

Pasamos la noche juntando fuerzas, cazando godos, despenando agónicos y pertrechándonos en los arrabales. No tengo palabras para narrarle cómo fueron aquellas tensas horas. Una batalla que no termina es un verdadero suplicio, señor. Anhelábamos de nuevo que saliera el sol para que fuera lo que Dios quisiera. Era preferible morir a seguir esperando.

Al romper el sol, el general había juntado a quinientos leales. No se oían ni los pájaros aquella madrugada del 25 de septiembre, y el jefe mandó entrar por el sur y formar frente a la línea del enemigo. Estábamos cara a cara y a campo traviesa. Éramos parejos y, después de tanta matanza, ahora el asunto estaba realmente para cualquiera. Fue Belgrano quien esta vez intimó una rendición. Les proponía a los realistas la paz en nombre de la fraternidad americana. Tristán le contestó que prefería la muerte a la vergüenza. Presuntuoso hijo de la gran puta, nos rechinaban los dientes de la bronca. *Han de estar nerviosos* —dijo mi teniente—. *Cuando un gallo cacarea es que tiene miedo.*

Miramos a Belgrano esperando la orden de carga, pero el doctorcito tenía un ataque de prudencia. Tal vez pensara que no estaba garantizada una victoria, y que no podía arriesgarse todo en un entrevero. En esos aprontes y dudas estuvimos todo el santo día, maldiciéndolo por lo bajo y agarrados a nuestras armas. Por la noche los españoles se dieron a la fuga. Habían perdido sesenta y un oficiales. Dejaban atrás más de seiscientos prisioneros, cuatrocientos fusiles, siete piezas de artillería, tres banderas y dos estandartes. Y lo principal: cuatrocientos cincuenta muertos. Nosotros habíamos perdido ochenta hombres y teníamos doscientos heridos.

Belgrano ordenó que los siguiéramos y les picáramos la retaguardia. Los realistas iban fatigados, con hambre y sed, y en busca de un refugio. Y nosotros los perseguíamos dándoles sable y lanza, y escopeteando a los más rezagados. No le cuento las aventuras que vivimos en esas horas, entre asaltos y degüellos, entrando y saliendo, ganando y perdiendo, porque se me seca la boca de solo recordarlo, señor mío.

Regresamos a Tucumán con sesenta prisioneros más y muchos compañeros nuestros rescatados de las garras de los altoperuanos. Éramos, en ese momento, la gloriosa división de la vanguardia, y al ingresar a la ciudad, polvorientos y cansados, vimos que el pueblo tucumano marchaba en procesión y nos sumamos silenciosamente a ella. Allí iba el mismísimo general Belgrano, que era hombre devoto, junto a Nuestra Señora de las Mercedes y camino al Campo de las Carreras, donde los gauchos, los infantes, los dragones, los pardos y los morenos, los artilleros y las langostas habíamos batido al Ejército Grande.

Créame, señor, que yo estaba allí también cuando el general hizo detener a quienes llevaban a la Virgen en andas. Y cuando ante el gentío, se desprendió de su bastón de mando y se lo colocó a Nuestra Señora en sus manos. Un tucumano comedido comentó, en un murmullo, que la había nombrado Generala del Ejército, y que Tucumán era "el sepulcro de la tiranía". La procesión siguió su curso, pero nosotros estábamos acojonados por ese gesto de humildad. Había desobedecido al gobierno y se había salido con la suya contra un ejército profesional que lo doblaba en número y experiencia, pero el general no era vulnerable a esos detalles, ni al orgullo ni a la gloria. No se creía la pericia del triunfo. Le anotaba todo el crédito de la hazaña a esa Virgen protectora, y no tenía ni siquiera la precaución de disimularlo ante el gentío.

Nosotros tampoco sabíamos, la verdad, que habíamos salvado la revolución americana, ni que el cielo había guiado el juicio de nuestro estratega ni que Dios había mandado aquellos vientos y aquellas langostas. Recuerde: éramos la simple soldadesca y no creíamos en milagros. Veníamos de merendar godos y altoperuanos por la planicie y todo lo que queríamos en ese momento era un vaso de vino y un lugar fresco a la sombra. Pero mirábamos a ese jefe inexperto y frágil y lo veíamos como a un coloso. Y lo más raro, vea usted, es que a pesar del cuero curtido y el corazón duro de cualquier soldado viejo, a muchos de nosotros empezaron a corrernos las lágrimas. Porque Belgrano era exactamente eso. Un coloso, señor. Un coloso.

La maldición del explorador

Al fin un mosquito insignificante cumplió ese día, en el norte de Uganda, la vieja maldición de los exploradores. Se posó sobre la piel blanca de aquel viajero que había salido ileso de tantos escenarios y tantos peligros a lo largo y lo ancho del mundo, y lo picó sin saña, dulcemente. El viajero eludía las vacunas porque producen jaquecas y otros malestares, y sobre todo porque jamás le había pasado nada. La malaria, esa mítica enfermedad de gran prestigio literario, solía sucederle a otros, a lo sumo podía leerse en algunas páginas de Conrad o de Kipling. No significaba que Martín Caparrós careciera completamente de conciencia. La posibilidad existía pero el narrador se tuteaba con ella y le había perdido el respeto. Estaba trabajando para las Naciones Unidas, y venía de gira por la India, Bangladesh, Egipto y Zambia. Pocos saben que Caparrós trabaja para el Fondo de Población, una agencia de la ONU que lo envía todas las temporadas a los lugares más remotos del planeta para escribir escalofriantes historias de vida acerca de las migraciones, la demografía, la juventud en riesgo, la salud reproductiva, el cambio climático.

El periodista argentino más viajado del mundo no acusó recibo en aquellas llanuras de jirafas y elefantes, y siguió su camino hacia Níger, donde entrevistó a una mujer que padecía de una fístula provocada por un alumbramiento. Ella había tenido diez hijos y durante el undécimo parto se había desgarrado: no podía retener orina y se había transformado, como muchas otras jóvenes que sufrían la misma lesión, en poco menos que una apestada al margen de la sociedad. La mujer era tan pobre que no había podido operarse, aunque la cirugía no costaba más de doscientos dólares, y encima había perdido casi todo su rebaño de cabras. Con mucho esfuerzo lograba tener dos hembras pero necesitaba un macho para hacerlas reproducirse y así alimentar a toda su familia. Caparrós, que no es afecto a la caridad ni a la demagogia, quería comprarle ese chivo pero buscaba una forma de hacerlo sin humillarla: le pidió a cambio una pizarra donde la señora anotaba pasajes del Corán. Luego el argentino regresó a París y compró unas medialunas para desayunar con su primo y su esposa, quienes le preguntaban por sus aventuras en la parte más cruel del África. Se dio cuenta, en ese momento, de que el chivo le había costado lo mismo que las medialunas de esa mañana. *Este trabajo es un curso sostenido sobre lo dura que es la vida* —me dice. Estamos conversando en su casa de Tigre, a la sombra y presuntamente a salvo de anófeles y malarias—. *Porque nosotros conseguimos hacernos los boludos con bastante éxito. Y estas cosas rompen el velo, ponen en perspectiva todos los valores.*

Ya en París comenzó a sentirse mal. Y viajó a Madrid con dolores de cuerpo y una fiebre altísima que lo atacó sin tregua durante tres días y tres noches. Apenas le bajó unas líneas se embarcó en un avión y aterrizó en Ezeiza. Lo internaron de urgencia en el Hospital Italiano: los estudiantes de medicina hacían cola para ver en el microscopio el extravagante virus de la malaria. Caparrós adelgazó muchos kilos y después se fue recuperando. Quiere volver en pocos días a viajar. Ha conseguido financiamiento para dar nuevamente la vuelta al mundo con un proyecto personal: escribir un libro sobre el hambre.

Recordemos, brevemente, que este argentino comenzó su carrera periodística bajo la tutela de Rodolfo Walsh, estuvo exiliado en Europa, obtuvo su Licenciatura de Historia en La Sorbona, tradujo a Shakespeare y a Quevedo, recibió el Premio Rey de España, da clases en la Fundación de Nuevo Periodismo de García Márquez y es reconocido como uno de los grandes cronistas del continente. En su periplo por la no ficción (además escribió nueve novelas) tiene algunos clásicos: *Larga distancia, La guerra moderna* y *El interior*, y sobre todo *La Voluntad*, tres tomos sobre la militancia setentista que escribió a dúo con Eduardo Anguita.

Sus ojos ya habían visto de cerca la miseria, el crimen, la codicia y la crueldad humana antes de iniciar este trabajo de Naciones Unidas. Pero la realidad no deja de dar sorpresas espeluznantes. Muchas de ellas quedaron impresas en sus dos últimos libros: *Una luna* y *Contra el cambio*, donde acusa a los conservacionistas de conservadurismo y pone valientemente en jaque la ideología del ecologismo actual. Ese largo peregrinar en busca de respuestas lo llevó a Nueva Orleans, Hawai, Majuro, Manila, Sydney, Rabat, Nigeria y el Amazonas. Le pregunto por el miedo. Sé que en la Argentina pasó por territorios riesgosos y entrevistó a homicidas. Se encoge de hombros, menciona dos lugares: Mongolia y Liberia.

Desde Ulán Bator, la capital mongola, una ciudad de estilo soviético, partió para atravesar campos interminables sin caminos, dominados por pastores nómades. En medio de una estepa, a miles de kilómetros de la civilización, comenzó a llover. Parecía el diluvio universal. Se inundó la estepa y el agua empezó a subir y subir. El chofer que llevaba a Caparrós trataba de calmarlo mientras un mar gris con olas amenazantes lo acorralaba. La naturaleza estaba fuera de control. Tuvieron que subir a una colina y esperar horas y horas, y cuando las aguas se fueron retirando retomaron el rumbo. Entonces una tormenta de arena, como una plaga bíblica, los sacudió con fuerza. *La naturaleza no negocia*, me dice encendiendo un cigarrito.

Liberia es también una república muy extraña que queda en la costa oeste de África, junto a Sierra Leona, y que fue devastada por una guerra civil. Hace quince años que el país no tiene luz ni agua. Hay mutilados por todas partes. Y cuenta Caparrós que cuando una facción se apoderaba de un pueblo enemigo obligaba a comparecer uno por uno a sus habitantes y les preguntaba: *¿Prefiere mangas cortas o largas?* El atribulado poblador se veía impelido a elegir sin saber de qué se trataba. Manga larga significaba seccionarle el brazo a la altura de la muñeca. Manga corta se llevaba casi todo el brazo. También daban a elegir entre pantalones cortos o largos. Y aplicaban el llamado "corte celular", que consistía en seccionarle los dedos índice, mayor y anular. Dejarle a la víctima solo el pulgar y el menor, como si estuviera haciendo para siempre la mímica de llamar por teléfono.

Le habían contado a Caparrós que entre aquellos crueles combatientes, algunos de los cuales habían practicado el canibalismo, los más peligrosos eran los chicos-soldados. El gran Ryszard Kapuscinski, amigo y legendario cronista, le había advertido que esos eran los más peligrosos, puesto que los niños no tenían ni siquiera las mínimas trabas morales de los adultos. Martín hizo oídos sordos y buscó a dos para una entrevista. Cuando los tuvo frente a frente en una choza vio que ya rondaban los 20 años. Los miró a los ojos y les preguntó sin más trámites: *¿Cómo era matar gente?* Los muchachos pasaron de la frialdad al entusiasmo. Comenzaron a narrar anécdotas y a excitarse con evocaciones atroces. *Conseguíamos lo que queríamos*, se decían como sorprendidos, paladeando esa "época de oro". Matar era tan sencillo y daba tanto rédito que aquellos pobres diablos en aquel ostracismo de posguerra volvían de pronto a ser los que habían sido. En un momento, Caparrós se dio cuenta de que ya le miraban con avaricia su máquina Nikon y tomó conciencia de dónde se encontraba: era un desconocido solitario, con una costosa máquina de fotos, en los confines de la Tierra. Una frontera donde nadie lo reclamaría. Pensó que una idea podía llevar a otra y que en cualquier momento se le irían encima y le cortarían la garganta. Finalmente, no sucedió. Todavía no comprende por qué. Había sido tan fácil asesinar, seguía siendo tan fácil.

Seguimos en su casa de Tigre pero su memoria y mi imaginación cabalgan muy lejos. Leo, impresionado, la página 44 de uno de sus últimos libros. Reproduce un testimonio: *Unos rebeldes se pusieron a apostar de qué sexo sería el bebé de una chica embarazada. Se reían, unos decían que macho, otros que hembra. Al final la abrieron con un cuchillo.* Más adelante le habla un "mara": *Yo pensaba más en mi pandilla que en mi vida. No tenía hijos, no tenía nada, lo único que me importaba era joder y mostrarle a mis homies que era malo en serio, que me podían confiar. Nunca pensé que iba a vivir, sabía que me podían matar en cualquier momento… Nada más pensaba qué iba a hacer dentro de diez minutos.*

Mujeres traficadas, refugiados de guerra, polizones de pateras, enfermos del sida, gangsters, parias, víctimas del hambre y del clima, poderosos sin escrúpulos, bienpensantes sin ideas y hombres comunes enredados en los malentendidos de la existencia. Ese es el elenco estable de sus libros. A veces ese elenco es argentino. Otras veces proviene de Brasil, Filipinas, Australia, Ámsterdam, Lusaka, Monrovia, Marruecos. Caparrós viaja para entender, pero cuando me acompaña hasta la puerta, cuando está a punto de despedirse me insinúa que viaja en realidad para estar solo. No estoy de acuerdo. Tengo la impresión de que lo hace para denunciar de algún modo las injusticias, y por la misma razón que lo hacía su maestro Kapuscinski: *Porque la mía no es una vocación* —rezaba el viejo Ryszard—. *La mía es una misión*. Martín, ya sin malaria ni cigarritos, me sonríe con una tristeza enigmática. Con la infinita fatiga del explorador.

Es un día de cielo pálido en los laberintos de Tigre.

Canciones que hacen daño

1. LA CASA

Diego cantaba "acaricia mi ensueño el suave murmullo de tu suspirar" cuando de pronto una lluvia sobrenatural de meteoritos helados ametralló la casa. Miles de trozos de hielo del tamaño de un limón bombardearon Buenos Aires ese domingo de niebla. El granizo destrozó el techo de tejas de la casa victoriana que Diego había alquilado, reventó los sólidos muebles del jardín y dejó hecho un colador el cristal de la piscina cubierta.

El extraño fenómeno no duró más de cinco minutos pero se ocupó de convertir en hojalata retorcida el coche de Juanjo Domínguez, el eximio guitarrista que lo acompañaba en ese ensayo fundacional. El campamento entero del Cigala entró en zozobra y Rafaelito, su hijo de 4 años, vino llorando de susto. Cuando el cañoneo cesó, había ruina por varios sitios: en el cuarto del niño lucía un orificio del diámetro del caparazón de una tortuga de las Galápagos, y desde su cama no había más remedio que contemplar las nubes y las estrellas. Alucinado por el azote, Diego preguntó a los locales si esto era habitual en la Argentina. *Para nada* —le respondió uno de ellos—. *¡Este temporal insólito es por ti, lo ha convocado tu energía, la tremenda energía de lo que estás haciendo en esta casa!* Diego sonrió entonces con todos los dientes y con sus ojos negrísimos, como si el desastre fuera lo que finalmente fue: solo un buen augurio.

Al día siguiente, con la casa perforada pero con el ánimo retemplado, comienza el momento más importante en un comedor con consolas, micrófonos y gruesos telones, que los organizadores han convertido en improvisada sala de ensayos. Es un encuentro histórico lleno de tanteos entre dos tradiciones, dos culturas, dos formas de expresar un mismo sentimiento. El Cigala se ha instalado en el centro. A su derecha, abiertos en abanico, tocan sus músicos. A su izquierda, se abren los argentinos al mando de Néstor Marconi: ese bandoneón mágico que blande y dobla con virtuosismo acompañó alguna vez a Goyeneche y a Salgán. Su sabio chelista se llama Diego Sánchez e integra la Sinfónica Nacional; su extraordinario violinista se llama Pablo Agri y es hijo de Antonio, un talento mítico que tocó con Astor Piazzolla y Paco de Lucía. Estamos en presencia de la aristocracia del tango argentino, y Marconi oficia esta tarde de gran orquestador. Diego lo llama a cada rato "maestro" y le traduce a su propia formación los ritmos secretos y complejos del tango que Marconi sugiere. El mismo Cigala utiliza su voz como instrumento, y pone la piel de gallina con sus fraseos altos y sostenidos. Aunque advierte de cuando en cuando, no sin angustia y exasperación, que su voz tiene esta tarde el tamaño de una nuez. Diego está resfriado. Entre el estrés del granizo y la humedad porteña nota que sus cuerdas vocales se fatigan. *Miel, más miel*, pide mientras fuma contradictoriamente dos o tres cigarrillos.

En segundo plano, oímos entonces como si fuera por primera vez los versos de Yupanqui, Gardel, Luna, Castaña, Contursi. Las letras le calzan tan a la perfección que parecen haber sido escritas especialmente para él. Tres meses atrás el Cigala comenzó a escuchar día y noche las antologías de tango que le habían regalado en la gira de *Dos lágrimas*, y también a ver en YouTube a los grandes cantores rioplantenses en acción. Fue probando canciones como quien se prueba trajes. Algunas no le iban, le holgaban o apretaban, le resultaban imposibles. Unas pocas le ganaron el alma, lo tomaron como un espíritu posee un cuerpo ajeno, inerte y gustoso. Las dos cosas: el Cigala se apropió de esos temas y ellos se le metieron muy adentro para siempre. *Elegí solo aquellas canciones que hacen daño*, me confiesa. Que hacen daño. Que hieren con sus heridas. "Y así seguimos andando curtidos de soledad", dice un verso. "Y un rayo misterioso hará nido en tu pelo", dice nostálgicamente otro. "Como perros de presa las penas traicioneras celando mi cariño golpeaban detrás", describe alguien. "Llora mi alma de fantoche sola y triste en esta noche, noche negra y sin estrellas", se queja alguno. "Náufragos del mundo que han perdido el corazón", resume Cadícamo.

Piensa el Cigala que tango y flamenco tratan de lo mismo: pequeñas tragedias humanas que suceden por la noche. Penas de amor que se desahogan cantando o en la barra de un bar solitario que jamás cierra. Dicen los especialistas que el flamenco está en los orígenes del tango argentino, que existe un hilo conductor entre los tonos andaluces y los versos y ritmos criollos. Son parientes que tomaron distintos caminos, que se alejaron y que hasta hoy parecían antagónicos. Tuvo que venir un artista descomunal desde la otra parte del mundo para juntar a los parientes y demostrarles que siguen siendo familia.

La primera vez que el Cigala escuchó un tango fue de los labios de su tío Rafael Farina. Diego tenía entonces 7 años y su tío traía de una larga gira por América, que había hecho junto con doña Concha Piquer, la irresistible costumbre de un tango. *Joder*, dijo el chico boquiabierto al escucharlo entonar aquella ocurrencia de ultramar. Farina también es leyenda. Cuando Diego fue con su madre a verlo al Teatro Calderón y descubrió que entraba en el escenario vestido de blanco y cantando "Dame vino, tabernero", un vendaval le arrasó el pecho. El llamado de la vocación. Algo muy pero muy parecido al enamoramiento profundo. Y desesperante. Porque cuando Dios da un don, da un látigo. Farina murió hace diez años después de una cirugía cardiológica. Los médicos decían que tenía "el corazón desgastado de cantar". Cincuenta años de sostener fraseos de diez segundos, con subidas y bajadas, le habían limado el motor.

Hoy el Cigala tiene la edad que Farina tenía cuando vino a Buenos Aires. Es extraño cuántas reparaciones históricas y personales enlaza el destino en esta lujosa visita a Corrientes 938, Olivos. También es enigmático por qué razón, teniendo a su disposición tantos barrios suburbanos y tantas calles ignotas de la periferia bonaerense, los gitanos fueron a dar con esa otra calle Corrientes, que no es la misma de "A media luz" pero que guarda el eco indescifrable del gran domicilio emblemático del tango: "Corrientes 348, segundo piso, ascensor, no hay porteros ni vecinos. Adentro, cóctel y amor".

En esta casa de la localidad de Olivos, atacada por el hielo celestial del domingo, se llevará a cabo casi todo el proceso de encuentro creativo, ensayo, función y pregrabación de una obra nueva. Porque todo será, día tras día, una carrera contra el reloj: llegar y congeniar los deseos con los arreglos, bajar lo imaginado a la realidad, verse las caras extrañas, practicar con músicos de las distintas orillas un tercer género entre el flamenco y el tango, afiatar el grupo, poner a consideración del público el material y finalmente grabar de un tirón el disco en el templo mayor de la verdadera calle Corrientes: el Gran Rex, a doscientos metros del Obelisco.

El gitano llegó con la idea de no tratar de emular a los cantores clásicos. Con la convicción de no abandonar jamás su propio sello. Nunca intentó tanguear los tangos, sino aflamencarlos. Ahora bebe cucharaditas de miel y entona con vehemencia "en su repiquetear la lluvia habla de ti". Vestido de entrecasa, todo enjoyado, le busca palmas a las canciones transidas de dolor convirtiéndolas en una celebración de la pena, en una gallardía de la tristeza, como si dijera "la vida es dura, tío, pero aquí estamos poniéndole el pecho a las balas". En un momento Marconi derrama un solo de bandoneón y a su lado el Cigala grita: *¡Ole!* No hay mayor síntesis simbólica que ese intercambio. Ni todos los fastos del Bicentenario alcanzan para unir tan fuerte a dos países. Remata el fueye (chan, chan) y el gitano vuelve a gritar: *¡Ole!* Y a los testigos se nos hiela de nuevo la sangre.

En el ocaso de esta tarde abordan las dos canciones más extrañas del repertorio. La primera es "Youkali", del compositor alemán Kurt Weill, un tango habanera. *La más difícil de cantar, joder*, advierte el Cigala. Pocos conocen ese tema en la Argentina, a pesar de que incluye algunos compases que recuerdan "Libertango". El Cigala le ha pedido a Marconi que meta dos veces la creación de Piazzolla, y por lo tanto suenan dos temas en uno y esa mixtura nos deja a todos sin aliento. *Qué gozada* —exclama Diego—. *Qué gozada.*

Después se dedican al tema de *El Padrino*, que el Cigala y Marconi convierten lisa y llanamente en un tango romántico. Diego me mira con sus ojos relucientes, convertido en un morocho del arrabal. Ese arrabal puede quedar en el Abasto o en Lavapiés. Da igual, es arte plebeyo, hondo y excelso, y eso es lo que importa.

Marconi habla con Jumi, pianista del Cigala, quien sufre más que nadie la cascada de los acordes tangueros puesto que estos se tocan en otro tiempo y de otra manera. Ese virtuoso pianista catalán trabajará más que ningún otro para comprender los laberintos internos de la música rioplatense. Practicará todo el santo día, imitará a cada rato el acento porteño y finalmente bromeará diciendo que está embarazado de argentinidad.

El maestro pide repasarlo todo de nuevo, como si estuvieran en el escenario, y realmente tratan de hacerlo aunque van tropezando con algunos problemas. Ya no hay miel suficiente para la voz del Cigala; deciden dejar las cosas como han caído y se van todos a picar algo al living. *Es necesario dejar un poco librado al momento y al azar —sostiene uno de ellos—. Porque si todo es mecánico se vuelve aburrido.* Se ve que la música, como el amor, está más viva en la incertidumbre.

Suceden enseguida unas horas de anécdotas y risas, pura distensión. Mientras los hombres juegan y ríen con las historias, las mujeres manejan silenciosamente todo. Amparo, la esposa del Cigala, y Janette, su mano derecha, mueven la rueda en bambalinas y mandan con limpia sutileza sobre los asuntos pragmáticos: la comida, el transporte, los contratos, la infraestructura; el esqueleto que sostiene el barco donde el capitán navega sin otras preocupaciones que el horizonte y la brisa engañosamente mansa del mar.

Sirven pizza y pinchos de salame y queso, y oigo que Pablo Agri me dice en un murmullo: *Este tipo tiene una voz increíble, puede cantar en cualquier tono y nivel.* Su jefe y mentor cuenta cómo y dónde se conocieron. Jamás había oído hablar del Cigala ni había escuchado ninguno de sus discos. Cuando lo llamó desde España, el "maestro" pensó que se trataba de un veterano cantaor de tablao. Le prestó atención porque Diego pronunció la contraseña mágica: *Menotti.* El exentrenador de la selección argentina de fútbol, César Luis Menotti, es un amigo en común que tienen el maestro y el cantante. El "Flaco" le dijo en Madrid al Cigala: *Si quieres hacer tango en Buenos Aires llámalo a mi amigo Néstor Marconi.* Dicho y hecho. Diego le envió por e-mail cinco canciones grabadas con su grupo y Marconi le armó a su alrededor una estructura musical con arreglos de dos por cuatro.

La conversación deriva en un doloroso informe de daños. Un inventario de malas noticias sobre tangueros y roqueros argentinos que todos quieren: heridos, enfermos, adictos en recuperación. Es como si hablaran de las llagas del oficio. Gente sensible que vive sin traje de amianto, que se quema viva en su propio arte, y que a veces busca analgésicos mortales. Luego se van de esos abismos y hay risas y anécdotas. El mundo puede dividirse en clases sociales y en países ricos y pobres. Pero también existen patrias transversales como el fútbol, la literatura y la música. Hay particularmente una patria nocturna, melancólica, irónica y doliente donde se lamenta el flamenco, gime el blues y rezonga el tango. En esa patria, el Cigala, Gardel, Marconi y Calamaro son hermanos de la vida.

Llega Rafaelito, y el Cigala asegura que el niño canta de punta a punta "Garganta con arena". De tal palo, tal astilla. Diego lo tuvo en el regazo mientras vocalizaba algunas canciones durante el ensayo de la tarde. Y Andrés Calamaro jugará con él largo rato al día siguiente en esa misma casa, a la que asiste siempre con un vino argentino bajo el brazo. Calamaro es una especie de primo hermano del Cigala. Le gustan los toros y los tablaos. Encaró hace poco su propio disco de tangos con ayuda de Juanjo Domínguez, y se planta como un clásico en el rock nacional, que muchos ven como la continuidad del tango y la canción ciudadana. Calamaro ha escrito tangos sin saberlo: "Flaca, no me claves tus puñales", "La vida es una cárcel con las puertas abiertas" o "Sentiste alguna vez lo que es tener el corazón roto… Ella no va a volver y la pena me empieza a crecer adentro". Y el Cigala viene de grabar con él en Madrid una rumba al estilo Los Rodríguez.

Dos días después de esta tarde, Calamaro saldrá a un escenario de Córdoba para hacer con Diego la milonga "Los hermanos" de don Atahualpa y le dará luego una sorpresa al Cigala subiendo de repente a Rafaelito para que bata palmas y cante algunos versos de "Sus ojos se cerraron". Esa broma temeraria, que descolocó un poco a su padre, será una bisagra en el debut: hasta entonces todo había sido nerviosismo, seriedad y contractura. Después todo resultará diversión e intensa felicidad, y ovación interminable.

Fue Calamaro quien tendió el puente entre Diego y Juanjo Domínguez. Juanjo acompañó durante años a Roberto Goyeneche. Una vez un empresario uruguayo contrató al "Polaco" para que tocara en Montevideo con su orquesta. Cuando fue a recogerlo al aeropuerto vio que Goyeneche bajaba del avión solo con Juanjo y su guitarra. Sorprendido, el empresario preguntó al cantor dónde estaba la orquesta. Y entonces Goyeneche señaló a su guitarrista y dijo: *Juanjo es la orquesta.*

En el abarrotado Teatro del Libertador, el Cigala presentará a Domínguez como un "genio". Un genio de las cuerdas y el diapasón. Y el público lo aplaudirá a rabiar. Pero eso ocurrirá en su momento, por ahora estamos en Olivos, se ha hecho de noche y los tangueros se acaban de marchar. Quedan descansando los españoles, salvo Jumi que se pone al piano a realizar sus duros ejercicios. *Yo soy músico de alma, no leo partituras, y entonces debo aprenderme de memoria cada detalle de todo esto*, me dirá sin concesiones.

El Cigala me cuenta que él se va a la cama todos los días a las doce en punto, y que duerme diez horas sin parar. Se cuida mucho la voz. Necesita estar descansado y alegre para la faena. Llegamos a la puerta y me habla de Ricardo Darín. Ha visto sus películas y le parecía hasta ahora, como sus personajes, un sujeto serio y amargado. Intimidante. Otro amigo común llevó al Cigala al barrio de Palermo la otra noche. Barrio de Borges y de antiguos cuchilleros, devenido hoy en una feria de arte, moda y vanidades. Darín bajó el cristal de su coche y les lanzó una broma. Fue solo el comienzo. El actor es, en realidad, un bromista serial, un tipo encantador. Diego le pidió que actuara en el videoclip del primer corte del disco, y Ricardo le arrancó a cambio la promesa de que el gitano pondría su voz para un proyecto cinematográfico en el que está metido. Trato hecho, y copas y más chistes. Ninguno de esos sueños irrealizables se llevará a cabo; son esa clase de planes entusiastas que se tejen en una amistad nocturna y que se destejen con la luz del día. Piropos mutuos, sin consecuencias, entre dos artistas que se admiran.

En ese epílogo de los umbrales pasa un asistente y el Cigala lo mira a los ojos: *No me fallarás esta noche, ¿no?*, le pregunta. El asistente le jura que no. Juegan antes de dormirse un largo rato al FIFA 2009 en la *play station*. Diego es fanático del Real Madrid y de Boca. Me retiene un segundo más y conversamos sobre su madre. *Ella canta mejor que todos, tan bien como su hermano Rafael Farina* —confía—. *Algún día me gustaría tenderle una trampa. Llevarla con excusas al estudio de mi casa y pedirle que me cante un fandango, y grabarla sin que se dé cuenta. Y después acoplar mi voz con la suya. ¡Porque si le digo la verdad me corre con la escoba!*

Nos abrazamos. Miro desde la vereda la casa atacada por los meteoritos de hielo. Todavía se siente una cierta vibración laboriosa. Vive adentro una extraña y fascinante familia gitana de músicos inspirados. Pero sé que en poco tiempo comenzarán a apagarse una a una todas las luces de Corrientes 938. Y recuerdo en este preciso momento una respuesta que Diego el Cigala me dio cuando lo llamé hace unos días y le pregunté qué sentía frente a este desafío. Le pregunté con la cabeza y él me respondió con el corazón: *Estoy acojonado, primo. Acojonado.*

2. EL TEATRO

Faltan cuarenta minutos para la hora de la verdad y Diego se ha encerrado en su camerino a llevar a cabo los rituales previos. Estamos a puertas cerradas, y noto que el Cigala anda nervioso. Durante la prueba de sonido de hace un momento se ha fastidiado por pequeñísimos desarreglos, y ahora se pasea descalzo frente a los espejos encendiendo cigarrillos y peinándose obsesivamente la larga cabellera negra. Bebe sorbos cortos de un vaso de whisky mientras Amparo le plancha amorosamente la camisa. Y calienta su voz: "Desde mi triste soledad veré caer las rosas muertas de mi juventud". Es fácil adivinar que a pesar de tanta experiencia tiene una viga clavada en la boca del estómago. Está por suceder algo verdaderamente escalofriante: el torero saldrá al ruedo frente a un público culto y experto en tangos y le plantará, cara a cara, su versión sobre los clásicos, y eso ocurrirá mientras se graba enterito y de una vez un disco que quedará para siempre y que no puede tolerar errores. Habitualmente, los músicos interpretan en vivo su pasado, los temas ya probados por ellos mismos. Este músico excepcional eligió interpretar en vivo su futuro, y hacerlo en un género ajeno, con músicos recién conocidos, en un país remoto y con solo quince días de preparación. Un triple salto mortal sin red. El toro de lidia más peligroso del mundo.

Sé cómo es el proceso mental que está utilizando en este instante porque al final del *show* él mismo me lo revelará. Está tratando de olvidar las canciones, las obligaciones, el desafío. Y está buscando con un gesto que el Morao toque un tema de flamenco puro, un rezo laico y conmovedor. Su guitarrista no se hace desear. Y el jefe bate palmas y hasta taconea, y canta unos versos que mencionan a piratas y contrabandistas en el Peñón de Gibraltar. De pronto la bulería toma todo el camerino y ya es una íntima fiesta gitana. Y Diego se ríe de nuevo y me cuenta su visita a la cancha de Boca. Sucedió imprevistamente el domingo pasado. Fue con sus músicos y compró gorritos azules y amarillos, y una trompeta con la que asustaba a sus acompañantes a cada rato. Boca ganó dos a cero gracias a Juan Román Riquelme y Diego pisó el césped, cantó "es un sentimiento no puedo parar" y leyó esa increíble leyenda: "La Bombonera no tiembla, late". *Luego me comí dos choripanes, fue una gozada*, me dice y es como si el reto de esta noche ya no existiera.

Lo dejo tranquilo unos minutos para deambular por ese laberinto de trastienda donde hay una sorpresa en cada camerino. Juanjo ni siquiera templa su guitarra criolla fabricada en Tokio: la tiene guardada en espera. Es un Buda tranquilo, vestido de civil. *Lo escuché en "Lágrimas Negras", Diego es un cantante extraordinario*, me dice el hombre que acompañó a los dioses del canto. A pesar de ser tan distintos, tienen el mismo código musical, una afinidad inexplicable. *Me preocupa la seguridad de Juanjo*, decía el Cigala en los ensayos. Domínguez es, como Bach y Chopin y tantos monstruos del jazz, un improvisador nato. *Todas las veces que toqué con él lo hice de manera distinta* —revela sin pestañear—. *Es como una conversación sobre los mismos tópicos. En el fondo hablamos siempre de lo mismo, pero cada vez lo hacemos sutilmente diferente. Yo no sé qué arreglos haré esta noche. Y el Cigala tampoco puede saberlo. Ahí radica toda la magia.*

Viene hasta allí el eco de los juegos que hace Marconi con su bandoneón. Charlamos un poco de "Naranjo en flor". Hace tres días filmaron con Diego un videoclip en la planta alta de La Ideal, una confitería que tiene casi cien años y en cuyo salón superior se enseña a bailar tangos y funciona como una milonga. Un sitio de *vitreaux*, arañas enormes y escaleras de mármol, donde tomaron café Maurice Chevalier, María Félix, Dolores del Río, Vittorio Gassman y Robert Duvall, y donde se filmaron partes de *Tango* de Saura y de la *Evita* de Alan Parker y Madonna. Mientras esperaban, entre toma y toma, el maestro le tocaba los compases de "Naranjo en flor" y el Cigala tarareaba con suave deleite la gran canción de los hermanos Expósito: "Primero hay que saber sufrir, después amar, después partir y al fin andar sin pensamiento… Perfume de naranjo en flor, promesas vanas de un amor que se escaparon con el viento". Yo le había preguntado al oído si no se arrepentía de no haber incluido aquel tema en su repertorio. *Sí que me arrepiento* —me respondió el Cigala en La Ideal—. *Podría ahora mismo meterme a practicarla, pero en tres días no puedo apoderarme de ella, ¿sabes? Necesito más tiempo. Lo haré más adelante.*

Ahora Marconi, que le había dicho "esta canción está hecha para ti", me confiesa en su camerino que en dos semanas ha entablado con Diego una amistad profunda, como si se conocieran de toda la vida. *Es un chico de barrio y a la vez un bohemio, yo puedo estar cansado pero cuando él aparece se enciende todo*, me asegura. Lo que más valora de su interpretación es que el Cigala no quiera cantar como Julio Sosa o Gardel.

Entiendo: muchos grandes artistas se equivocan en este punto; incluso varios genios de la música clásica quisieron tomar las formas de Salgán, Troilo o Mores y no lo lograron del todo. El Cigala le pelea al tango un duelo, lo vistea, le da estocadas y le entra al bulto con su propia espada, sin imitaciones, sin falsificar el arte. Creando un arte nuevo y puro, una gema. Para hacer eso, como en la literatura, hay que saber arrojarse a la piscina corriendo el riesgo de que esté vacía, jugándose todo a suerte y verdad. Y salir airoso.

Veremos si esta noche lo logra.

Casi me llevo por delante al Morao, que ahora practica en un rincón. *Eres un genio, Morao*, le digo con sinceridad. *No, qué va*, rechista. Recuerdo en ese punto que, mientras se filmaba el lunes anterior aquel videoclip, tuve el impulso de tomar algo en un café de Suipacha y Corrientes con el Morao y su amigo Yelsi, el contrabajista cubano que acompañó a Bebo Valdés. El Cigala les está produciendo sus respectivos discos solistas. En el disco del Morao interviene Paco de Lucía. El guitarrista viene del sur de España, del flamenco tradicional y depurado, y lo conoció a Diego en Francia, durante un festival: hubo química de inmediato y ya pasó a formar parte de su familia. Yelsi nació en Guantánamo, e investiga los senderos del flamenco de ida y vuelta entre España y Cuba. Me cuentan que Yumi tiene un sonido brillante y percusivo; tampoco el pianista catalán es mimético: se compromete mucho en la música pero siempre con su propio estilo. Sabú es el percusionista: nació en Badajoz y tiene el salvajismo y la técnica de los grandes. Pertenece a una familia de percusionistas que es toda una institución en la república del flamenco. *Los cuatro la pasamos muy bien en el geriátrico*, bromea Yelsi. Le llama así a ese monasterio del conurbano, Corrientes 938 (Olivos), donde los músicos y los familiares del Cigala se confunden en una misma cosa: *Diego no hace diferencias y cuando llega a cualquier ciudad y un ricachón lo invita a cenar con su esposa, el Cigala pregunta: ¿Y mis músicos? Si no van ellos, no voy yo. Es un gran anfitrión, un amigo de verdad.*

Lo que más les preocupaba era ganar confianza en los ensayos, llegar a ese estado de coordinación total en la que ya se empieza a jugar con la música. Y admitían que Calamaro había resultado esencial para tranquilizarlos a todos, un vértice para que el grupo entre argentinos y españoles ganara humor y complicidad. Se tocaban el corazón cuando hablaban de Andrés. Y luego Yelsi decía en Suipacha y Corrientes: *¿Pero recuerdas "Sin documentos", Morao? ¡Era una rumba flamenca! Ahora está de moda pero él la escribió hace quince años.* Y se pusieron allí mismo a tocar y a cantar trocitos de esa ocurrencia poética: "Quiero ser el único que te muerda la boca". Todos los clientes de aquella tarde los espiaban con asombro y alegría.

Estamos de nuevo en la noche crucial, y Calamaro llega a las entrañas del Gran Rex con su bella mujer, la actriz Julieta Cardinali, y su pequeña hija, que busca rápidamente a Rafaelito para jugar. Julieta y Amparo comentan que hay unas fotos muy comprometedoras donde los niños aparecen cándidamente abrazados, como dos enamorados en miniatura. Es muy extraño verlo a Andrés de chaleco, camisa y corbata. Se abraza con el Cigala. Caminan abrazados por el corredor. Andrés está tranquilo. Hablamos relajadamente de las poéticas del tango y del rock. Es un verdadero entendido, y Diego era su ídolo mucho antes de conocerlo en persona. Una vez, hace años, vio en un *show* al Niño Josele con el Cigala y sintió que tenían el mismo poderío y carisma que los Rolling Stones. Luego alguien los presentó y se hicieron carnales, como dicen en México. *Diego es un cantante extraordinario, con cualidades que exceden el standard del cante flamenco* —opina con ojo de crítico—. *Tiene una gran importancia esta aventura del Cigala con la música rioplatense y criolla. Diego es dueño de un fraseo, una afinación y un caudal vocal que lo hacen un elegido entre todos los cantantes del mundo. ¿Qué te une al Cigala, Andrés? Me une la amistad, el afecto genuino, el respeto, la familia y la música* —responde, y se detiene—. *El destino, quizás.*

Me entero por un técnico que hace rato abrieron las puertas y que la gente ya ocupó sus butacas. El Gran Rex está lleno y espera. No tiembla, pero late. Siento, inexplicablemente, que el corazón se me salta del pecho, y percibo que tengo las manos frías. Es increíble. Estoy muerto de miedo. Supongo que es porque he visto la cocina, donde los fallos son detectados a cada rato y se detienen las canciones, como desinfladas. Supongo que acceder a la cocina del asunto revela mucho más los peligros que existen y la vulnerabilidad real de los artistas. Recuerdo que Norman Mailer estaba aterrado cuando Mohamed Alí salió a pelear con Foreman.

Era porque Mailer había visto de cerca al gran campeón, pero sobre todo porque íntimamente había tomado partido por él.

Hay una serie de movimientos rápidos, y los músicos se acomodan detrás del piano, la guitarra, el cajón y el contrabajo. Las grabadoras fueron encendidas, las cámaras listas, los micrófonos abiertos. Diego le da un abrazo eléctrico a Marconi, avanza hasta el borde del escenario, se corre el telón, y en ese último segundo, todavía en sombras, Diego recibe un vaso de agua de Amparo, bebe un trago y la besa, y sale a la arena con los ojos muy abiertos.

Ruge el público al verlo. El año pasado, en los bises, el Cigala hizo en este escenario "Garganta con arena", y se dio cuenta luego de que ese *souvenir* de última hora era una inesperada simiente. Ahora retoma en el mismo sitio la misma canción, como si la música fuera un solo río y los discos continuaran naturalmente uno en el otro. Rafaelito, oculto por el decorado, contempla en primera línea cómo su padre se rompe en ese lamento cantado que se sabe de memoria. Irrumpen los primeros aplausos y atruenan en el final. Veo que Diego sonríe y respira hondo. Me confesará luego que en ese resoplo simulado se le ha ido definitivamente el susto. Ya no tiene la viga en el estómago, solo tiene fría calentura de matador.

Sobrevienen entonces ráfagas de talento, imágenes galvanizantes. Juanjo improvisa una introducción, pellizcando la guitarra y arrancando alaridos. Calamaro desata marejadas de amor local. Esa clase de amor que todo lo pide y todo lo perdona. Marconi con su trío se suma al grupo del Cigala: parecen una filarmónica, una máquina de hacer pájaros, un extraño y monumental artefacto musical plagado de ideas y sonidos mezclados, donde confluyen varias culturas y juegan, y se rodean y se reproducen. Diego pone los énfasis en otros lugares muy distintos a los habituales del tango, como si le emocionaran otras cosas. Pasa por encima de los accidentes geográficos consabidos, y descubre picos y cumbres y laderas donde no estaban. No resalta los mismos versos que conmovían a Gardel, Goyeneche y los demás fantasmas ilustres. Sin embargo, esos fantasmas lo acompañan silenciosamente esta noche histórica en el Gran Rex. Las canciones de siempre se transforman de esa manera en canciones flamantes, y el público se entrega a ellas con devoción. Diego los tiene literalmente hipnotizados. Tango y flamenco están amalgamados y unidos, los parientes lejanos se han reencontrado después de más de cien años de soledad. Y la gente corea algo que solo le dedican a Maradona. Corean una y otra vez: *Olé, olé olé olá, Diego, Diego.*

El Cigala no se hace rogar, regresa varias veces para los bises, donde agrega algunos pasajes de sus anteriores obras. El entusiasmo es tan grande que ahora varios músicos improvisan. Agri se desvive en el escenario sacándole brillo con sus golpes de violín a "Nieblas del Riachuelo". Salen y vuelven a salir todos juntos, abrazados, inclinándose hacia adelante ante las palmas y los gritos, y las toneladas de admiración y afecto. Con las luces encendidas, son un espectáculo aparte esas caras brillantes de quienes fueron amados por este embrujo, por este cante jondo canyengue.

Se cierra definitivamente el telón y los técnicos de grabación levantan sus pulgares. El Cigala entra en la oscuridad de las bambalinas, y por un momento resuella solo, como fuera de este mundo. Me mira sin mirarme con ojos nublados. Está volviendo en sí, le está literalmente regresando el alma al cuerpo. Después hay abrazos y más abrazos, y los músicos tienen una excitación inédita. Sabú muestra a una cámara sus manos. *Lo hice con estas* —le grita—. *Con este dedo, y con este, y con este otro.* Muestra las falanges como si valieran oro. Y no exagera, valen eso. Luego Diego aparece y se agarra el corazón con las dos manos: *Tengo que contarte alguna vez lo que es la música*, me dice enigmáticamente. Camina hasta su camerino y Sabú y El Morao lo siguen en puntas de pie imitándole al jefe ese modo torero de andar. Es una travesura que se permiten a sus espaldas, ahora que ha terminado la corrida y que han sacado al matador en andas por la historia del tango.

Se está acabando la noche. Ya tenemos la confirmación de que aquella lluvia sobrenatural de meteoritos helados que azotó Corrientes 938 (Olivos) era el aviso y la profecía de que algo grande y bueno estaba por suceder. Sucedió finalmente, y aquí estamos todos para el brindis del epílogo. Hay champagne, fotos y risas. Diego me dice que en el último minuto siempre piensa lo mismo: *Anda, Cigala, sal y canta*. Si hay corazón y honestidad artística, y la voz tiene el tamaño adecuado, la noche saldrá bien.

Le recuerdo esas canciones que hacen daño. *Solo eso tenía hace quince días, primo* —me dice—. *Venía con ese puñado de temas que hacen daño, y nada más. Hace quince días no tenía nada. Nada.*

Y ahora lo tiene todo.

El héroe de San Carlos

Cuando el teniente trepó hasta la cima y se llevó los prismáticos de campaña a los ojos, vio el escalofriante espectáculo que se abría paso en la bruma: fragatas, destructores, helicópteros y lanchones iniciaban el masivo desembarco. Era el Día D en el estrecho San Carlos, y la treta del teniente primero Esteban había sido un éxito: una vez tomado el pueblo y requisadas prolijamente las viviendas en busca de radios, armas y vehículos, había permitido que los isleños continuaran con su rutina y había escondido a su tropa. De lejos y con aquellas apacibles chimeneas humeantes, parecía un acceso despejado; si los ingleses no hubieran caído en la trampa su estrategia hubiese sido distinta: los comandos habrían llegado por la noche y habrían asesinado a los soldados argentinos.

En ese momento, Esteban hizo un cálculo correcto: había en aquellas costas cinco mil hombres, y él disponía de solo cuarenta efectivos. Nadie le habría reprochado seguir la lógica, que consistía en dar por radio el "alerta temprana" a sus superiores, y luego rendirse con honor. Pero aquel muchacho de 28 años que estaba a cargo de la Compañía C, hizo lo inesperado: avisó y presentó batalla. Su proeza está en los libros de la historia militar de la Argentina y de Inglaterra; nadie conocía muy bien, sin embargo, lo que pensaba íntimamente durante esa guerra maldita. Carlos Esteban se había recibido en Córdoba de licenciado en Ciencias Políticas y Relaciones Internacionales. Sabía a esa altura que Galtieri no sabía, y que esa conflagración era un enorme error estratégico. Estaban destinados a perder, pero no podía contárselo a nadie. Tal vez no le hubiera desagradado a Borges relatar la parábola de un valiente que aun reconociendo la futilidad trágica de su sacrificio, carga todo el tiempo con su secreto escepticismo y realiza a su vez una hazaña heroica.

Esteban, sus oficiales y aquella antología de conscriptos de la clase 62 que habían sido entrenados hasta la fatiga, formaron parte del discretísimo operativo de reconquista de las islas Malvinas, y más tarde rodearon Darwin y redujeron a una población dócil que los esperaba con banderas blancas. El jefe de esa localidad se llamaba Hardcastle, y mientras tomaban el té en su casa, Esteban advirtió con un estremecimiento que su propia mujer posaba en un retrato con la hija del flemático anfitrión: habían estudiado juntas en un colegio bilingüe de La Cumbre. Se le antojó que esa asombrosa casualidad podía ser una señal del destino. A veces se alejaba del campamento para llorar, extrañaba mucho a su esposa y a su pequeño hijo; creía que nunca iba volver a verlos. Después se recuperaba y echaba una arenga a sus bravos, a quienes todos cuidaban con esmero y con quienes compartían penurias sin distingos. Esa actitud fue tan ejemplar que algunos años más tarde el Pentágono envió una psiquiatra para determinar por qué entre ese puñado de reclutas no se habían producido ulteriores suicidios ni secuelas graves, ni denuncias por maltratos, y en qué había consistido la fórmula mágica de sus líderes.

El 1º de mayo Inteligencia les anticipó que sufrirían un ataque de aviación, y se refugiaron en los acantilados; hubo ocho horas de bombardeo y de guerra aérea con varios muertos, pero ellos salieron ilesos. Les dieron una nueva misión: marchar a la zona norte y controlar el estrecho por el que podía colarse la segunda flota más poderosa de Occidente. Es precisamente allí donde sucede el legendario combate de San Carlos, que comienza cuando Esteban baja la colina, se comunica con la comandancia y prepara a los gritos el repliegue. El primer Sea King surge entonces de la nada, y Esteban ordena cuerpo a tierra y silencio absoluto. A los cien metros, da orden de abrir fuego: los fusiles tronaron, las balas sacaron chispas del fuselaje y el helicóptero se bamboleó, empezó a largar humo y aterrizó de manera brusca. Sin pérdida de tiempo, el teniente dispuso un cambio de posición. Justo en ese momento un Gazelle con un sistema de cohetes se les vino encima. Lo atendieron con la misma fusilería. El aparato se sacudió en el aire, la cabina estalló en mil pedazos y el piloto, mal herido, intentó escapar hacia la desembocadura; su máquina cayó en el río y comenzó a hundirse.

Los británicos, desde la cabecera, empezaron a dispararles con morteros. Ellos cruzaron otra cuchilla y un Gazelle idéntico quiso cortarles el paso: *Repetimos la concentración de fuego y se desplomó totalmente en llamas* —recuerda Esteban—. *No hubo chance de que se salvara nadie de la tripulación.* En esa mañana de sangre, el efecto sorpresa y la adrenalina jugaban a favor de los perdedores. Que siguieron moviéndose, ahora para ganar altura. El tercer Gazelle se presentó en sociedad apretando los gatillos, pero dibujaba un blanco perfecto: cientos de proyectiles le dieron una dura bienvenida y lo sacaron de circulación. Fue en ese instante en que se abrió una extraña tregua. Cuatro helicópteros que costaban veinte millones dólares habían sido derribados en veinte minutos. Los ingleses, sorprendidos, hacían el control de daños y evaluaban la insólita situación, y la Fuerza Aérea argentina preparaba un ataque para impedir la avanzada. Esteban sabía que la infantería inglesa los buscaría por cielo y tierra para eliminarlos. Era hora de partir.

Lo que sigue es una ardua aventura que Hollywood no hubiera desaprovechado: los cuarenta y dos, considerados ya "desaparecidos en acción", caminaron tres días y tres noches por la turba y el frío. En el libro *Bravo 25* se revelan sus peripecias: encontraron una casa vacía con algunos pocos alimentos donde a veces sonaba el teléfono en vano, pernoctaron al abrigo de las ventiscas y fueron acechados —mientras aguardaban escondidos y con aliento cortado— por un helicóptero que dio varias vueltas a su alrededor sin decidirse a destruirla o a marcharse. Anduvieron bajo el sol pálido hasta el agotamiento, dieron con un caserío kelper, lo coparon a punta de pistola y enviaron a dos estafetas en Land Rover para dar la buena nueva al Ejército. Tras incontables peligros, los rescataron, y en Puerto Argentino fueron recibidos con algarabía. Mohamed Alí Seineldín estaba particularmente exaltado. Esteban le relataba el despliegue impresionante que había visto en el estrecho, pero el teniente coronel parecía sordo a los datos; confiaba en la Virgen: *Cuando lleguen los piratas* —decía— *ella producirá una tormenta y los hundirá*. Esteban seguía guardándose su amargo y exacto diagnóstico; a las pocas horas solicitó permiso para regresar a Darwin y participar de la defensa final. Allí su jefe acordó la rendición luego de una intensa y desigual refriega. Esteban y sus oficiales eran tratados con deferencia y admiración por el enemigo, aunque nunca quisieron privilegios: compartieron con los soldados rasos sus mismas incomodidades. Al regresar a la patria, toda la "compañía de oro" fue condecorada, y el áspero informe Rattenbach la dejó a salvo de cuestionamientos. Esteban está retirado y es hoy director del Departamento UADE Business School: en su posgrado enseña escenarios estratégicos, planeamiento, negociación política y derecho diplomático. Pocos saben quién es ese profesor afable. Mayo contiene las efemérides de lo que estrategas militares denominan el "combate de San Lorenzo del siglo XX". Escasas o quizá ninguna escuela dará cuenta, sin embargo, de esta historia callada por nuestra estupidez y nuestra mala conciencia. Esta derrota verdaderamente sublime.

La balada del excomunista

Advertía Voltaire que cuando el fanatismo ha gangrenado el cerebro, la enfermedad ya es incurable. Jorge Sigal logró despertar poco antes de la gangrena, y curarse de aquel dulce pero letal sueño vuelto pesadilla. Toda su vida está cifrada en ese milagroso rescate a tiempo.

Hijo de una familia judía que profesaba con naturalidad el amor por el marxismo leninismo (los chicos jugaban en casa a ser soldaditos soviéticos), y particularmente de un padre omnipotente que muere por accidente de manera temprana, Sigal refugia su pronta orfandad en aquella fe de ideas irreductibles, en aquellos apotegmas de Lenin que se transformaron en un evangelio doméstico; en aquel partido internacional y todopoderoso que dominaba, en nombre del Bien, la mitad del mundo. Fue un militante ardiente y un dirigente decidido. Durante todo un año, y con nombre cambiado, estudió en la escuela Komsomol de Moscú, y después con su dialéctica persuasiva fichó para la causa a miles de jóvenes, y salvó a muchas personas de la tentación de la lucha armada y luego de la persecución siniestra de la última dictadura militar. El comunismo representaba el paraíso en la Tierra, pero Sigal ya comenzaba a experimentar en secreto, en la intimidad de su conciencia, las crueles dudas de la lucidez, y a ver los horrores del estalinismo y las mentiras cotidianas de toda esa religiosidad laica. Fue un largo y terrible proceso de descreimiento, de lucha contra el dogma; una marcha hacia el libre pensamiento y la intemperie.

Una creencia absoluta e irrefutable resulta al principio un amianto: te protege del fuego de la incertidumbre, te provee de todos los argumentos, te hace inmune a cualquier "canto de sirena", aunque esa melodía sea precisamente el eco y la expresión de la más pura realidad. El escritor judío Elie Wiesel, sobreviviente de los campos de exterminios y observador agudo de aquel nacionalismo demencial, ganó el Nobel de la Paz por su prédica contra el fanatismo, que provoca ceguera y sordera: *La gente fanática no se plantea preguntas* —recuerda Wiesel—. *Y no conoce la duda: sabe, cree que sabe.* Cuando los hombres y las mujeres descubren los defectos y autoengaños de esa certidumbre patológica, el blindaje se va transformando en un veneno homeopático, en un salitre de la vida. Quienes se rebelan y finalmente rompen, lo hacen para salir de la caverna y afrontar las contradicciones del vasto mundo real. Sin ilación, la vida es mucho más peligrosa, pero también más verdadera; más diversa, justa, difícil y apasionante. Ese proceso está destinado solo a valientes de espíritu; quienes quedan atrás, cómodos en su religiosidad inoxidable, siempre los tildarán de lo contrario: de débiles y de traidores. Sigal corrió ese enorme riesgo, y al emerger del líquido amniótico de la militancia se dio cuenta con espanto de los errores, de los falsos supuestos, de las tonterías, de los silencios cómplices, de la neurosis corrosiva pero confortable del fanatismo.

Su periplo no acabó en esa ruptura. Consagró el resto de su existencia a luchar contra las taras de una parte del soberbio progresismo vernáculo, que heredó del PC la superioridad moral, los relatos apócrifos, el esnobismo y la compulsión autoritaria. Se metió en el periodismo profesional y, más tarde, fue editor de libros, y siempre intervino como intelectual de valía en la esfera pública para cuestionar las doctrinas tajantes, y para defender la verdad indecible y también a la precaria democracia de cualquier ismo. Cada uno de esos textos, cada una de esas palabras, fueron ajustes de cuentas con su propia historia. *El día que maté a mi padre* es su obra maestra; una novela sin ficción que apenas disimula nombres o funde personajes, pero cuya transparencia y sentido de la verdad son hondos y estremecedores.

Nos conocimos en la esquina de Callao y Corrientes. Nos presentó un querido amigo en común: Alfredo Leuco, que también había sido militante del Partido Comunista. Jorge venía de una revista partidaria, y todos juntos comenzamos en pocos meses una aventura en el diario *El Cronista*. Pero nuestra profunda amistad se inició de inmediato, y a lo largo de estos casi treinta años, prácticamente no hemos dejado de hablar a razón de hasta cuatro o cinco veces por semana. Sentí enorme empatía con aquel descastado que, como yo, iniciaba un camino sin retorno. Un excomunista y un experonista mantienen durante tres décadas una conversación casi diaria. Y esa conversación es ideológica, política, filosófica, psicológica y humana. Tratan de explicarse mutuamente los grandes camelos y malentendidos de sus antiguas creencias, y de cuestionar los relatos del presente y de curarse las heridas. A veces le ladran a la luna. A esa tertulia intensa debo gran parte de mi obra ensayística: Sigal lee mis artículos y los discute conmigo desde el principio de los tiempos. Y yo hago lo propio con sus excelentes columnas.

Siempre fue un lector sutil, analítico, ecléctico y voraz. Y siempre me pareció que llevaba adentro una gran novela. Lo insté día y noche para que la escribiera, y lo asistí literariamente en ese viaje increíble. Se trata de un texto extraño, pero también de un híbrido típicamente argentino: mezcla de autobiografía ficcional, testimonio de época, novela teatral y manifiesto político. Un pequeño gran libro, lleno de revelaciones emocionales, que tuvo lectores extraordinarios y objetores sectarios y rencorosos. Hoy, cuando el setenta por ciento del comunismo argento se metió alegremente dentro del kirchnerismo sin haber hecho una autocrítica honesta, es una obra que debe ser releída, porque significa algo nuevo. Su lectura también resulta una vacuna contra el virus redivivo del fanatismo, que regresa una vez más a este mundo imprevisible y aterrador. Marguerite Yourcenar decía que el enemigo del fanatismo era el sentido común, y que pocas veces este último lograba ganar la batalla. *El día que maté a mi padre* es un parte de esa batalla incesante. Una puesta en escena de la negación y también del coraje de vivir con los ojos bien abiertos.

Su obra maestra

Alfredo Leuco prueba que la paternidad puede ser una de las bellas artes: Diego es su obra maestra. La esculpió con pasión y paciencia de artista durante mucho tiempo, como Miguel Ángel con el *Moisés* y con *La Piedad*, en este caso para completa felicidad y regocijo de la figura cincelada. La relación entre ellos resulta completamente subversiva, puesto que pone en tela de juicio la educación operativa y sentimental que ejercimos con nuestros propios hijos, y el vínculo que conseguimos establecer con ellos ya en la edad adulta.

Alfredo no puede evitar ser un sufriente; Diego es decididamente un gozante. Al mayor, como a muchos de nosotros, su padre le profetizó inicialmente la miseria: su viejo, como el mío, confundía por buenas razones el periodismo con la bohemia y la vagancia. Sospechado de que iba ser diletante, vagabundo y pobre, el hijo se reveló contra ese estigma y se transformó entonces en un adicto al trabajo, marca de fábrica muy difícil de borrar.

Diego, en cambio, creció en un hogar donde su padre exudaba éxito y pasión sin límites, y tiene por lo tanto asimilado que vivir es pelear ardorosamente por cumplir los sueños, y triunfar, el resultado de esa deliciosa vehemencia. Alfredo es un sobreviviente de la jungla: ha visto demasiados caídos en su vida y entonces avanza vigilando a las fieras y anticipándose a sus posibles emboscadas; duerme con el rifle al pie de la cama y siempre alerta. Diego, por su parte, marcha más despreocupado por la selva, haciéndose hermano de la aventura, aunque ha desarrollado reflejos rápidos de supervivencia y sabe que él mismo puede ser tan peligroso como sus enemigos agazapados: se ríe de ellos, duerme a pierna suelta.

Desde muy chico, ese hijo desayunaba conversando con su padre las noticias de los diarios, lo acompañaba en viajes o veladas que incluían encuentros con actores y políticos, y oía las reflexiones en voz alta que Alfredo hacía frente al televisor. Su propia casa fue, desde su nacimiento, una formidable facultad de periodismo. Esa es la razón por la que con apenas 26 años Diego Leuco posee la madurez de un veterano: parece un periodista que lleva dos décadas en este oficio. Decía Rousseau: *Un buen padre vale por cien maestros.*

Alfredo, sin embargo, nunca fue consciente de estar instruyendo o preparando a un continuador o a un heredero. Más bien pensaba que la profesión era peligrosa y a veces muy ingrata, y deseaba que su hijo se dedicara a otras tareas más salubres. Diego estudió magia, teatro y gastronomía antes de descubrir, a la vuelta de unas vacaciones, que nada le importaba de verdad salvo ser lo que su padre ya era. Aunque a su modo. Ningún gran periodista es solo un periodista: detrás suele haber siempre una segunda vocación escondida. Algunos periodistas tienen vocación de abogados, de detectives, de economistas o de escritor de novelas. En Leuco grande esa segunda vocación es la política; en Leuco chico, es la conducción radial y televisiva: hacia allí marcha de manera irreductible. Y el padre fantasea con retirarse alguna vez del micrófono y ser el productor general de Leuquito, dándole sin querer la razón a Peter Ustinov: *Los padres son los huesos con los que los hijos afilan sus dientes.*

Para Alfredo, su hijo siempre fue el gran amor de su vida. La conexión con Diego siempre resultó de máxima intensidad y nunca tuvo altibajos; ni siquiera sufrieron los desapegos naturales de la adolescencia. El padre era el ídolo del hijo, y viceversa, algo muy raro de ver en otras familias. Existen dos teorías antagónicas sobre los consejos paternales. Hay quienes piensan que deben inocularles a sus hijos la idea de que solo serán felices si trabajan de lo que aman. Y otros que, también con buen criterio, solo quieren que sus hijos encuentren una profesión con la que vivir feliz y dignamente. Para los últimos, una cosa es el trabajo y otra la vida, y está perfecto que no se entremezclen de manera promiscua. Para los primeros, ser y hacer es lo mismo. Alfredo y Diego son en eso casi idénticos: no hay división muy marcada entre el periodismo y la vida privada; más bien una y otra se amalgaman y complementan armoniosamente día y noche. Esto no evita, naturalmente, que la experiencia (ser periodista las veinticuatro horas) se transforme en una obsesión patológica: ambos descienden de Mayor, el patriarca de la familia, farmacéutico jubilado cuya frase más sabia es *lo que no se gasta en champagne, se gasta en remedios.* De manera que celebrar las buenas y conjurar alegremente las malas forma también parte del vademécum personal de este dúo dinámico.

La increíble relación entre ambos sufrió un fuerte salto de calidad cuando Diego Leuco se convirtió también en un periodista de referencia, algo que igualó por primera vez al maestro con el discípulo. Durante años, yo actué como el consejero profesional de Alfredo: fui sustituido hace unos años por su propio hijo, que ahora lo mira de igual a igual y tiene una capacidad de análisis extraordinaria. Hoy los Leuco son socios, pero lo más interesante es que ese nuevo status no logró borrar el ejercicio de la paternidad: el mejor amigo de Alfredo es su hijo; con él habla horas por teléfono, trazan diagnósticos, cruzan informaciones y chismes, sacan conclusiones políticas, se critican, se entretienen. Nadie puede saber, a esta altura, quién enseña a quién.

Bernard Shaw sostenía que *los padres deberían darse cuenta de cuánto aburren a sus hijos*. Padres de antiguas generaciones tenían muchísimos problemas para entenderse con sus vástagos, incluso para hablarles. Muchos los siguen teniendo, no por aquella tradicional lejanía de antaño sino por la incomunicación del presente, que es una verdadera enfermedad de esta época del vacío. Algunos recurrían a un terrenito común (el fútbol, el cine) para poder desarrollar desde allí esa relación de intimidad y acercamiento. Los Leuco tienen todo un continente en común lleno de montañas, mesetas, llanuras y ríos. Viven juntos en ese vasto territorio.

Discurso para un príncipe

Luis María Anson, miembro de la Real Academia Española y célebre editor de prensa, ha dicho hace poco: *A veces uno encuentra un diario que tiene la idea de que la literatura es la expresión de la belleza por medio de la palabra. Que produce un placer puro, desinteresado e inmediato en el lector.* Y a continuación, formuló su dictamen: *En el siglo XVI se ha conseguido ese placer por la poesía, en el siglo XVII por el teatro, en el XVIII por el ensayo, en el XIX por la novela y en el siglo XX por el periodismo.* Una buena parte de las emociones que produjo la literatura —sostiene Anson—, ha tenido lugar en las crónicas, en los reportajes y en los artículos de ideas y de costumbres. Si esta audaz aseveración, con la que tiendo a coincidir, fuera realmente cierta, faltaría desde hace rato en los anaqueles de las grandes bibliotecas al menos una bien documentada *Historia de la literatura periodística*, obra consagrada a ese género narrativo y ensayístico, y a esa figura fundamental de las letras: el escritor de periódicos. Ingresa en la Academia Argentina de Letras precisamente una pluma que se inscribe en ese particular género y en esa corriente caudalosa, y que debería ocupar en esas páginas locales un capítulo central: así lo prueban las piezas excelsas reunidas en los libros *La pereza del príncipe* y *Pérfidas uñas de mujer*, pero también las infinitas intervenciones que Hugo Beccacece realizó en su paso por revistas y periódicos legendarios: un verdadero tesoro que permanece aún disperso y a la espera de un compilador paciente y agudo.

Tardó un tiempo Beccacece en entender cabalmente que ese formato era su verdadero destino. Un escritor, acaso como un músico, puede errar por distintos instrumentos antes de encontrar el suyo, aquel que lo espera desde siempre. Descendiente de italianos, Hugo se interesó desde pequeño por el cine, la música y las letras. También por las artes plásticas, que le fueron reveladas por un persuasivo profesor en un aula del Colegio Nacional Buenos Aires. Cuando egresó de esos claustros en 1961, sus padres lo llevaron por primera vez a Europa. Italia, por supuesto, fue una experiencia íntima e iluminadora, pero París lo dejó boquiabierto. En aquellos tiempos todavía la marabunta turística no había llegado al Viejo Continente, y no había que hacer cola para entrar en el Louvre, ni tampoco existía el Museo D'Orsay. Hugo visitó todos y cada uno de esos días el Louvre, en cuyo último piso se amontonaban los impresionistas. También hizo un gasto que signaría su vida: se compró los tres tomos de *En busca del tiempo perdido* que publicaba La Pléyade en papel biblia, y *El mundo de Marcel Proust*, que venía con fotos e ilustraciones. Leer la ficción infinita de ese gran prosista universal, que está compuesta por siete novelas, le llevó dos años enteros, puesto que Hugo no dominaba todavía el francés y debió armarse de paciencia y de un diccionario. Muchos años más tarde traduciría al español *El abrigo de Proust*, de Lorenza Foschini, obra irresistible para los proustianos.

Beccacece regresó a París durante 1976. Pero el año de la revelación fue 1979, cuando viajó solo y se instaló todo un mes en la casa de una amiga. Aquella Argentina gris y represiva de la dictadura militar contrastaba con los colores, los desprejuicios y la libertad total de París. Conoció entonces la noche parisina, y sus templos, sus discotecas, sus sótanos, sus cines, sus películas prohibidas. Su locura y su bohemia, y también su lujo. Desde esa fiesta para los sentidos viajó casi todos los años a la Ciudad Luz, donde vivió su juventud tardía y donde conoció a grandes personalidades de la cultura. Caminar con Hugo por las calles parisinas puede ser una experiencia inquietante y nostálgica: en cada esquina, en cada edificio histórico, en cada recoveco hay una anécdota y un fantasma ilustre. También es una peripecia por las páginas, las telas, las antigüedades, las modas, los libros, los cafés literarios, los amores secretos, las tertulias, los ecos y los *souvenirs* de un mundo que en parte ya ha desaparecido. La cultura francesa fue crucial en la carrera de Beccacece, más allá de que también fue condecorado por el gobierno italiano. Es que su aporte a la divulgación en nuestro país de esas dos grandes lenguas ha sido enorme, tanto como articulista como en su rol de puntilloso editor periodístico. Porque Hugo Beccacece es reconocido además como uno de los más importantes editores literarios de la Argentina. A lo largo de quince años comandó el suplemento cultural del diario *La Nación* de Buenos Aires, lo modernizó y lo abrió a diversas expresiones, descubrió talentos, exhumó autores ignotos, potenció a los mejores y creó una batería de ingeniosos trucos de marketing para atraer a lectores cultos. Su ojo para la obra de arte es refinado y preciso; nunca esnob ni condescendiente. Todos esos años ha sido un crítico original, capaz de comprender la vanguardia y también la retaguardia de la literatura, siempre y cuando tuvieran igualmente una factura noble. Esa sensibilidad, unida a la erudición y a un poco frecuente sentido común, lo convirtieron en un curador imprescindible: los grandes libreros referían que muchísimos clientes ingresaban en sus locales con una reseña recortada de aquel suplemento, y pedían un ejemplar de esa obra comentada. Desde muy joven, tuvo un interés voraz por frecuentar con los ojos atentos el cine, el teatro, la lírica, las artes plásticas, la decoración y casi cualquier otra manifestación artística. Esa voracidad y ese espíritu crítico, que no se han detenido, resultarían esenciales para su propia obra.

A punto de cursar la carrera de filosofía en la Universidad de Buenos Aires y muchísimo antes de traducir a Bachelard y Deleuze, Hugo era un poeta secreto. A los 21 años se encontraba en Mar del Plata y tenía una duda cruel: ¿sus poemas eran realmente buenos? Buscó en la guía local a Victoria Ocampo y la llamó por teléfono. Beccacece no abrigaba muchas esperanzas, pero tenía un as en la manga: estudiaba piano con Rafael González, un magistral músico que al igual que la mayor de las hermanas Ocampo, era director del Fondo Nacional de las Artes, y que ya había compartido alguna vez con Victoria la mismísima dirección del Teatro Colón. En el hogar marplatense de los Ocampo le respondió un empleado, y Hugo usó la referencia de su maestro como un santo y seña. No esperaba, verdaderamente, que Victoria estuviera en casa, ni que se acercara al teléfono. Pero el milagro se produjo. Beccacece, sin demasiados rodeos, le reveló su intención: *Quisiera saber qué piensa de lo que escribo*. La gran dama hizo un breve silencio, sorprendida y un tanto contrariada, y le respondió: *Bueno, imagínese que a mí me llegan todos los días libros y manuscritos, y si yo me pusiera a leer todo, no tendría tiempo para escribir*. Hugo, en la adversidad, se iluminó: *No se preocupe, señora* —le dijo—. *Si no tiene tiempo, se los leo yo*.

Victoria Ocampo ahogó una risa y cedió, intrigada acaso por la osadía de ese muchacho desconocido. Beccacece fue a verla a la playa Lobo de Mar, cerca de Punta Mogotes, donde ella tenía una carpa. La dama le aceptó el poemario y hablaron un rato de Bartók y Debussy. Tres días después, Hugo recibía una carta en la que la dueña de la revista *Sur* elogiaba sus versos, pero los adjudicaba sutilmente a artificios de la juventud; no obstante, intervino más tarde para que le publicaran uno en el diario *La Nación* y le recomendó seguir escribiendo para expresar lo que sentía. También lo invitó a tomar el té a Villa Ocampo, y le presentó al gran Enrique Pezzoni. Tanto Victoria como Hugo se inspiraron mutua curiosidad. *Usted es como un ovni en mi vida* —le dijo Victoria—. *No tengo relación con gente de su edad*. Hugo colaboró en los últimos años de *Sur*, pero llegaba tarde a esa fiesta. Que había vivido ya sus épocas de apogeo. Lo cierto es que por una cosa o por otra, Beccacece fue trabando relación con Silvina Ocampo y Bioy Casares, y con tantas otras personalidades de ese círculo de cultura y buen gusto. Ingresa en la Academia no solo un editor y un articulista excepcional, sino también un integrante destacado de una tradición compuesta por algunos de los maestros, compañeros y amigos de Hugo Beccacece. Me refiero a Manuel Mujica Láinez, Pepe Bianco, Ernesto Schoo, el propio Pezzoni y también Jorge Cruz, que lo precedió en su titánica tarea de editor cultural y le enseñó los rudimentos de ese delicado oficio. Todos ellos, cada uno a su manera, fueron escritores y divulgadores insoslayables de la cultura; hombres afectos a la elegancia y a la excelencia. Magníficos prosistas.

Se podría decir que alejado de la poesía y de la ficción, que ensayó también en secreto, Beccacece encontró su eficaz instrumento en la revista *Claudia,* donde escribía Olga Orozco, y más adelante en *Convicción,* en *La Opinión* de Jacobo Timerman y en *Tiempo Argentino*. Y finalmente en *La Nación Revista* y en los sucesivos suplementos culturales y en las páginas de articulismo de este diario, donde hoy sigue luciendo su prosa, cada vez más cercana a la memoria personal. Cada vez más perfecta y deslumbrante.

Significativamente, su primer libro comienza con un texto que su autor dedica a Giuseppe Tomasi di Lampedusa, pero que quizás hable un poco de sí mismo. *Se trata de una pregunta que todos nos hemos planteado alguna vez de un modo inconsciente. ¿Para qué actuar? ¿Por qué no entregarse dulcemente a la pereza como si fuera una muerte plácida y benigna?* —nos interroga Beccacce, y continúa:— *¿Por qué el autor de "El gatopardo" escribió solamente ese libro, casi al borde de la muerte? ¿Acaso simplemente porque era un haragán? [...] Se trata más bien de la obra de un escéptico que, contra toda evidencia, se dispone a actuar como si de verdad creyera en algo. Esa creencia es, de un modo paradójico, su propio desencanto.*

Esa falsa "pereza" parece explicar la tardanza del propio Hugo Beccacece en entregarnos un libro; también la neurosis del erudito, que consiste en pensar de manera melancólica o derrotista que todo ya se ha intentado y que nada vale la pena. O el escepticismo de alguien que se esfuerza en escribir sospechando filosóficamente que todo se perderá. Pero se equivocaba. Aquí, esta noche, lo estamos rescatando como lo que es: una obra maestra. Y además una autobiografía encubierta, porque los personajes que elige narrar de una manera única y formidable constituyen una guía personal de sus adoraciones y en cierta medida cada uno de ellos se le parece en algo. Desde Capote, Thomas Mann y Somerset Maugham, hasta Marguerite Duras, Paul Bowles, Edgardo Cozarinsky y Guillerrmo Roux, por solo nombrar algunos. La clave de esa afinidad íntima se la da la propia Susan Sontag, con quien comparte un café antológico. Ella acababa de escribir entonces un ensayo sobre Walter Benjamin, y allí le explica que no intentó innovar en las formas del articulismo porque la tarea hubiera sido tan extenuante que no le habrían quedado más fuerzas para los tratados ni para la ficción. En esa rara intimidad, que Hugo siempre logra dentro sus diálogos, la autora de *Contra la interpretación y otros ensayos* parece incluso terminar adscribiendo a la pereza del príncipe: *Soy melancólica, apática, lenta e indecisa* —confiesa ella—. *Ese ensayo es en cierto modo un autorretrato. Me sentía identificada con Benjamin y por eso escribo sobre él. Soy muy haragana, no me gusta escribir. Debo forzarme a trabajar. Me gusta como a Benjamin viajar y perderme en las ciudades, perder mi camino, convertirlo en laberinto. El gusto de Benjamin por las miniaturas quizá tenga que ver con el mío por las fotografías ya que las fotos miniaturizan el mundo. Cuando escribo trato como él de que cada frase lo diga todo antes de que mi total concentración disuelva el tema ante mis ojos.* La declaración de Sontag explica sin querer la estética y las travesías intelectuales de Beccacece. Aunque Hugo, al contrario que ella, sí se dedicó a la extenuante tarea de innovar en el articulismo, y lo consiguió con creces. Pero es cierto que elige, como su interlocutora, los personajes precisamente porque se identifica en algún punto con ellos. Es por eso que resultan verdaderos autorretratos. Cada una de sus frases también aspiran a decirlo todo, y sus pequeñas notas sin duda miniaturizan el mundo.

Hugo vuelve a probar esta teoría —escribir sobre otros es escribir sobre uno mismo— en *Pérfidas uñas de mujer*, donde se pasea por los nenúfares de Sodoma, el chisme en la literatura, el surrealismo, el esnobismo, y las vidas de Marlene Dietrich y Luchino Visconti. En *Vestir sueños*, donde se mete en la sastrería teatral más importante de Europa para narrarla desde adentro, aborda su pasión: *¿Por qué nos empeñamos en conocer la vida de los seres cuyas obras despiertan nuestra admiración?* —se pregunta—. *¿Por qué recorremos los lugares en los que ellos estuvieron y tratamos de encontrarnos con sus parientes o sus amigos? ¿Por qué no nos bastan los libros, las pinturas, los films que han creado? Esa obstinación se hace aun más fuerte cuando se trata de un muerto, de alguien que ya no habrá de entregarnos nuevas páginas, nuevas imágenes. En casos semejantes, solo nos queda volver a leer, volver a ver, lo que hemos leído o visto. Quizá el fetichismo de los coleccionistas de memorabilia* sea un intento vano de rescatar de la nada a esas figuras venerables y evanescentes, de asegurarles una perduración póstuma.

Hugo hunde hasta el hueso el escalpelo al final de su libro, cuando narra de manera brillante y confesional cómo su madre tamborileaba sus dedos, con sus bellas y pérfidas uñas de mujer, en la mesita de luz esperando que el niño se durmiera. Y cómo en la tiniebla de ese cuarto compartido, el niño jugaba mentalmente a ser un rey, una reina, un príncipe, un pintor, un pianista. Esos juegos continuaron en su escalera, y si cada uno de nosotros pudiera rememorar hoy mismo los nuestros reconoceríamos seguramente en esas imaginaciones lúdicas de la infancia la razón profunda de nuestra literatura y tal vez de nuestra existencia. Al madurar, el adolescente mató a su última reina, canceló definitivamente todos los conciertos, quemó las paletas y los pinceles, y se descubrió adulto, y por lo tanto a solas consigo mismo. Descubrió el abismo de una verdad existencial: estaría solo para siempre. Hugo escribe entonces: *Esas biografías imaginarias, que les habían dado palabras a mi oscuridad y a la de mis padres, ya habían sido imaginadas por otros, y todavía más, esos otros las habían convertido en realidad. Las historias que leía en los libros de Aníbal, la de Napoleón, la de Catalina de Rusia, la de Chopin, probablemente habían sido concebidas para huir de otros cuartos semejantes al mío. No podía expresar entonces esas ideas con claridad, pero si quería escapar de aquel espacio nocturno debía buscar a los héroes de mis cuentos, para que me guiaran peldaño por peldaño hasta el descanso, en lo alto, desde donde podría contemplar el lote de paisaje que me había sido concedido. Corría un riesgo: vivir esas vidas, como hasta entonces, vicariamente. Pero acaso, ¿contarlas no era un modo de iluminar aquella oscuridad y poblarla de palabras, como si esas palabras fueran mis acciones?*

He aquí el gran propósito: Hugo Beccacece no vivió vicariamente; iluminó como pocos la vida de grandes artistas, de

príncipes y reyes y reinas, y de algún modo las creó y las resignifi-
có. Nos permitió, a él y a sus devotos lectores, lidiar con nuestra
propia soledad y seguir jugando en la oscuridad de este cuarto en
el que todos vivimos y soñamos.

Crimen en el palacio San José

El general vestía de blanco. Bebía a sorbos lerdos un té tibio en la galería del palacio y disfrutaba la última claridad de la tarde rojiza. Se oían de cerca los grillos y las melodías empeñosas del piano: dos de sus hijas aprendían en el salón inmediato sus rudimentos, alumbradas por lámparas de querosén recién encendidas. Nadie imaginaba, en ese instante bucólico y crepuscular, que muy pocos minutos después el general sería alcanzado por un proyectil y por cinco puñaladas, y que ese crimen marcaría para siempre la historia argentina. Hace 150 años, eran exactamente las siete y quince de aquel atardecer imborrable, cuando estaba a punto de ser borrado para siempre de la faz de la Tierra un hombre famoso. Los verdugos, refutando tantas profecías, no serían sus enemigos lógicos, sino sus amigos resentidos, sus antiguos partidarios, sus fieles compañeros de trinchera: todos ellos lo acusaban ahora de tirano y de traidor. Bruto y los idus de marzo estaban por repetirse en abril.

Don Justo fue ganadero, caudillo, político y militar; seductor serial de damas y varias veces gobernador de Entre Ríos. Lideró el Partido Federal, participó de las crueles guerras entre las provincias y la metrópolis, y al final condujo la gran batalla que derrocaría a su antiguo compadre Juan Manuel de Rosas, y lo encumbraría a él mismo por seis años en el máximo sillón. Fue animado y luego criticado ferozmente por Sarmiento, y se dejó vencer en la batalla de Pavón al darse cuenta de que no había, a esa altura de los acontecimientos, la menor chance de organizar una nación sin pacificar, y sin asociarse con los porteños. Se replegó entonces hacia su territorio y mandaba sobre él desde el imponente palacio San José, donde se encontraba en esos precisos momentos vaciando su deliciosa taza de té criollo.

Sarmiento, ahora a cargo de la Presidencia, lo acababa de abrazar en público, y sus viejos admiradores y subalternos, eternizados en la grieta, abominaban de ese gesto y de esa defección, malentendían la actitud colaborativa de Urquiza y su inteligencia táctica de estadista consumado; amasaban rencor, lo corroían con libelos y preparaban una conjura para sacarlo del poder. El líder elegido para esa faena era, como indica cierto destino circular, un leal discípulo llamado Ricardo López Jordán, que había servido a sus órdenes y a cuyo padre, don Justo alguna vez incluso había salvado de un fusilamiento. Durante un tiempo intentó refrenar sus impulsos y ambiciones personales, pero el fermento crecía y finalmente accedió a planificar una revolución. Hubo discusión airada entre los complotados, pero López Jordán se impuso y acalló las voces que preferían lisa y llanamente un magnicidio: solo asaltarían el palacio y tomarían prisionero a su mentor, en la idea de permitirle luego de su capitulación un retiro decoroso. La operación sincronizada tendría un jefe militar apellidado Luengo, tropa de caballería y dos malevos de frondosos antecedentes: Coronel y Luna, que habían sido guardaespaldas y mayordomos en estancias de Urquiza. Eran homicidas y conocían el terreno. A las seis de la tarde cincuenta hombres cruzaron el puente de Gualeguaychú y se dividieron en tres grupos. Uno se dirigiría a un edificio aledaño donde había una guardia de infantería, otro penetraría por la entrada trasera y el tercero ingresaría por la puerta principal.

El general levantó la vista al escuchar un tropel, y al sentirlo tan cerca barruntó la verdad: *Son asesinos, cierren la puerta del pasillo*. Tenía 69 años en 1870, y era un Napoleón de tierra adentro: su primer instinto no consistió en esconderse en una torre interior y luego entregarse, sino en correr hasta la sala de costura y buscar un rifle. *También el coraje envicia*, recitaba Borges. En un santiamén se había hecho la noche, y estaban llenos de vivas y mueras los patios. Mientras armaba el rifle, acudieron alarmadas sus hijas, y los primeros matones irrumpieron en las inmediaciones: Urquiza les disparó y una bala rozó la cara del más bravo. En una avalancha de pasos y detonaciones, el drama retrocedió en fracciones de segundo hasta el centro de la sala, y Luna lo acertó con un balazo en el labio superior. Aturdido, Urquiza arrastró a su esposa en la caída, sus hijas lo rodearon, y Coronel lo remató con su puñal. Durante un siglo se supuso que esas cuchilladas habían sido un mero ensañamiento, puesto que el plomo ya se había alojado en el cerebro. Pero el historiador Isidro J. Ruiz Moreno, en su impresionante libro *Crímenes políticos* y munido de nuevos documentos y testimonios, aclara el punto: cuando en 1951 se exhumaron los restos para reubicarlos, se descubrió que la bala había sido detenida por el puente de oro de una prótesis dental, y que fue entonces aquel cuchillero de mirada fría, aquel antiguo protegido de Urquiza, quien en realidad lo había ultimado. El propósito de la misión no era aquel desenlace, pero cuando se envía a chacales se corre el riesgo de que el cordero acabe sacrificado. Sobre todo, si el cordero se defiende como león.

Luengo parlamentó con la familia desesperada y llorosa, y al salir uno de sus lugartenientes le preguntó por el general que vestía de blanco. *Es muerto*, respondió lacónicamente. En dos horas reinaba un silencio mortuorio en el palacio, y una hilarante algarabía en la ciudad.

Ese mismo día, dos hijos de Urquiza corrieron su misma suerte en Concordia. Justito era teniente coronel, y fue anoticiado en el hotel "La Provincia" de que había un golpe en ciernes y debía entregarse; también se rebeló: un puntazo lo mandó al otro barrio. Su hermano Waldino, de carácter violento, fue primero detenido por la policía: a medianoche, lo sacaron a caballo y lo lancearon frente el cementerio viejo.

Historiadores nacionalistas y liberales han pujado durante un siglo y medio para dilucidar los detalles y para imponer su interpretación acerca de estos tres atentados. López Jordán es, según quien lo narre, inocente o culpable, héroe o canalla. Pero lo cierto es que su movimiento triunfó, él asumió como gobernador interino y Sarmiento declaró ilegal su gobierno y ordenó la guerra. Se sucedieron combates, muertes, destituciones, levamientos, escaramuzas, persecuciones, regresos y exilios. Y la derrota infligida a las fuerzas federales por parte del gobierno central fue dolorosa e inapelable; llenas de vilezas y altruismos, las idas y vueltas de aquellas reyertas encarnizadas a lo largo de tantos meses, habrían inspirado otra trilogía de caballería de John Ford. Las peripecias no excluyen una amable celada en la que López Jordán cae preso en Goya y es trasladado con grilletes hasta Rosario: ocho años después del asalto al palacio San José, el ideólogo de aquella rebelión se escapó de la prisión disfrazado de mujer, dejó en su lugar a su sufrida esposa y, según cuenta la leyenda, salió del brazo de uno de sus hijos por la puerta del frente. Dos camaradas lo recibieron en la clandestinidad y le consiguieron un bote. Evadió con habilidad la gigantesca cacería, cruzó los ríos Paraná y Uruguay, y se asiló en la Banda Oriental, donde cultivó el campo y la vejez.

Ya doblegado por la edad y por las amarguras, se acogió a una ley de amnistía y retornó a la patria. Se radicó en la ciudad de Buenos Aires y al parecer asistió, desde el anonimato del público, al paso del majestuoso cortejo fúnebre de su íntimo enemigo: Domingo Faustino Sarmiento. En la mañana del 22 de junio de 1889, mientras "el último caudillo federal" paseaba por la calle Esmeralda, un desconocido de bigote renegrido le dijo: *Usted hizo degollar a mi padre, y yo lo voy a matar.* Extrajo una pistola Lafaucheaux de calibre 12 y le atravesó la cabeza de dos balazos. La historia entonces se escribía con sangre. Existen toda clase de conjeturas acerca de las motivaciones reales (la versión del homicida resultó dudosa) y varios sospechosos ocultos detrás de aquella venganza. Pero eran las 11:50, y todo había ocurrido —casualidad o no— frente a la casa de Diógenes Urquiza, otro hijo de aquel general que vestía de blanco.

El enigma Walsh

A Eduardo Galeano el apellido Walsh siempre le recordaba una cierta tarde remota en una fábrica de tabaco de La Habana. Los dos escritores —el uruguayo y el argentino— transmitieron a un funcionario del régimen un fuerte interés por atisbar esa manufactura legendaria, y entonces los llevaron juntos a una planta donde los obreros armaban los cigarros más famosos del mundo y un camarada ubicado en un pupitre sobre una tarima les leía pasajes literarios. Allí los visitantes rioplatenses se sorprendieron al descubrir que justo en esa ocasión les estaban leyendo *Operación Masacre*. No se trataba de una mera casualidad, sino de un capítulo más en el incansable plan de seducción castrista a los intelectuales europeos y latinoamericanos, pero Rodolfo Walsh —hombre y prosista contenido— no pudo evitar el impacto. *Fue un raro acto de emoción que lo desbordó* —refería Galeano—. *Estaba claramente tocado*. La experiencia revolucionaria, que Walsh aprendió en Cuba, fue incluso más decisiva en su metamorfosis política que la famosa investigación sobre los infames fusilamientos de José León Suárez. Su figura —convertida en ícono de la izquierda peronista, en ideólogo trágico de la organización Montoneros y en Santo Patrono del kirchnerismo— ha sido convenientemente recortada: Walsh solo alcanza la lucidez cuando se entrega al Movimiento Nacional Justicialista. Esta edición de su propia vida quizá no le habría desagradado. Un flamante y exquisito libro de Ediciones de La Flor muestra, sin embargo, su prehistoria y ratifica su implacable inteligencia descriptiva. Se trata de una obra llamada *Cartas a Donald A. Yates*, donde se reproducen epístolas entre el autor de *Variaciones en rojo* y ese profesor norteamericano con quien compartía la pasión por la narrativa policial. Walsh había tenido una militancia juvenil en la Alianza Libertadora Nacionalista, que haría tristemente célebre Guillermo Patricio Kelly. Luego había repudiado esa incursión y se había vuelto un duro antiperonista: su hermano Carlos conducía la base aeronaval Comandante Espora, en Bahía Blanca, y de allí despegaron los aviones que derrocarían a Perón en septiembre de 1955. En dos crónicas, el periodista levantó elegías por los "héroes y mártires" que protagonizaron aquellos vuelos. No se alude a estos episodios en la correspondencia con Yates, pero sí se filtra el inocultable orgullo que le provocaba a Walsh haber publicado un artículo sobre la ficción policial en el diario *La Nación*, y la gran admiración que sentía por Borges. Habrá que estudiar alguna vez cómo el "culto del coraje", que era apenas una melancolía retórica en uno, se convertiría en funesto destino para el otro. Y cómo los investigadores y agentes secretos de aquellas novelas de épica y misterio que ambos leían y reivindicaban influyeron en la acción concreta de Rodolfo Walsh, que a posteriori se convertiría en detective de sus propias pesquisas, en espía de conjuras reales y finalmente en guerrero de batallas equivocadas y luctuosas.

La carta más significativa parece el informe de un reportero, está escrita desde una especie de desarrollismo germinal e intenta explicarle a ese catedrático extranjero la década justicialista. Que según Walsh no podía calificarse como una dictadura, pero sí como una "tiranía de la plebe", siguiendo una etimología del vocablo "demagogia". *Perón es un demagogo —escribe—. Habilísimo. No ha habido en toda la historia sudamericana, que tiene grandes caudillos, quien como él supiera hipnotizar a las multitudes.* Y explica que el General alcanza *el poder porque interpreta las tres o cuatro aspiraciones básicas de las masas: mejor nivel de vida, un status social más respetable, cierta intervención en el manejo de la cosa política.* Y porque Perón decodifica también los resentimientos de las masas, como la *xenofobia* y el *odio a los ricos*. Según Walsh, ese líder carismático halaga y divierte a sus seguidores: *Inmensos sectores hasta entonces despreciados acuden hacia él porque en este país todavía las buenas palabras suelen pesar más que las buenas obras. Y él tiene una reserva inagotable de buenas palabras: no le cuestan nada. El extraordinario poder que conquista Perón está edificado básicamente sobre la palabra.*

También lo fustiga como militar: *La única oportunidad de combatir militarmente que se le presenta, en 1955, no la acepta. Escapa... Él es el espíritu itálico: fanfarronea, grita, amenaza, da a veces la impresión de un feroz dictador, pero no le gusta la sangre. No le gusta derramar la ajena, porque teme por la propia. No le gusta jugarse el pellejo. Ama el poder por sobre todas las cosas.* Finalmente, realiza un balance frío. Asevera que Perón gobierna admirablemente bien en algunos aspectos (*en otros, como un increíble idiota*), y rescata la promoción de la industria liviana y el protagonismo gremial, aunque advierte sobre su politización: *Tanto Perón como sus jerarcas carecen en general de escrúpulos. Se enriquecen con grandes negociados.* Y puntualiza los defectos cruciales de aquel sistema de gobierno: oprime a los partidos opositores, los molesta, los persigue sin necesidad; ahoga progresivamente la libertad de prensa; su policía no llega al asesinato, pero utiliza liberalmente las torturas y los encarcelamientos arbitrarios; los dirigentes peronistas son en general mediocres, ambiciosos y obsecuentes; la maquinaria estatal se hace asfixiante e invade hasta las escuelas primarias; la justicia está corrompida. *El saldo es desastroso*, culmina, no sin antes advertir que a pesar de todo el gobierno de Aramburu constituye igualmente un *retroceso*.

Rodolfo Walsh renegaría luego de toda esta caracterización, que él construyó como testigo ocular y que transmitía como siempre de primera mano: esa misiva muestra algunos de los pecados y vicios de origen que el partido de Perón nunca terminó de expurgar. Al contrario: la historia no hace más que ampararlo y habilitarle horribles y cíclicas transgresiones. Walsh —a quien admiramos por su inmenso talento literario, criticamos por su nefasta opción violenta y penamos por su horrible muerte temprana— fue parte de una generación abducida por los ideólogos cubanos, que le permitieron unir nacionalismo con marxismo. Ese maridaje hizo posible Montoneros, las hogueras de la "juventud maravillosa" y, más recientemente, el socialismo del siglo XXI y sus clones y cepas regionales. Esa idea revolucionaria del pasado y radicalizada del presente posmoderno tiene hoy capturado a un peronismo que había intentado democratizarse y abrirse al mundo. Los resultados de esa inflamación ideológica e insensata, medidos en términos de desarrollo y libertad, son calamitosos. Pero su pedagogía estatal continúa generando acólitos de la decadencia.

Walsh no era infalible, como se lo presenta, y nunca terminó de tragar del todo a Perón. Lo prueba su último encuentro con Osvaldo Bayer. Fue en la esquina de 9 de Julio y Corrientes. Walsh le sugirió entonces que se exiliara. El autor de *La Patagonia rebelde* le dijo: *Hay algo que no comprendo de vos: ¿cómo te pudiste hacer peronista?* Rodolfo le respondió: *No te equivoques. Yo no soy peronista; soy marxista. ¿Pero dónde está el pueblo?* Bayer asintió:

Sí, pero el pueblo no nos va a acompañar. Walsh porfió: *Ya vamos a ver.* Bayer se exilió en 1975, el gobierno peronista masacró a los compañeros de Walsh (y viceversa) y el pueblo nunca acompañó esa gesta sangrienta. Luego nos cayó a todos la noche más oscura.

Una bala para Capalbo

La extraña tarde en que Daniel Capalbo recibió un balazo acababa de cometer un pecado mortal del periodismo: había abandonado un cierre adrenalínico para ver la ecografía de su hija inminente. Los veteranos jefes de la redacción, llenos de sano cinismo, le habían recriminado con sorna esa deserción sin sospechar que pronto lo recibirían con horror y sorpresa. Capalbo es profesor de historia y editor de largo oficio; en esa hora lorquiana del 3 de mayo de 1993, tenía su coche estacionado frente a Puerto Madero y sobre la avenida Huergo, acaso la vía más ruidosa de Buenos Aires. Cuando se acercó a la portezuela, dándole la espalda al tráfico incesante, sintió una fortísima coz en el hombro. Percibió que un hilo de sangre le resbalaba por la manga de la cazadora, giró con perplejidad y vio la corriente de autos y camiones de carga, y tuvo el presentimiento de que estaba en peligro de muerte: rodeó instintivamente el coche y se parapetó detrás. El policía de la esquina desenfundó su pistola y se le acercó pensando que se trataba de un ladrón; al descubrir que era un periodista herido lo ayudó a incorporarse y lo acompañó hasta el edificio de la revista donde trabajaba. En el ascensor se cruzó con uno de los subdirectores: *Che, me parece que me pegaron un tiro*, le avisó. Su interlocutor movió la cabeza con una sonrisa: *Dejate de joder, Dani, que tenemos un día de mucho laburo.* Diez minutos después llamaban a la comisaría y media hora más tarde los enfermeros le cortaban la ropa, lo trasladaban en ambulancia y lo ingresaban de urgencia en el sanatorio Mitre. Allí lo estabilizaron, le hicieron una radiografía y estudiaron seriamente el caso clínico. Era efectivamente un proyectil de 9 milímetros. Por milagro no había perforado el pulmón; se había incrustado en la zona de la clavícula, sobre un músculo. Esa misma noche, con las evidencias en la mano, un médico le dijo: *Tuviste mucha suerte, Capalbo, mirá: la bala tiene una forma achatada. Había rebotado en algún sitio y venía con poca fuerza. De otro modo te habría liquidado al instante.* Capalbo, boca arriba, pensó un largo rato en el asunto. Ningún francotirador es tan bueno como para armar semejante carambola. Era evidentemente una bala perdida. Que ni siquiera le extirparían —no valía la pena—, que quedaría solidificándose como una esquirla invisible en el cuerpo y que a lo sumo le dolería en días de humedad y le provocaría problemas con los detectores de metales en los aeropuertos. A los quince días, peritos de Delitos Complejos le revelaron que en esa avenida ensordecedora actuaba una banda de piratas del asfalto con un modus operandi original: pegaban su moto a la parte trasera de un camión, le disparaban disimuladamente un tiro en una rueda y se alejaban; sus cómplices esperaban más adelante que el camionero advirtiera la goma pinchada y se detuviera para repararla: cuando terminaba la faena, lo atracaban y le birlaban todo. Capalbo ya podía pensar en los accidentes del azar y el destino, puesto que era el clásico hombre incorrecto en el lugar equivocado. Pero por entonces no tenía tiempo para esas meditaciones existenciales: desde el minuto cero se le vinieron encima los múltiples heraldos de la maquinaria mediática. Habían atentado contra un periodista por sus investigaciones y era preciso descubrir de inmediato a los culpables. Reporteros de la radio, la televisión y los diarios montaron guardia día y noche en el sanatorio, y connotados colegas de la profesión lo llamaron para escuchar su versión de los hechos. Todos se negaban a creer la simple verdad. Era preciso que este "intento criminal" se tomara con la mayor seriedad y que se formulara una urgente denuncia contra el Gobierno y sus fuerzas oscuras. Como Capalbo, serena y amablemente, iba desarmando cada uno de esos argumentos bienintencionados, comenzaban a acusarlo de ingenuo o de amnésico, y a enojarse con él. El acoso duró quince días, y para entonces la opinión pública, siempre proclive a comprar más las conspiraciones que las casualidades, había resuelto que el editor era un blanco móvil de la mafia. Ocurría entonces lo que el filósofo Miguel Wiñazki denomina "la noticia deseada": se impuso no lo que sucedió realmente, sino lo que la opinión pública prefería creer.

Otros escándalos políticos dejaron por el camino este episodio, y el asunto fue olvidado. Si se tratara de una novela de Bioy o de una comedia de Woody Allen, el protagonista habría cedido en algún momento a la tentación de aceptar su condición de víctima oficial y, por lo tanto, de apócrifo héroe de la libertad de prensa. En esa condición, recibiría nuevas ofertas de trabajo, conferencias bien rentadas, premios y becas, viajes a congresos internacionales con otras víctimas profesionales —genuinas o también falsarias—, y hasta propuestas amorosas. En la actualidad, se producen cada año cientos de muertes de verdaderos mártires del oficio —nuestro eterno homenaje—, pero este artículo no alude precisamente a ellos, sino a quienes usurpan sus honores, en un mundo donde el único héroe que queda es la víctima. Donde la victimización general se ha vuelto un negocio, y donde todo dios se siente víctima de algo y busca medrar de alguna manera con ello, o al menos construir desde ese rol una identidad que no posee. El *Diccionario de la Lengua Española* afirma que este trastorno se denomina "victimismo": *Tendencia a considerarse víctima o hacerse pasar por tal.* El victimismo crónico es una marca social de época, campea en las redes sociales, obliga a separar muy cuidadosamente la paja del trigo y hasta es utilizado por políticos sin escrúpulos. Desde el traje prestigioso de la víctima, los errores propios se perdonan, la queja vale doble y la cancelación de otros funciona con escalofriante eficacia. Algunos caciques populistas convirtieron a víctimas célebres en escudos humanos para justificar sus fechorías y para desacreditar a sus críticos. Capalbo no aceptó, en aquella hora misteriosa, esa gloria falsificada; volvió a su escritorio sin chantajes emocionales ni aspavientos, y demostró ser así, modestamente, un héroe de verdad.

POSFACIO
Narrar un sentimiento

Soy un novelista contaminado por el periodismo. Y un periodista cruzado por la literatura. Un escritor que carga con esa doble vocación, y con el látigo de la autoexigencia. A lo largo de ocho años, he intentado utilizar en papel de diario todas las técnicas narrativas: la crónica, la entrevista, el artículo, las aguafuertes, los relatos de amor, el folletín histórico, las historias de vida, las reseñas, los ensayos, la memoria, el testimonio, el apunte y el microcuento. Este libro expresa ese largo viaje, esa incesante búsqueda.

La verdad es que he escrito cientos de textos para el diario en el que trabajo. Algunos integran un libro sobre intelectuales argentinos, otros conforman los volúmenes *Corazones desatados*, *La logia de Cádiz*, *La hermandad del honor*, *Te amaré locamente* y *Una historia argentina en tiempo real*, que publicaron luego las editoriales Sudamericana y Planeta. Cientos de notas culturales o políticas murieron, sin embargo, en la coyuntura. Solo unas pocas fueron llenando una carpeta digital en mi pantalla: allí guardaba mecánicamente los relatos que no venían con fecha de vencimiento, que podían desafiar la lógica del día y del olvido. De ese arcón informático Jorge Sigal y Daniel González, queridos amigos y astutos editores de Capital Intelectual, rescataron en su momento la mayoría de los relatos que conforman *Las mujeres más solas del mundo*.

Llegué a este título solo al final de una larga revisión de aquellas piezas. Y al descubrir el carácter melancólico y trágico que surgía de dos cuentos inéditos: "Entrevista con Noemí" y "Últimas noticias de Olga Cueto", obras de ficción que simulan ser crónicas periodísticas. Esas damas crepusculares tienen un aire de familia entre ellas y se engarzan curiosamente con el destino de otras que había creado para el ciclo *Pequeña comedia humana*, una serie que publiqué a lo largo de todo un verano en la página 2 del diario *La Nación* de Buenos Aires.

A ese extraño experimento dominical (las comedias) llegué con la seguridad de que el periodismo no está acostumbrado a narrar los sentimientos de las personas. Hasta el más narrativo de los periodistas —con las grandes excepciones de algunos cronistas exquisitos y superdotados— prefiere vérselas con los hechos, los hitos y las escenas, y a lo sumo con los pensamientos íntimos de los personajes que retrata. Cuando el periodismo se mete en ese asunto resbaloso y fascinante suele hacerlo desde la estadística, la tendencia y el testimonio. Pocas veces logra, de esa manera, hundir a fondo el bisturí en el corazón; apenas roza la epidermis de los sentimientos.

En muchas ocasiones me encontré con ese caparazón infranqueable, y para no defeccionar tuve que valerme de otra herramienta. Tuve que recurrir a la literatura de ficción, que es prima hermana del periodismo narrativo, y que resulta la gran experta de todos los tiempos en describir elíptica o expresamente los vaivenes del alma humana. Es por eso que me acostumbré a escribir con una mano periodismo y con la otra novela, haciendo confluir los relatos en un género intermedio e híbrido que podría denominarse de diversas maneras. Elijo denominarlo *articuento,* como lo bautizó el escritor español Juan José Millás hace unos años. El articuento se erige precisamente en esa extraña confluencia entre el rigor del artículo periodístico y la lírica imaginativa de la narración ficcional.

Recuperé esa técnica para escribir brevemente sobre temas que los periódicos frecuentan y sobrevuelan en cíclicos "informes especiales". Yo no pretendía realizar alegatos ni reportajes convencionales ni ensayos sociológicos ni narraciones puramente inventadas. Quería teatralizar temáticas reales del periodismo y de la vida, como la infidelidad, la violencia para defender el honor, las espinas de la amistad, el inexplicable fin del amor, las peleas con las madres, la necesidad de un enemigo, la envidia femenina, la ceguera masculina, la distancia entre el discurso cotidiano y la realidad, el narcisismo, la obsesión por el cuerpo perfecto, la vejez y la ruindad, las neurosis de cada día, nuestras inconfesables supersticiones, los conflictos en la educación de los hijos, las frivolidades del mundo moderno, el resentimiento, la vanidad, la decadencia y la muerte.

Para ello tuve, como siempre, que vivir mirando. Y tomando nota. Tuve que actuar como un cronista psicoanalítico de las paradojas que nos dominan. Utilicé, en muchas oportunidades, el humor porque nada devela más; ningún ácido resulta más eficaz para remover las oxidadas tuercas que sostienen nuestras máscaras. No vale la pena decir qué sucedió ni qué fue imaginado, puesto que la realidad suele ser inverosímil y la literatura consigue a veces que la ficción sea más verdadera que la propia verdad.

De esa experiencia surge la primera parte de este libro. Que subdividí arbitrariamente en "Mujeres" y en "Comedias". Para mí, las mujeres son un género literario en sí mismo, y es por eso que agrupé a todas aquellas damas que iban y volvían de la soledad. El resto quedó incluido en el género que dignificaron Woody Allen y Billy Wilder: confieso que esos dos genios —tamizados por la realidad argentina y por el filtro de lo periodístico— inspiraron estas prosas siniestramente festivas, a veces fantásticas y otras veces realistas, sobre nuestra manera de ser, acerca de cómo nos engañamos a nosotros mismos y qué trucos secretos utilizamos para flotar en el tempestuoso mar de nuestra existencia.

La segunda parte de esta colección está alimentada por géneros menos exóticos del periodismo, aunque con un tratamiento poco usual: historias de vida que parecen películas, memorias rigurosas que se tornan inverosímiles peripecias, relecturas de libros transformadas en bruscas narraciones cinematográficas, efemérides patrias convertidas en relatos de aventuras, y otras ocurrencias de alguien que siempre ha intentado llevar a los periódicos el pulso y el aliento de la literatura popular que leía de niño.

En el arcón informático encontré también las andanzas de varios héroes y mártires desconocidos, la necrológica del maestro Tomás Eloy Martínez, las conmovedoras reivindicaciones filiales del escritor Guillermo Martínez y las odiseas viajeras de mi amigo Martín Caparrós. Estaban archivadas desde las amargas experiencias de mis dos abuelos en la Guerra Civil española hasta las cuatro "historias con nombre y apellido" que no habían entrado, por una cuestión meramente temporal, en *La hermandad del honor*. Solo una advertencia: el esposo de Argentina, que agonizaba al final de aquella crónica, finalmente murió. Este texto es ahora un homenaje a él y a su conmovedora viuda.

También sobrevivía al paso del tiempo la larga crónica que *El País* de Madrid me pidió para acompañar el increíble disco del Sinatra flamenco: Diego el Cigala. Confieso que escribí esa última pieza para impresionar al editor que me la encargó: mi amigo y colega español Juan Cruz Ruiz, que suele creer en mí mucho más que yo mismo.

Había en esa carpeta insondable, para mi asombro, varios pasajes protagonizados por estos escépticos y entrañables antihéroes bajo fuego perpetuo con los que convivo en redacciones desde hace más de cuarenta años. A ellos, a todos mis compañeros de tantas batallas, al maravilloso y vilipendiado oficio del periodista está dedicado este libro.

Las mujeres más solas del mundo es reeditado ahora por el sello Planeta y a instancias de mis editores y amigos Adriana Fernández, Mariano Valerio y Nacho Iraola. Para esta nueva versión, agregué siete piezas: un relato verídico sobre el combate de San Carlos y la peripecia heroica de su líder (Daniel Esteban), el discurso de recepción en la Academia Argentina de Letras de un genio de la prosa (Hugo Beccacece), el derrotero de un exdirigente comunista que ahora lucha con extrema lucidez contra todo dogma y fanatismo (Jorge Sigal) y la increíble sociedad emocional entre un padre y su hijo (Alfredo y Diego Leuco). También, la anatomía del magnicidio que cambió el curso de la historia argentina (Urquiza), la otra cara del Che peronista que en realidad detestaba a Perón (Rodolfo Walsh) y el extraño episodio en que un periodista recibe un balazo y se niega a convertirse en una víctima profesional (Daniel Capalbo). Verán que estas historias estaban secretamente emparentadas con las anteriores. Espero que las disfruten.

Gracias también

A Fernán, Julio y Luis Saguier, José Claudio Escribano, Héctor D'Amico, Ana D'Onofrio, Chani Guyot y José del Río, que me alentaron a experimentar en las páginas de *La Nación*. Y a mis otros camaradas del oficio que siempre están cerca: Claudio Jacquelin, Carlos Roberts y Pablo Sirvén. A Leandro Pérez (en Zendalibros) y a Jesús Calero (en el *ABC* de Madrid), que han publicado en España algunas de estas piezas. Y a Lourdes Lucía, editora española de Clave Intelectual. También a mis pacientes y atentos lectores privados, a quienes tanto molesto y a quienes tanto quiero: Oscar Conde, Gustavo González, Daniel Arcucci, Ángel Vega, Héctor Guyot, Martín Rodríguez Yebra, Luciano Román, Jorge Rosales, Pedro B. Rey y Pablo Gianera.

A Juan Cruz Ruiz, camarada y mentor. Y por supuesto, a Arturo Pérez-Reverte.

A Lucía y Martín. A Mary, Norberto y Rocío.

A Verónica.

ÍNDICE